小說家者流蓋出於稗官街談巷
語道聽塗說者之所造也孔子曰雖
小道必有可觀者焉致遠恐泥是
以君子弗為也然亦弗滅也
錄漢書藝文志 丁酉冬 偉華

本书获得广东省高水平大学经费资助

丛书主编　程国赋　　副主编　江　曙

古代小说与读者

蔡亚平　著

暨南大学出版社
JINAN UNIVERSITY PRESS

中国·广州

图书在版编目（CIP）数据

古代小说与读者/蔡亚平著.—广州：暨南大学出版社，
2022. 10
（小说中国）
ISBN 978 - 7 - 5668 - 3548 - 2

Ⅰ.①古… Ⅱ.①蔡… Ⅲ.①古典小说—小说研究—中国
②古典小说—读者研究—中国 Ⅳ.①I207. 41

中国版本图书馆 CIP 数据核字（2022）第 212934 号

古代小说与读者
GUDAI XIAOSHUO YU DUZHE
著　者：蔡亚平

出 版 人：张晋升
策　　划：杜小陆
责任编辑：康　蕊
责任校对：曾小利
责任印制：周一丹　郑玉婷

出版发行：暨南大学出版社（511443）
电　　话：总编室（8620）37332601
　　　　　营销部（8620）37332680　37332681　37332682　37332683
传　　真：（8620）37332660（办公室）　37332684（营销部）
网　　址：http://www.jnupress.com
排　　版：广州良弓广告有限公司
印　　刷：佛山市浩文彩色印刷有限公司
开　　本：850mm×1168mm　1/32
印　　张：10. 25
字　　数：210 千
版　　次：2022 年 10 月第 1 版
印　　次：2022 年 10 月第 1 次
定　　价：39. 80 元

总　序

本丛书是系统研究中国古代小说与中国文化的关系的普及性文化读本，融学术性、知识性、趣味性和通俗性为一体。其主要针对的是具有高中及以上学历的国内读者和海外中华文化爱好者。

本丛书的作者，既有年富力强的中年学人，也有年方而立的勤勉后学。他们的著述或为国家哲学社会科学基金项目、教育部社会科学规划项目、省级社会科学规划项目的研究成果，或是各自的博士学位论文，都是作者致力数年的研究成果，反映了近年来的学术新视角和新观点。

本丛书尤其重视文献学、文艺学与中国古代小说的综合研究，强调文本细读，有意识地在文化学的视野中探讨中国古代小说，多维度地研究其与中国文化的关系。丛书内容较为丰富，主要有以下六方面：

第一，古代小说作品细读与赏析。梁冬丽教授的《古代小说与诗词》讲述了古代小说与诗词的密切关系。中国古代小说引入大量诗、词、曲、赋、偶句、俗语、谚语等韵文、韵语，其独特的"有诗为证"体系对小说创作的开展及其艺术效果的提升起到重要的作用。该书主要由五部分内容构成：古代小说引入诗词的过程、古代小说创作与诗词的运用、诗词在古代小说中的功用、古代小说运用诗词创作的经典案例和古代小说引入诗词对后世小说创作的影响。杨剑兵副教授的《古代小说与爱情》，将古代小说中的爱情故事分为四类，即平民男女类、才子佳人类、帝王后妃类、凡人仙鬼类，再从每类爱情故事中精选四篇代表作品进行评析。吴肖丹博士的《古代小说与女性》，探讨了中国古代小说与女性之间的关系，主要通过古代小说中关于女性的生动故事，结合社会生活史，让读者了解两千多年来女性在社会中扮演的角色和社会地位的变化过程。杨骥博士的《古代小说与饮食》，以古代小说文化为纲，中国饮食文化为目，通过特定的饮食专题形式写作，为读者展现中国古代小说的文化内涵。该书以散文笔调为主，笔触闲适轻松，语言风趣，信息量大，兼具通俗性和学术性。蔡亚平副教授的《古代小说与读者》，通过丰富翔实的材料考察中国古代小说的读者群体，分析小说读者的不同阅读形式，探讨古代小说题材、创作观念、评点、续书等与读者之间的关系。

第二，古代小说与制度文化。胡海义副教授的《古代小说与科举》，探讨了中国古代小说与科举文化的密切关系，从精彩有趣的小说中管窥科举文化的博大精深。该书既有士子苦读、应试、考官阅卷、举行庆贺等精彩纷呈的科举场景，也有从作者、题材、艺术与传播等方面分析科举文化对古代小说的促进作用的理论阐述。

　　第三，古代小说与民俗、地域文化。鬼神精怪与术数、法术是信仰民俗的重要组成部分，也是古代小说的重要母题，因此杨宗红教授的《古代小说与民俗》主要分为四部分：神怪篇、鬼魂篇、术数篇和法术篇。神怪篇介绍了五通神、猴精与猪精、狐狸精、银精，指出鬼神敬畏正直凡人；鬼魂篇介绍了灵魂附体、荒野遇鬼、地狱与离魂的故事；术数篇介绍了相术、签占、八字、扶乩、灾祥、谶纬、风水术，分析了这些术数对个人、家庭及国家大事的影响；法术篇重点介绍符咒、祈晴、祈雨、神行术与变形术。江曙博士的《古代小说与方言》，以方言小说为研究中心，论述方言与中国古代小说的关系。该书以方言对小说的影响、方言小说的编译和近代以来方言与普通话之间的论争等为论述重点，以北方方言、吴方言和粤方言为主要方言研究区域，兼涉闽方言、赣方言和湘方言，探讨诸如苏白对清代狭邪小说人物塑造的影响、以俞曲园将《三侠五义》改编为《七侠五义》为例论述从说唱本到文人小说的改编等。

　　第四，古代小说与宗教关系。受佛教、道教思想影响，中国古代小说中涌现出千姿百态的神仙形象，何亮副教授的《古代小说与神仙》以此为突破口，追溯神仙思想产生的文化根源，探讨了中国古代小说中神仙信仰的文化内涵。叶菁博士的《古代小说与道教》，从道教文化与小说的视角出发，探讨了道教思想、人物、仙境及道教母题对中国古代小说的影响。该书内容丰富，笔调生动有趣，可作为研究道教文化与古代小说的入门读物。

第五，古代小说的域外传播。李奎副教授的《古代小说与东南亚》主要论述中国小说在越南、泰国、印度尼西亚等国的传播及其影响。中国古代小说在新加坡、马来西亚、泰国主要以报纸作为载体传播，传播主体是华人华侨。中国古代小说传入越南的时间较早，对越南的小说和诗歌发展影响较大。中国古典小说在印度尼西亚最受欢迎的当属《三国演义》，出现许多翻译本和改编本。

第六，古代小说与心理学综合研究。周彩虹博士的《古代小说与梦》以中国古代小说中的梦类故事或情节为研究对象，运用的理论和方法既有本国的梦理论，又引入荣格人格分析心理学的相关理论，尝试以中西结合的视野对这一传统题材进行深入浅出、生动有趣的解读，如以生命哲思为主题，结合梦的预测功能，介绍中国古代的释梦观念和释梦方法，并对《庄子》《红楼梦》等作品中的相关情节进行分析；以教化之梦为主题，结合阴影理论，解析《搜神记》、"三言二拍"、《聊斋志异》等相关作品。

本丛书有别于一般的学术性著作，不是简单地将学术著作以通俗语言表达，而是运用新的思维方式和写作方法，是一种有益的尝试，希望也是一种有益的实践。恳请读者朋友批评指正，提出宝贵的意见和建议。

程国赋
2017 年 10 月 10 日

引　言

　　中国古代小说历来与读者之间的关系非常密切。明人胡应麟在《少室山房笔丛·九流绪论下》中说："古今著述，小说家特盛；而古今书籍，小说家独传，何以故哉？……夫好者弥多，传者弥众，传者日众则作者日繁"，从文学传播与接受的角度分析了古代小说兴盛的原因。他认为，由于读者的喜好，才带来自古以来"小说家特盛""小说家独传"的局面，换言之，读者促进了小说的发展。

　　不少小说正是出于取悦读者的目的而创作的，比如唐代温庭筠所撰小说《乾𦠆子》，其书名蕴藏的含义是"语怪以悦宾，无异馔味之适口"。产生于五代时期的小说《录异记》则为了取悦后蜀国君孟昶，明代沈士龙在《题录异记》中说："杜光庭以方术事蜀昶，是以昶亦好为方士房中之术。观其所著《录异记》，大都捃拾他说，间入神仙玄怪之事，用相证实……此皆学凡识近，急于成书，取悦于昶，故率率如尔。"再如，从文言小说《启颜录》《会昌解颐录》等作品的取名即可看出，它们意在为读者带来娱乐。

可以说，读者在中国古代小说的发展历程中从未缺失，从唐宋时期到充满浓郁商业气息、小说成为商品的明清两代，小说在创作和流传过程中都不可避免地留下了读者的印迹。试举数例如下：

例一，宋代洪迈所著文言小说集《夷坚志》有甲、乙、丙、丁、戊、己、庚诸志，其成书过程多受读者影响。据《夷坚乙志序》所记，《夷坚初志》面世后受到士大夫的广泛欢迎，以至"家有其书"。他们不仅喜爱阅读这部小说，而且积极参与小说创作，"每得一说，或千里寄声"，为后续《夷坚乙志》的成书提供了很多素材。

例二，明末凌濛初"二拍"的编撰体现出读者与市场的影响，据即空观主人《拍案惊奇自序》叙述，冯梦龙编撰"三言"投放至市场后受到读者热烈欢迎，产生良好的经济效益，于是苏州书坊尚友堂便找到凌濛初，请求其编撰同类作品，由此催生了"二拍"的问世。

例三，据清光绪二十三年（1897）上海书局石印本《仙卜奇缘》卷首所附《仙卜奇缘序》记载："此书初名《大刀得胜传》，盖纪实也，而其名不雅。有识者阅曰：'何不以《仙卜奇缘》名之?'"《仙卜奇缘》于是接受读者建议更改了小说书名。

能够看出，在古代小说的发展过程中存在很多与读者密切相关的现象。但由于诸种原因，特别是文献资料的缺失（不少相关文献中并未提及具体的小说读者姓名或类别，而仅以"读者"

"观者""览者""阅者""知者""识者""士子""君子""士君子"等称呼出现），对两者之间关系的探讨受到不少限制。

20世纪60年代，德国学者姚斯指出，读者、听者、观者的接受因素在传统的文学理论、文学研究中没有得到足够重视，他强调：

> 文学作品从根本上讲注定是为接收者而创作的……在这个作者、作品和大众的三角形之中，大众并不是被动的部分，并不仅仅作为一种反应，相反，它自身就是历史的一个能动的构成。一部文学作品的历史生命如果没有接受者的积极参与是不可思议的。因为只有通过读者的传递过程，作品才进入一种连续性变化的经验视野。在阅读过程中，永远不停地发生着从简单接受到批评性的理解，从被动接受到主动接受，从认识的审美标准到超越以往的新的生产的转换。①

相比传统文学理论，接受美学的显著不同在于：它认为文学研究应以读者为中心。

本书在文献整理的基础上，借鉴"文学研究应以读者为中心"的观点，力图让大家体会到古代小说与读者之间的密切关

---

① ［德］H. R. 姚斯：《文学史作为向文学理论的挑战》，见［德］H. R. 姚斯、［美］R. C. 霍拉勃著，周宁、金元浦译：《接受美学与接受理论》，沈阳：辽宁人民出版社1987年版，第23页。

系。其内容设置为三大部分：第一，关于古代小说读者的整体考察，包括历代各种类型读者群的构成及其特点、影响，读者的不同阅读形式等。第二，对古代小说创作与读者的关系进行阐释，主要讲述读者对小说观念、小说题材、小说语言及章法结构的影响。第三，就古代小说传播与读者的关系进行分析，重点涉及读者对小说评点、小说续书产生的各种影响。

需要说明的是，本书讲述重点是古代小说与读者之间的关系，由于古代小说创作高峰期在明清两代，因此书中所用小说内容、序跋、识语、凡例等相关资料也主要采自明清小说。书中谈到的小说读者指古代小说文本的直接阅读者，同时考虑到古代小说传播的自身特点，对一些没有直接阅读小说而是以听说书的形式参与小说传播的听众也有所涉及。此外，古代小说发展过程中出现的小说评点者、续书者、改编者等，从广义上来讲也是小说读者，譬如明末于华玉将熊大木的《大宋中兴通俗演义》（又名《大宋武穆王演义》）改编成《岳武穆尽忠报国传》，并视熊氏书为"旧本"，于华玉显然也是小说读者，本书将此类读者亦酌情收入。当然，为避免在小说读者概念的使用上出现泛化倾向，也并不将所有评点者、续书者、改编者等都纳入讲述范围。

中国古代小说从诞生以来就与各类型的读者息息相关。历代读者在阅读小说的过程中得到启示与知识，更重要的是得到了愉悦的感受，同时，读者也影响到小说的发展，成为古代小说繁荣的重要催化剂和内在推动力。对此，本书将进行尽可能客观的讲述，以期让大家感受到古代小说与读者之间奇妙的联系。

目 录

一　各种类型的古代小说读者

　　中国古代小说受到社会各阶层读者的普遍欢迎。明代之前的小说流传中，口头传播占据重要位置，如郭湜的《高力士外传》即提及唐玄宗退位后听"说话"之事："上元元年七月，太上皇移仗西内安置……每日上皇与高公亲看扫除庭院，芟薙草木。或讲经论议，转变说话。虽不近文律，终翼悦圣情。"宋代罗烨在其《醉翁谈录》卷一《舌耕叙引·小说开辟》中，较为详细地阐述了小说对受众（小说听众）产生的影响：

　　　夫小说者……说国贼怀奸从佞，遣愚夫等辈生嗔；说忠臣负屈衔冤，铁心肠也须下泪。讲鬼怪令羽士心寒胆战，论闺怨遣佳人绿惨红愁。说人头厮挺，令羽士快心；言两阵对圆，使雄夫壮志。谈吕相青云得路，遣才人着意群书；演霜林白日升天，教隐士如初学道。瞳发迹话，使寒门发愤，讲负心底，令奸汉包羞。讲论处不滞搭，不絮烦；敷演处有规模、有收拾。冷淡处提掇得有家数，热闹处敷演得越长久。

《新编醉翁谈录》卷一

此处提到的受众有"愚夫""铁心肠""羽士""佳人""雄夫""才子""隐士""寒门""奸汉"等，不同题材、不同类型的小说对各种身份的受众产生不同的接受效果，小说的艺术感染力于此可见一斑。

到了明清时期，小说的传播更为广泛。明崇祯元年，苏州书坊尚友堂刊印的《拍案惊奇》识语形容："举世盛行小说。"清代乾隆时蔡元放在《东周列国志读法》中声称："至于稗官小说，便没有不喜去看的了。"生活于嘉庆、道光年间的学者梁章钜在《归田琐记》中指出："今人鲜不阅《三国演义》《西厢记》《水浒传》。"咸丰元年古月老人在《荡寇志序》中称："耐庵之有《水浒传》也，盛行海隅，上而冠盖儒林，固无不寓目赏心，领其旨趣；下而贩夫皂隶，亦居然口讲手画，矜为见闻。"要言之，古代小说的读者队伍庞大而复杂，上至帝王、皇后、贵族、官员、士大夫，下至书院学生、市井百姓，不同阶层、不同身份的读者参与小说阅读，他们的阅读习惯、特点各有差异，对小说的影响也不尽相同。

（一）帝王好尚与小说阅读

东汉班固在《汉书·艺文志》中指出：

> 小说家者流，盖出于稗官。街谈巷语、道听途说者之所造也。孔子曰："虽小道，必有可观者焉，致远恐泥，是以君子弗为也。"然亦弗灭也。闾里小知者之所及，亦使缀而不忘。如或一言可采，此亦刍荛狂夫之议也。

这是关于小说观念与小说起源的一段著名论述，班固在此首次强调小说来源于民间，稗官是最早的小说创作者。

班固提及的"小说"与我们今天所说的小说概念当然有着显著区别，但不可否认的是，两者之间存在诸多渊源。那么，出于"街谈巷语、道听途说"、由稗官加工和创作的小说是为什么样的读者或听众服务的呢？对这段文字，《汉书·艺文志》颜师古引如淳语曰："《九章》'细米为稗'。街谈巷说，其细碎之言也。王者欲知闾巷风俗，故立稗官使称说之。今世亦谓偶语为稗。"

师古注曰："稗官，小官。《汉名臣奏》唐林请置吏，公卿大夫至都官稗官各减什三，是也。"不仅对稗官的身份、地位做出说明，同时也指出，稗官创作小说的动机在于"王者欲知闾巷风俗，故立稗官使称说之"。可以说，"王者"就是最早的小说受众之一。在这一时期，包括"王者"在内的上层统治者接受小说多带有比较明显的功利色彩，他们意图通过"街谈巷语、道听途说"了解民风民情，以便加强统治。

班 固

但是，历代帝王作为小说读者，阅读小说的最大目的却并非出于了解民情，而多是单纯因为喜好其中的故事。东晋王嘉《拾遗记》卷九有关于晋武帝司马炎阅读小说的描述：

　　张华字茂先，挺生聪慧之德，好观秘异图纬之部，捃采天下遗逸，自书契之始，考验神怪及世间闾里所说，造《博物志》四百卷，奏于武帝。帝诏诘问："卿才综万代，博识无伦，远冠羲皇，近次夫子。然记事采言，亦多浮妄，宜更删翦，无以冗长成文。昔仲尼删《诗》《书》，不及鬼神幽昧之事以言怪力乱神。今卿《博物志》，惊所未闻，异所未见，将恐惑乱于后，生繁芜于耳目，可更芟截浮疑，分为十卷。"……帝常以《博物志》十卷置于函中，暇日览焉。

通过这段文字可知，晋武帝司马炎喜读小说，常于空闲之时翻阅《博物志》。他作为《博物志》的读者，在肯定作者张华博学多才的同时，也指出其书多记浮妄之事的缺点，进而提出修改意见。

帝王好尚不仅会对社会风气带来较大影响，而且对不同文体的形成与发展也可能起到推动作用。例如，汉武帝喜好求仙、方术，这在汉代小说中有所反映，《汉武故事》《汉武内传》《洞冥记》《十洲记》等作品中均出现了汉武帝的形象。又如，唐朝帝王如高祖李渊、太宗李世民、中宗李显、玄宗李隆基、宣宗李忱等人都喜爱诗歌，并有诗作流传至今，唐代诸帝对诗歌的爱好也促进了唐诗的繁荣。与此相似的是，作为小说读者中的特定群体，帝王对小说的接受与喜爱对小说的发展也产生了影响，上述晋武帝司马炎喜读《博物志》即是一个例证，唐代郭湜在《高力士外传》中也记载了唐玄宗成为太上皇之后，常听"说话"之事。他们与后世许多喜读小说的帝王一样，为古代小说的繁荣带来一定的推动作用。帝王作为小说受众，在小说的发展过程中具有特殊意义，下面我们通过梳理各个时期的相关资料，来分析这一读者群与古代小说之间的互动。

第一，宋代帝王的小说接受。

出于自身娱乐的需要，帝王成为小说受众群体中不可忽视的重要成员，他们的加入促进了小说的兴盛与传播。就此而言，宋代帝王较有代表性。明代郎瑛的《七修类稿》卷二十二《辩证类·小说》中记载宋仁宗阅读小说之事："小说起宋仁宗，盖时太平盛久，国家闲暇，日欲进一奇怪之事以娱之。"天都外臣（汪道昆）所撰《水浒传叙》亦云："小说之兴，始于宋仁宗。于时天下小康，边衅未动。人主垂衣之暇，命教坊乐部，纂取野记，按以歌词，与秘戏优工，相杂而奏。是后盛行，遍于朝野。盖虽不经，亦太平乐事，含哺击壤之遗也。其书无虑数百十家，而《水浒》称为行中第一。"郎瑛、汪道昆均认为小说之兴盛始于宋仁宗，宋仁宗以小说相娱，是促进小说发展的重要原因之一。

宋高宗也是一位喜读小说的帝王，绿天馆主人（冯梦龙）于《古今小说叙》中提及，南宋供奉局有专门的说话人，以供帝王和内廷娱乐之需。宋高宗于公元1162年传位于孝宗之后，清闲无事，喜阅话本，以至到了让宦官"日进一帙"的地步。南宋周密在《武林旧事》卷七《乾淳奉亲》中，也提到宋孝宗宣召小说人伺候已做太上皇的宋高宗：

> 淳熙八年正月元日……宣押棋待诏并小说人孙奇等十四人下棋两局，各赐银绢。

据元代杨维桢的《东维子集》卷六《送朱女士桂英演史序》中记载，在给宋高宗说书的御前应制人员中，还出现不少女性说书艺人的身影：

> 钱唐为宋行都，男女痛峭，尚妩媚，号笼袖骄民。当思陵上太皇号，孝宗奉太皇寿，一时御前应制多女流也，若棋待诏为沈姑姑，演史为张氏、宋氏、陈氏，说经为陆妙慧、妙静，小说为史惠英，队戏为李瑞娘，影戏为王润卿，皆一时慧黠之选也。

宫廷中的女性说书艺人各司其职，有的专门"演史"，有的专门"说经"，有的专门讲"小说"，非常有特色。

宋孝宗本人也对小说故事很感兴趣，洪迈在其《容斋随笔·续笔》卷一中记载，宋孝宗赞赏《容斋随笔》中的故事，并称之"煞有好议论"。《四库全书总目提要》子部小说家类对《睽车志》提要称，《睽车志》《夷坚志》这类"神怪幻诞"的小说可能曾进奉皇宫御览。宋代帝王阅读小说、喜听小说故事，主要是出于娱乐、消遣的需要，但在客观上对小说的兴盛带来较大影响，正如笑花主人在《今古奇观序》中所说："至有宋孝皇以天下养太上，命侍从访民间奇事，日进一回，谓之'说话人'。而通俗演义一种，乃始盛行。"

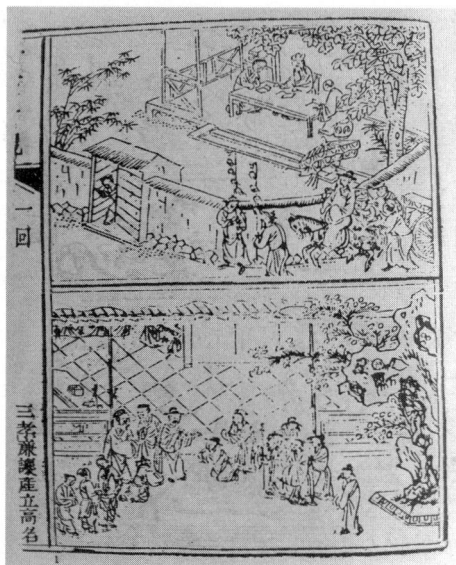

上海图书馆藏明末刊本《今古奇观》书影

第二，明代帝王的小说接受。

作为古代小说创作的高峰期，明清时期的文献中更是时常可见关于帝王与皇室成员阅读小说的记载。总体来看，这一时期帝王对待小说的态度大致经历了从娱乐到利用再到禁毁的过程，因其特定的社会地位，他们的态度在小说的发展、演变、流传历程中留下不容忽视的痕迹。

元末战火使经济遭受沉重打击，明初很长一段时间内，出版印刷业不够发达，明代陆容《菽园杂记》卷十云："宣德、正统间，书籍印版尚未广。今所在书版，日增月益，天下古文之象，愈隆于前已。"生活于正统至弘治年间的陆容所言应是可信的，由此可知，直到正统年间，出版印刷业尚未得到发展。与此同时，这一时期的文人士大夫对小说普遍采取轻视态度，所以小说无论是创作还是传播均处于低迷阶段，除元末明初《三国演义》《水浒传》等有限的几部作品外，新作很少，从现有文献来看，未见通俗小说刊本。明太祖朱元璋主要通过听说书而不是阅读文本的形式接触小说，明代顾起元《客座赘语》卷六《平话》提及："太祖令乐人张良才说平话。"明代都穆《都公谭纂》卷上云：

> 陈君佐，扬州士人，善滑稽，太祖甚爱之，一日给米一升。上一日令君佐说一字笑话，对曰："俟臣一日。"上诺之。君佐出寻瞽人善词话者十数辈，诈传上命。明日，诸瞽毕集，背负琵琶，君佐引之至金水河，见上，大喝曰："拜！"诸瞽仓皇下拜，多堕水者，上不觉大笑。

无论是乐人张良才说平话，还是陈君佐说一字笑话、瞽人说词话，其目的都在于为明太祖提供娱乐。

明宪宗、武宗也是杂剧及词话的爱好者，李开先《张小山小令后序》云："人言宪朝好听杂剧及散词，搜罗海内词本殆尽。又武宗亦好之，有进者即蒙厚赏，如杨循吉、徐霖、陈符所进，不止数千本。"成化是宪宗朱见深的年号，从某种意义上来说，现存成化词话十三种正是宪宗喜听词话而对小说产生影响的例证。

明武宗时，出现帝王阅读小说的记载，钱希言《桐薪》卷三云："武宗南幸，夜忽传旨取《金统残唐记》善本，中官重价购之肆中，一部售五十金。"早期小说价格之贵，于此亦可窥一斑。

明嘉靖时期，通俗小说迅速崛起，这与世宗嘉靖皇帝喜爱小说应有一定关联。沈德符《万历野获编》卷五有相关记载："武定侯郭勋在世宗朝……自撰开国通俗纪传，名《英烈传》者，内称其始祖郭英，战功几埒开平、中山，而鄱阳之战，陈友谅中流矢死，当时本不知何人，乃云郭英所射，令内官之职平话者，日唱演于上前。"① 姑且不论郭勋是否自撰《英烈传》，材料中提到的"令内官之职平话者，日唱演于上前"值得注意。明世宗每天听内官演说平话，可见他对历史小说的钟爱。

明神宗、熹宗同样钟情于小说，清代刘銮《五石瓠》卷六《水浒传》云："神宗好览《水浒传》。"下面两条材料也可为佐证，明代刘若愚《酌中志》卷一：

> 神庙……万几之暇，博览载籍。每谕司礼监臣及乾清宫管事牌子，各于坊间寻买新书进览，凡竺典、丹经、医、卜、小说、画像、曲本靡不购及。

---

① （明）沈德符：《万历野获编》，北京：中华书局 1959 年版，第 139 - 140 页。

明代陈悰《天启宫词原注》记：

> 或有用《水浒传》罡煞星名配东林诸人以供谈谑之资，如托塔天王则李三才也，及时雨则叶向高也。崔呈秀得之，名曰《点将录》，佳纸细书，与《天鉴录》《同志录》同付魏忠贤。忠贤乘间以达御览，上不解托塔天王为何语，忠贤详述溪东西移塔事，意欲使上知东林强暴有如此徒，所当翦也。上倾听喷喷，若恨不同时者。忠贤计阻，匿其书，逡巡而退。

明神宗博览群书，小说是他喜读的书籍类型之一；《天启宫词原注》则逼真地刻画出熹宗闻听《水浒传》故事时的神态与心理："上倾听喷喷，若恨不同时者"，从这一细节可以看出小说对帝王同样具有强烈的艺术感染力。

第三，清代皇室成员的小说阅读。

清初的几位帝王多是小说爱好者。太祖努尔哈赤"爱读《三国演义》和《水浒传》等小说，深受汉族封建文化的影响"①。太宗皇太极喜读小说，尤其钟爱《三国演义》，罗振玉辑录《天聪朝臣工奏议》之《王文奎条陈时宜奏》云："汗尝喜阅《三国

---

① 辽宁《清史简编》编写组编：《清史简编》，沈阳：辽宁人民出版社1980年版，第17页。

志传》。"天聪，即清太宗年号。邓之诚《骨董琐记》卷六《韩生平话》提到，善于讲说平话的韩生曾于顺治年间供奉内廷，以供世祖福临娱乐。王士禄诗曰："正平如水先皇日，行乐时时觚戏传。江上逢君道遗事，断肠如遇李龟年。谑语纵横许入诗，舍人侍宴柏梁时。武皇没后天无笑，说著宫车只泪垂。"宛如又一柳敬亭。

乾隆皇帝也读过《红楼梦》，熟悉这部小说的内容，并就《红楼梦》的创作意图抒发己见。清代赵烈文《能静居笔记》云："谒宋于庭丈于葑溪精舍，于翁言：'曹雪芹《红楼梦》，高庙末年，和珅以呈上，然不知所指。高庙阅而然之，曰：此盖为明珠家作也。后遂以此书为珠遗事。'"

慈禧太后阅读的小说更多，徐珂《清稗类钞》宫闱类《孝钦后嗜小说》篇称，慈禧时常翻阅《封神传》《水浒》《西游记》《三国志》《红楼梦》等书，她不仅阅读小说的数量较多，而且还亲自动手把小说改编成剧，教内监扮演：

> 孝钦后嗜读小说，如《封神传》《水浒》《西游记》《三国志》《红楼梦》等书，时时披阅，且于《封神传》《水浒》《西游记》《三国志》节取其事，编入旧剧，加以点缀，亲授内监，教之扮演。

《清稗类钞》著述类《红楼梦》篇提到，慈禧最喜欢的小说是《红楼梦》，她阅读时做了很多批注，"其书每页之上，均有细字朱批，知出于孝钦后之手，盖孝钦最喜阅《红楼梦》也"。慈禧且以小说中的人物贾太君自比，邓之诚《骨董琐记》卷六《小说禁例》云："闻孝钦颇好读说部，略能背诵，尤熟于《红楼》，时引贾太君自比。"

第四，帝王读者对小说的态度及其影响。

帝王阅读小说和普通读者阅读小说一样，主要目的是娱情，除此之外，他们还利用小说为政治服务。"王者"意图通过"街谈巷语、道听途说"了解民风民情，以便加强统治。宋代帝王喜爱小说故事，促进了小说的兴盛。明清时期帝王接受小说，除娱乐外，还善于从小说中汲取知识，为政治、军事服务。黄人《小说小话》云："太宗之去袁崇焕，即公瑾赚蒋干之故智。（原注：太祖一生用兵，未尝败衄，惟攻广宁不下，颇挫精锐，故切齿于袁崇焕，遗命必去之。详见《啸亭杂录》等书。）"描述清太宗皇太极仿照《三国演义》中周瑜（字公瑾）赚蒋干的做法，巧施反间计除掉明将袁崇焕。

清世祖福临入关之前与蒙古结好也运用了"三国"故事，蒋瑞藻《小说考证·拾遗》引《阙名笔记》云：

　　本朝羁縻蒙古，实是利用《三国志》一书。当世祖之未入关也，先征服内蒙古诸部，因与蒙古诸汗约为兄弟，引《三国志》桃园结义事为例，满洲自认为刘备，而以蒙古为关羽。其后入帝中夏，恐蒙古之携贰焉，于是累封忠谊神武灵佑仁勇威显护国保民精诚绥靖翊赞宣德关圣大帝，以示尊崇蒙古之意，时以蒙古于信仰剌麻外，所最尊奉者，厥唯关羽。二百余年，备北藩而为不侵不叛之臣者，专在于此。其意亦如关羽之于刘备，服事唯谨也。

陈寿《三国志》中并无桃园结义一事，所以《阙名笔记》提到的《三国志》实指通俗小说《三国演义》。清世祖正是利用蒙古人的信仰和性格特点，以《三国演义》中的故事笼络、约束他们。

因帝王身份特殊，所以他们的喜好与阅读对小说的形成、发展带来了较大影响。明代李开先《张小山小令后序》记，宪宗喜好词话，这对成化年间词话的创作起到推动作用。嘉靖后通俗小说的迅速发展，与司职平话的内官"日唱演于上前"也有着密切关系。另外，清代从康熙年间开始，雍正、乾隆、嘉庆、道光、同治等几朝帝王先后禁毁小说，则对小说的创作和流传造成一定程度的阻碍与打击。

（二）文人士大夫的小说阅读

日本学者矶部彰通过考察《西游记》的读者群后得出结论："古典小说的主体接受层是以官僚、读书人、富商等为中心的统治阶层。"① 也就是说，位居社会最上层的人们才是小说的主要读者。在这些人中间，具有较高文化水平、知识素养和社会地位的文人士大夫是古代小说读者群的重要组成部分，他们的参与有力地提高了小说的社会地位，扩大了小说的影响。

三国时期，曹植在邯郸淳面前背诵"俳优小说"，体现出较多的娱乐意味。《三国志》卷二十一裴松之注云：

> 《魏略》曰："植初得（邯郸）淳甚喜，延入坐，不先与谈。时天暑热，植因呼常从取水自澡讫，傅粉。遂科头拍袒，胡舞五椎锻，跳丸击剑，诵'俳优小说'数千言讫，谓淳曰：'邯郸生何如邪？'"

曹植熟悉俳优小说并为邯郸淳背诵"数千言"，可知二者都是小说的受众。六朝时期，小说受众对小说的创作和流传产生较大影响的一个事件是谢安对裴启《语林》的批评。《世说新语》卷下《轻诋第二十六》记：

> 庾道季诧谢公曰："裴郎云：'谢安谓裴郎乃可不恶，何得为复饮酒？'裴郎又云：'谢安目支道林如九方皋之相马，

---

① ［日］矶部彰：《关于明末〈西游记〉的主体接受层的研究——明代古典白话小说的读者层问题》，《集刊东洋学》第44辑，第55–56页。

略其玄黄，取其俊逸。'"谢公云："都无此二语，裴自为此辞耳。"庾意甚不以为好，因陈东亭《经酒垆下赋》，读毕，都不下赏裁，直云："君乃复作裴氏学!"于此《语林》遂废。

东晋隆和时，"河东裴启撰汉、魏以来迄于今时言语应对之可称者，谓之《语林》。时人多好其事，文遂流行"①。《语林》面世后盛行一时，谢安听说此书内容后，对其中与自己有关的描述予以否认。因谢安位高权重，所以他的言论给《语林》的流传带来了毁灭性打击，可以说这是小说受众直接影响小说传播的典型事例。

在先唐时期，关于小说受众的资料非常匮乏，通过有限的文献材料可以窥知：这一时期的小说受众多为上层人士，不管是上文提到的"王者"、晋武帝司马炎，还是临淄侯曹植、太傅谢安等，均地位显赫；小说受众对小说创作和流传的影响也不可低估，甚至直接关系到小说的命运；小说的消遣、娱乐功能在文人群体中受到一定重视，曹植背诵"俳优小说"可为一例。另外，隋朝侯白所作小说取名"启颜录"，表明这部小说在创作过程中注意到读者因素，取悦读者是其重要的创作目的。小说与文人士大夫读者关系密切，下面我们通过梳理唐宋元时期与明清时期的

---

① （南朝宋）檀道鸾：《续晋阳秋二卷》，见陈建华、曹淳亮主编：《广州大典》第1辑《广雅丛书》第23册，广州：广州出版社2008年版，第757页。

相关资料，来分析这一读者群与古代小说之间的互动。

第一，唐宋元时期文人士大夫的小说接受。

唐代是中国古代小说的成熟期，唐传奇的出现标志着小说文体的独立。与唐前相比，唐五代小说更加注重读者因素，读者（或听众）与小说的关系更为密切。讲小说故事是唐代文人在聚会、宴饮、交游时中的重要活动，这一活动促进了小说的创作。传奇小说《任氏传》的结尾写道："建中二年，既济自左拾遗与金吾将军裴冀，京兆少尹孙成，户部郎中崔需，右拾遗陆淳皆谪居东南，自秦徂吴，水陆同道。时前拾遗朱放因旅游而随焉。浮颍涉淮，方舟沿流，昼宴夜话，各征其异说。众君子闻任氏之事，共深叹骇，因请既济传之，以志异云。"描述了小说作者沈既济与裴冀、孙成、崔需、陆淳、朱放等人在南游途中，各自讲述所闻异事，众人听闻狐女任氏的故事后，为其"遇暴不失节，徇人以至死"的品性所感动，于是促请沈既济创作成篇，由此才有了小说《任氏传》的诞生。

唐传奇《李娃传》的创作也是如此，元稹《酬翰林白学士代书一百韵》诗云："翰墨题名尽，光阴听话移。"元氏自注云："乐天每与余游从，无不书名屋壁，又尝于新昌宅说'一枝花话'，自寅至巳，犹未毕词也。"寅、巳均为十二时辰之一，寅时指凌晨三时至五时，巳时指上午九时到十一时，自寅至巳，也就是说他们听"说话"经历了至少四个小时、多则八个小时的时长。元稹与白居易所听的"一枝花话"，即长安名妓汧国夫人李娃的故事，原故事内容较多，情节复杂。后来白居易之弟白行简正是在"一枝花话"的基础上整理、创作出传奇小说《李娃传》。与之相似，元稹《莺莺传》、陈鸿《长恨歌传》等小说的成书也都与文人谈论小说故事有着密切的关系。

由此可以看出，盛行于唐代的"说话"风气成为小说形成的土壤，而其受众尤其是文人的参与推动了小说故事的传播由口头向书面形式发展，文人士大夫喜谈奇异的审美趣味甚至在很大程度上影响了唐传奇"好奇"的特点。

宋元时期，除文言小说在继承传统的基础上继续发展、演进以外，随着宋元说书艺术的发展，通俗小说迅速崛起，并形成强劲的发展势头。宋元时期的文人群体也喜欢阅读小说，明代谢肇淛《五杂俎》卷十三《事部一》云：

> （小说）自宋以后日新月盛，至于近代不胜充栋矣。其间文章之高下，既与世变，而笔力之醇杂，又以人分。然多识畜德之助，君子不废焉。宋钱思公坐则读经史，卧则读小说，上厕则阅小词，古人之笃嗜若此。故读书者，不博览稗官诸家，如啖粱肉而弃海错，坐堂皇而废台沼也，俗亦甚矣。

钱思公即钱惟演，吴越王钱俶之子，随其父归宋，曾任翰林学士、保大军节度使，及同中书门下平章事诸职。钱惟演博览群书，经史、小说、小词，无所不读。阅读小说可以增广见闻，所以谢肇淛为此发出"不博览稗官诸家，如啖粱肉而弃海错，坐堂皇而废台沼"的感慨。

文人士大夫读者还直接影响到小说的创作，宋代洪迈所著《夷坚志》有甲、乙、丙、丁、戊、己、庚诸志，其成书过程多受读者影响。例如，《夷坚乙志序》云："《夷坚初志》成，士大夫或传之，今镂板于闽，于蜀，于婺，于临安，盖家有其书。人以予好奇尚异也，每得一说，或千里寄声，于是五年间又得卷帙多

钱惟演

寡与前编等，乃以乙志名之。"《夷坚初志》面世后受到士大夫的普遍欢迎，以至"家有其书"。他们不仅喜欢阅读这部小说，而且参与小说创作，为后续《夷坚乙志》的成书提供了很多素材。

此外，《西游证道书》有署名元代翰林学士虞集于天历己巳年（1329）所作序言；元代进士杨维桢也是小说读者之一，他撰写《说郛序》提道："阅之（按：指《说郛》一书）经月。"杨维桢还曾听过"善记稗官小说，演史于三国五季"的说书艺人朱桂英的表演，并在其《东维子集》卷六《送朱女士桂英演史序》中感慨："曰忠曰孝，贯穿经史，于稠人广众中，亦可以敦励薄俗，则吾徒号儒丈夫者为不如已。"

第二，明代文人士大夫的小说阅读。

明嘉靖之前，小说的发展相当缓慢，有关文人士大夫阅读小说的文献很少。试举数例：

明代吴宽《家藏集》卷五十八《天全先生徐公行状》云："（徐有贞）自经、传、子、史、百家、小说，以至天文、地理、医卜、释老之说，无所不通。"

明代王鏊《震泽集》卷二十九《石田先生墓志铭》云："（沈周）凡经、传、子、史、百家、山经、地志、医方、卜筮、稗官、传奇，下至浮屠、老子，亦皆涉其要，掇其英华。"

明代陆粲《陆子余集》卷三《祝先生墓志铭》云："（祝允明）贯综群籍，稗官、杂家、幽遐、鬼琐之言，皆入记览。"

徐有贞，明宣德八年登进士第，官至兵部尚书兼华盖殿大学士，封武功伯；沈周，明代著名文人；祝允明，明弘治五年中举，官至应天府通判，著名文人。上述材料皆有他们阅读稗官小说的记载，不过，按照小说发展进程进行推断，徐有贞等人阅读的应多为文言小说。

一些士大夫不仅阅读小说，而且为之作序。明代苏州龚绍山刊本《隋唐两朝志传》卷首林瀚所撰序言声称：

前岁偶寓京师，访有此作（按：指《隋唐两朝志传》），求而阅之，始知实亦罗氏原本……予颇好是书，不计年劳，抄录成帙……赐进士第资政大夫南京参赞机务兵部尚书致仕前吏部尚书国子祭酒春坊谕德兼经筵讲官同修国史三山林瀚撰。

序言作者林瀚，明成化至正德时人，成化二年进士，曾任兵部尚书、吏部尚书、国子监祭酒诸职。他不仅阅读历史小说《隋唐两朝志传》，而且亲自抄录小说，并为之作序。不少文人喜读通俗小说，庸愚子于明弘治甲寅年（1494）所撰《三国志通俗演义序》中提道："书成，士君子之好事者，争相誊录，以便观览。"所谓"士君子"，当指中上层文人，他们对《三国演义》倾注了热情和兴趣。

到了明嘉靖、隆庆年间，有关贵族、文人士大夫阅读小说，尤其是通俗小说的文献记载有所增加，明代李开先在《词谑·时调》中云：

> 崔后渠、熊南沙、唐荆川、王遵岩、陈后岗谓：《水浒传》委曲详尽，血脉贯通，《史记》而下，便是此书。且古来更无有一事而二十册者。倘以奸盗诈伪病之，不知序事之法、史学之妙者也。

《词谑·时调》中提到的几位小说读者情况大致如下：崔后渠即崔铣，明弘治十八年进士，曾任南京国子监祭酒、南京礼部右侍郎；熊南沙即熊过，明嘉靖八年进士，累官礼部郎中；唐荆川即唐顺之，嘉靖八年进士，礼部会试第一，曾任左金都御史；王遵岩即王慎中，明嘉靖五年进士，官至河南布政使参政；陈后岗即陈束，明嘉靖八年进士，曾任河南提学副使。以上数人皆为进士出身，担任过较高官职，他们均对《水浒传》评价甚高，认为此书"委曲详尽，血脉贯通"，充分肯定《水浒传》的"序事之法"与"史学之妙"。这反映出早在明嘉靖时期，文人士大夫对小说的看法已有转变，由轻视小说的传统观念到对其给予一定肯定。

明代胡应麟在其《少室山房笔丛·庄岳委谈下》中也提到"巨公"阅读《水浒传》之事："嘉、隆间一巨公案头无他书，仅左置《南华经》，右置《水浒传》各一部。"

明万历年间，小说受到上层文人的广泛欢迎。曾担任兵部侍郎的汪道昆于万历十七年（1589）撰《水浒传序》，强调小说的地位和作用，表明以汪道昆为代表的社会上层人士对小说的看法有了明显改观。万历四年举人胡应麟读过多种小说，他在撰于万历中期之前的《少室山房笔丛》中提到自己阅读《水浒传》之事："余二十年前所见《水浒传》本，尚极足寻味。"并记载"缙绅文士""名士"阅读《水浒传》的情况："今世人耽嗜《水浒传》，至缙绅文士亦间有好之者……又近一名士听人说《水浒》，作歌谓奄有丘明、太史之长。"

当时文人士大夫阅读小说或已蔚然成风，以《金瓶梅》一书为例，明代袁宏道（字中郎）、袁中道（字小修）、冯梦龙（字犹龙）、王世贞（号弇州山人）、丘志充、谢肇淛、董思白等人均读过此书，文献记载如下：明代沈德符《万历野获编》卷二十五

《词曲·金瓶梅》云：

　　袁中郎《觞政》以《金瓶梅》配《水浒传》为外典，予恨未得见。丙午（按：明万历三十四年，1606），遇中郎京邸，问："曾有全帙否？"曰："第睹数卷，甚奇快。今惟麻城刘涎白承禧家有全本，盖从其妻家徐文贞录得者。"

　　又三年，小修上公车，已携有其书，因与借抄挈归。吴友冯犹龙见之惊喜，怂恿书坊以重价购刻；马仲良时榷吴关，亦劝予应梓人之求，可以疗饥。予曰："此等书必遂有人板行，但一刻则家传户到，坏人心术，他日阎罗究诘始祸，何辞置对？吾岂以刀锥博泥犁哉！"仲良大以为然，遂固箧之。未几时，而吴中悬之国门矣。

袁宏道

明代谢肇淛《金瓶梅跋》云：

> 《金瓶梅》一书……唯弇州家藏者最为完好。余于袁中郎得其十三，于丘诸城（按：丘志充，万历四十一年进士）得其十五，稍为厘正，而阙所未备，以俟他日。

明代袁中道《游居柿录》卷九云：

> 袁无涯来，以新刻卓吾批点《水浒传》见遗。予病中草草视之……往晤董太史思白，共说诸小说之佳者，思白曰："近有一小说，名《金瓶梅》，极佳。"予私识之。后从中郎真州，见此书之半。

这些材料中提到的《金瓶梅》的几位读者均出身举人、进士，曾任较高官职。例如王世贞曾任刑部尚书，丘志充、谢肇淛仕至布政使。

除受到广泛欢迎的《金瓶梅》之外，他们还读过《西游记》《水浒传》《云合奇踪》（《英烈传》）等小说。谢肇淛在《五杂俎》卷九《物部一》指出："置狚于马厩，令马不疫。《西游记》谓天帝封孙行者为弼马温，盖戏词也。"可见他对《西游记》的内容和相关民俗都相当熟悉。另有袁宏道的《听朱生说水浒传》夸赞《水浒传》云："少年工谐谑，颇溺滑稽传。后来读《水浒》,文字益奇变。六经非至文,马迁失组练。一雨快西风,听君醋舌战。"据明代徐如翰所作《云合奇踪序》可知,万历时自称"边关围吏,耳目睹记,皆韬铃介胄之士"的朝列大夫边关备兵观察使者徐如翰读过《云合奇踪》并为之作序。此外,《游惠山记》云:"余……尽日惟以读书为事。然书浅易者,既不足观,艰深者观之复不快人。其他如《史记》、杜诗、《水浒传》、元人杂剧畅心之书,又皆素所属厌,且病余之人,精神眼力几何,焉能兀兀长手一编?"属厌,饱览的意思。从袁宏道病中所读书目来看,阅读小说成为当时文人士大夫日常娱乐、消遣的方式之一。

除通俗小说以外,文言小说也是文人喜欢阅读的对象,冯梦龙所撰《太平广记钞·小引》记载:

> 予自少涉猎,辄喜其博奥,厌其芜秽,为之去同存异,芟繁就简,类可并者并之,事可合者合之,前后宜更置者更置之。大约削简什三,减句字复什二,所留才半,定为八十卷。呜乎!昔以万卷辐凑,而予以一览彻之,何幸也!昔以群贤缀拾,而予以一人删之,又何僭也!

冯梦龙出生于万历二年(1574),他对小说总集《太平广记》自小便有浓厚的阅读兴趣,在阅读的基础上作了很多语言文字、情节结构等方面的删改工作,并编成《太平广记钞》八十卷,流传颇广。

明天启、崇祯年间，小说创作繁荣、传播广泛，这一时期关于上层文人阅读小说的文献虽不及万历时多，但也时常可见。例如，祁彪佳，明天启进士，崇祯时担任御史，巡按苏松，《祁忠敏公日记·甲申日历》云："舟中无事，阅冯犹龙所制《列国传》。"甲申即崇祯十七年（1644），《甲申日历》提到的"冯犹龙所制《列国传》"指冯梦龙编撰的《新列国志》。与其他文人士大夫一样，祁氏也是抱着娱乐、休闲的目的阅读小说，其《祁忠敏公日记》"归南快录"条称："取《隋史遗文》及《皇明小说》观之，以代《七发》……阅小说中如《皇明盛事》及《觚不觚录》诸书，得以识我明典故，亦病中一快也……观小说以消暇日。"

明末崇祯白下翼圣斋本《禅真逸史》卷首有多名官员所撰序言，如赐进士第、曾任通奉大夫、云南布政司左布政使、奉敕整饬行都司提督五卫学政、建昌兵粮道的诸允修，担任奉政大夫、工部都水清吏司郎中、提督通惠河道的徐良辅，都读过小说《禅真逸史》并为之作序。

第三，清代文人士大夫的小说阅读。

文人士大夫喜阅小说的风气顺延至清代。清初顺治、康熙两朝，由明入清的黄周星曾为《西游证道书》撰写跋语。黄周星，江宁上元人，明崇祯十三年（1640）进士，官户部主事，入清后不仕，自号笑苍道人。据清代王应奎《柳南随笔》记载，王士禛也是小说爱好者、阅读者："落凤坡之称，盖小说家妆点之辞

（按：指《三国演义》中的情节），而后人遂以名其地……王新城诗中，有吊庞士元之作，竟以落凤坡三字著之于题。"王新城即王士禛，山东新城人，官至刑部尚书，曾作《落凤坡吊庞士元》一诗。在诗中，他把小说虚构的地名当成史实，受到他人讥嘲，不过由此也表明王士禛读过《三国演义》并熟悉其中的人物与情节。王士禛也喜欢文言小说，他在所撰《世说新语跋》中形容："康熙辛未，予官兵部侍郎，居京师，此二书（按：指《世说新语》和《侯鲭录》）适在笈中，翻阅怃然，如遇贫交于契阔死生之后，其悲愉感慨有出于寻常相万者。"

清初吕熊所撰《女仙外史》的读者群体中，也有许多文人士大夫。清康熙辛卯年（1711），广州府太守叶焈曾为此书作跋，此外，据《江西廉使刘廷玑在园品题二十则》，《女仙外史》一书从构思到出版，都有作为读者的江西按察使刘廷玑参与的痕迹，可以说，正是在刘廷玑的支持与鼓励下，吕熊才得以完成《女仙外史》的写作。

清代中期（雍正、乾隆、嘉庆、道光诸朝）也时有关于官员、士大夫阅读小说的记载。雍正、乾隆之际，曾出现几起武官误引小说之事，例如清奕赓《管见所及》中讲述：

> 雍正六年，廷臣奉谕，各保所知者一人，护军参领郎坤因奏："明如诸葛亮，尚误用马谡，臣焉敢妄举。"世宗谕曰："必能胜诸葛亮始行保举，则胜于诸葛亮者，郎坤必知

之，郎坤从何处看得《三国志》小说，即欲示异于众，辄敢沽名具奏，甚属可恶，交部严审具奏之。"此可为好引用小说者之戒。

护军参领属正三品京官，担任此职的高级武官因误将《三国演义》中的情节当成史实而受到雍正皇帝的责罚。清嘉庆六年（1801），宁夏将军仍兼甘肃提督苏宁阿还为《西游原旨》一书撰过序。

小说作品尤其一些名著如《金瓶梅》《水浒传》《三国演义》《红楼梦》等，在上等社会阶层之中广泛传播：袁枚阅读《金瓶梅》并于清乾隆四十六年（1781）撰写《原本金瓶梅跋》。清代昭梿《啸亭续录》云："自金圣叹好批小说，以为其文法毕具，逼肖龙门，故世之续编者，汗牛充栋，牛鬼蛇神，至士大夫家几上，无不陈《水浒传》《金瓶梅》以为把玩。"昭梿是清乾隆至道光时人，可知当时士大夫之家多备《水浒传》《金瓶梅》等书。另有嘉庆时举人梁联第阅读《西游原旨》并为之作序。此外，据徐时栋《烟屿楼笔记》卷四记载，道光二十六年（1846）举人徐时栋读过《三国演义》等多种小说，并在其所撰《烟屿楼笔记》中对《三国演义》给予高度评价："史事演义，惟罗贯中之《三国志》最佳。其人博极典籍，非特借陈志裴注敷衍成书而已。"

在各种小说名著之中，这一时期最受上层人士欢迎的当数《红楼梦》，流传最广，影响也最大。试举数例：

清代宗室永忠有诗《因墨香得观〈红楼梦〉小说吊雪芹》云："传神文笔足千秋，不是情人不泪流。可恨同时不相识，几回掩卷哭曹侯。"永忠与曹雪芹同处乾隆时期，因爱其小说而怜惜作者。清代陈镛《樗散斋丛谈》卷二《红楼梦》篇云：

晤江宁桂愚泉，力劝勿看《红楼梦》……巨家间有之，然皆抄录，无刊本，曩时见者绝少。乾隆五十四年春，苏大司寇家因是书被鼠伤，付琉璃厂书坊抽换装订，坊中人借以抄出，刊版刷印渔利，今天下俱知有《红楼梦》矣。

清代毛庆臻《一亭考古杂记》云：

乾隆八旬盛典后，京板《红楼梦》流行江浙，每部数十金。致翻印日多，低者不及二两。其书较《金瓶梅》愈奇愈热，巧于不露，士夫爱玩鼓掌。传入闺阁，毫无避忌。作俑者曹雪芹，汉军举人也。

与《金瓶梅》相比，《红楼梦》一书"愈奇愈热，巧于不露"，情节新奇曲折，写情含蓄，因而士大夫"爱玩鼓掌"，苏大司寇等"巨家"珍藏之高阁。

在晚清咸丰、同治、光绪、宣统数朝，传统小说名著如《金瓶梅》《红楼梦》等依然受到欢迎，曾任知县的文龙评《金瓶

梅》第一册后附记云："幼年既闻有此书，然此尝一寓目也。直
至咸丰六年，在昌邑县公干勾留，住李会堂文学署，纵览一遍，
过此则如浮云旋散，逝水东流。嗣闻原板劈烧，已成广陵散矣。
在安庆书肆中，偶遇一部，索价五元，以其昂贵置之。邵少泉少
尹，知予有闲书癖，多方购求，竟获此种，交黄仆寄来。惜被邹
隽之大令抽去三本，不成全璧矣。"记载了自己于咸丰六年
（1856）阅读《金瓶梅》的情况：《金瓶梅》原版虽然被毁，但
书肆仍有出售，且标价昂贵；读者"多方购求"，最终得以如愿。

清代陈其元《庸闲斋笔记》卷八《红楼梦之贻祸》云："淫
书以《红楼梦》为最，盖描摹痴男女情性，其字面绝不露一淫
字，令人目想神游，而意为之移。所谓'大盗不操干矛'也。丰
润丁雨生中丞巡抚江苏时，严行禁止，而卒不能绝，则以文人学
士多好之之故。"丁雨生中丞即丁日昌，同治七年（1868）升任
江苏巡抚，他严令禁毁《红楼梦》等小说，然禁而不绝，主要原
因之一就在于"文人学士多好之之故"。

另有俞樾、平步青等人在广泛阅读的基础上对小说进行更为
深入的研究。俞樾，清道光三十年进士，曾提督河南学政，他的
《小浮梅闲话》对《三国演义》《水浒传》《西游记》《封神演
义》《龙图公案》等多种小说故事进行考证；平步青，同治年间
进士，官江西粮道，并署布政使，他所著《霞外攟屑》卷九《小
栖霞说稗》专论小说戏曲，对《三国演义》《残唐五代传》《儒
林外史》"三言"《西游补》《女仙外史》《石头记》《儿女英雄

传》等小说加以考订和研究。

晚清时期，除传统题材的小说之外，以同时代政治、军事、社会现实作为题材的小说作品也受到士大夫的关注。例如，黄人《小说小话》云："《年大将军平西记》，脱胎于《封神榜》《西洋记》……我乡徐太史兆暐素推重是书，大约因书中神怪各节，所谓阵图法宝者皆有寓意而偏嗜之。"《年大将军平西记》即清代小说《平金川全传》，描写清雍正元年（1723）抚远大将军年羹尧平定青海叛乱一事，现存清光绪二十五年（1899）富文书局石印本、光绪二十六年焕文书局刊本等，此书受到当时文人士大夫的重视。

第四，文人士大夫读者对小说的态度及其影响。

按照传统观念来看，小说为"小道"，不少文人以正统观念衡量小说中的人物与情节。例如，清顺治年间恩贡生申涵光所撰《荆园小语》云："世传作《水浒传》者，三世哑，近时淫秽之书如《金瓶梅》等，丧心败德，果报当不止此。每怪友辈极赞此书，谓其摹画人情，有似《史记》，果尔，何不直读《史记》，反悦其似耶？至家有幼学者，尤不可不慎。"显然，申涵光对《水浒传》《金瓶梅》等小说持有强烈的排斥心态。清代章学诚在其《丙辰札记》中评价《三国演义》曰：

　　（三国）《演义》之最不可训者桃园结义，甚至忘其君臣而直称兄弟。且其书似出《水浒传》后，叙昭烈、关、张、诸葛, 俱以《水浒传》中萑苻啸聚行径拟之。诸葛丞相生平以谨慎自命, 却因有祭风及制造木牛流马等事, 遂撰出无数神奇诡怪, 而于昭烈未即位前君臣寮案之间, 直似《水浒传》中吴用军师, 何其陋耶? 张桓侯, 史称其爱君子, 是非不知礼者,《演义》直以拟《水浒》之李逵, 则侮慢极矣。关公显圣, 亦情理所不近。

对《三国演义》的桃园结义等情节, 一般读者从中读出"义"字, 而章学诚则从封建正统出发, 认为关羽、张飞与后来成为蜀国国君的刘备结为兄弟这一情节"侮慢极矣", 不合君臣之礼。同时, 章学诚还以史家观念衡量小说创作, 对诸葛亮祭风及制造木牛流马等情节表示不满。

文人士大夫当然并非全盘否定小说, 而是对其抱有矛盾、复杂的态度。整体来看, 宗室、官员、士大夫等上层人士对小说既排斥又喜爱, 明代胡应麟在《少室山房笔丛·九流绪论下》中曾对此有所揭示:"大雅君子, 心知其(按: 指小说)妄, 而口竞传之, 且斥其非, 而暮引用之, 犹之淫声丽色, 恶之而弗能弗好也。"晚清侠人《小说丛话》从接受心理的角度分析这种现象:

小说者, 固应于社会之热毒, 而施以清凉散者也……故有暴君酷吏之专制, 而《水浒》现焉; 有男女婚姻之不自由, 而《红楼梦》出焉。虽峨冠博带之硕儒, 号为生今之

世，反古之道，守经而不敢易者，往往口非梁山而心固右
之，笔排宝、黛而躬或蹈之，此无他，人心之所同，受其惨
毒者，往往思求怜我知我之人，著者之哀哀长号，以求社会
之同情，固犹读者欲迎著者之心也。

读者热爱小说，是因为可以从中获得现实所不能给予的心理
补偿。所以文人士大夫一方面鄙视小说，另一方面又不得不受到
小说的吸引。他们既批评小说之虚妄怪诞，又享受阅读小说带来
的快乐，以小说娱己、消遣。上文提到的崇祯时担任御史的祁彪
佳就"观小说以消暇日"，万卷楼明万历十五年刊本《国色天香》
卷首谢友可之序亦称："今夫辞，写幽思，寄离情，毋论江湖散
逸，需之笑谭，即缙绅。家辄藉为悦耳目。"

文人士大夫对待小说的态度，概而言之，在明清时期经历了
两次大的转变：一是明代中后期，一是晚清时期。据李开先《词
谑·时调》所记，明嘉靖、隆庆时，崔铣、熊过、唐顺之、王慎
中、陈束等人就对《水浒传》予以很高的评价。万历十七年，汪
道昆撰《水浒传序》肯定了该小说的地位与作用，或许不愿公开
表达这一见解而使用了笔名"天都外臣"。至明代中后期，李贽、
袁宏道、王世贞、谢肇淛等一批文人士大夫公开参与小说的传
播，有力地提高了小说的地位及影响。晚清的"小说界革命"则
给士大夫带来了更大的冲击，轻视小说的传统观念大为改观，他
们不仅阅读小说，还从事小说的创作与评论。正如老棣在《文风

之变迁与小说将来之位置》中所说："自文明东渡，而吾国人亦知小说之重要，不可以等闲观也，乃易其浸淫'四书''五经'者，变而为购阅新小说。"

官员、贵族和士大夫社会地位高，朋友、门生、故吏较多，所以他们的态度往往给小说的创作、传播带来较大影响。以王士禛为例，清代勾曲外史《第五才子书序》云："近新城先生（按：即王士禛）最喜说部，一时才人翕然从之，旁搜远采而进于剞劂者，莫不各极恢奇典洽之美。"显然，王士禛对小说的喜爱促进了小说的创编与刊刻。《三国演义》《金瓶梅》等书的传播经历也充分表明，文人士大夫的阅读、传抄对小说传播起到明显的推动作用。明代庸愚子《三国通俗演义序》云："书（按：即《三国演义》）成，士君子之好事者，争相誊录，以便观览。"《金瓶梅》成书后，也曾在文人之间传抄，万历二十四年（1596），袁宏道向董其昌借阅《金瓶梅》后写信向其询问："《金瓶梅》从何得来？伏枕略观，云霞满纸，胜于枚生《七发》多矣。后段在何处？抄竟当于何处倒换？幸一的示。"① 他还曾将自己的抄本借于谢肇淛，并在一段时间后写信催促谢肇淛归还。可见，文人士大夫阅读、传抄小说，扩大了小说的传播范围与社会影响，推动了小说从抄本向刊本的发展。

①　（明）袁宏道：《董思白》，见《袁中郎全集》卷一《尺牍》，上海：上海中央书店1912年版，第27页。

（三）学校及书院学生的小说阅读

中国古代科举的完善与繁荣是在明清时期，由于社会发展需要以及统治集团对科举的重视，明清两代，各地的学校、书院相当发达，数量众多，在其中学习的学生构成一个独特群体。这些学生的主要目的是通过科举出仕，紧张的学习、应考之暇，阅读小说成为他们借以休闲、放松的重要方式之一。

第一，明代的学生情况及其小说阅读。

明代立国后，朱元璋非常重视学校教育。洪武二年（1369），朱元璋设立国子监，倡导文教，视学校为教化之本，并下令各郡县皆立学校。在统治集团的重视下，学校大盛，《明史》卷六十九《选举志》云："明制，科目为盛，卿相皆由此出，学校则储才以应科目者也……科举必由学校，而学校起家可不由科举。"学校成为科举考试的必经之路，在校学生众多。顾炎武在其《顾亭林诗文集》卷一《生员论（上）》中曾就明末生员的数量进行大致统计："合天下之生员，县以三百计，不下五十万人。"

书院性质不同于国家教育体系内的各类学校，办学具有较大的灵活性。总体来看，明代前期学校兴盛，后期书院发达。沈德符在《万历野获编》卷二十四《书院》中谈到明代书院发展的状况：

书院之设，昉于宋之金山、徂徕及白鹿洞，本朝旧无额设明例。自武宗朝王新建以良知之学行江浙两广间，而罗念庵、唐荆川诸公继之，于是东南景附，书院顿盛，虽世宗力禁，而终不能止。

嘉靖末年，徐华亭以首揆为主盟，一时趋鹜者人人自托吾道，凡抚台莅镇，必立书院，以鸠集生徒，冀当路见知。其后间有他故，驻节其中，于是三吴间，竟呼书院为中丞行台矣。

今上初政，江陵公痛恨讲学，立意翦抑，适常州知府施观民，以造书院科敛见纠，遂遍行天下拆毁，其威令之行，峻于世庙。江陵败而建白者力攻，亦以此为权相大罪之一，请尽行修复。当事者以祖制所无折之，其议不果行。

近年理学再盛，争以皋比相高，书院聿兴，不减往日，李见罗在郧阳，遂拆参将衙门改造，几为武夫所杀，于是人稍有戒心矣。至于林下诸君子，相与切磋讲习，各立塾舍名书院者，又不入此例也。

当正德间，书院遍宇内，宸濠建阳春书院于南昌，以刘养正为讲学盟主，招致四方游士，求李梦阳为之记。张璁尚为乡贡士，亦立罗山院于其乡，聚徒讲学，其不自揆类此。

沈德符指出，书院兴盛于明武宗正德年间，嘉靖、万历时，虽经数次力禁，仍然禁而不止。

据白新良所著《中国古代书院发展史》第二章"明朝时期书

院的全面发展"中统计，明代书院共有 1762 所，其中洪武朝 43
所、建文朝 1 所、永乐朝 19 所、宣德朝 13 所、正统朝 31 所、景
泰朝 17 所、天顺朝 19 所、成化朝 78 所、弘治朝 95 所、正德朝
150 所、嘉靖朝 596 所、隆庆朝 67 所、万历朝 95 所、天启朝 21
所、崇祯朝 86 所、朝代不明者 431 所。学校和书院数量可观，精
明的书坊主注意到学生这一特定群体，有针对性地向他们进行书
籍销售。胡应麟在《少室山房笔丛》卷四《经籍会通四》中指
出，越中、燕中、武林、金陵等地的书市，皆利用科举考试的时
机向学生们销售书籍。

　　学生在阅读经史著作的同时，小说也是他们借以消遣娱乐的
工具。下面，我们分别以李时勉与《剪灯新话》禁毁事件，吴承
恩、金圣叹等人阅读小说之事为例，试论明代各个时期学生群体
阅读小说的情况。

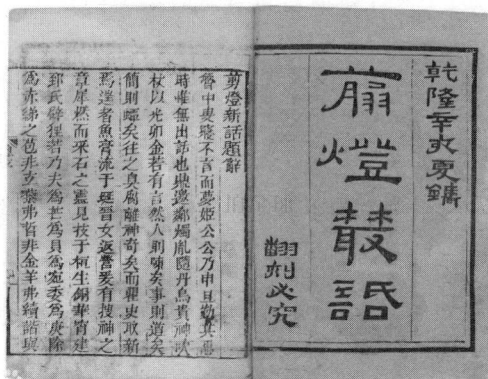

《剪灯新话》

据清代顾炎武《日知录之馀》卷四《禁小说》所记，明正统七年（1442），国子监祭酒李时勉上奏朝廷，请求禁止《剪灯新话》等小说流传：

> 《实录》："正统七年，二月辛未，国子监祭酒李时勉言：'近有俗儒，假托怪异之事，饰以无根之言，如《剪灯新话》之类，不惟市井轻浮之徒，争相诵习，至于经生儒士，多舍正学不讲，日夜记忆，以资谈论，若不严禁，恐邪说异端，日新月盛，惑乱人心；乞敕礼部，行文内外衙门，及提调学校佥事御史，并按察司官，巡历去处，凡遇此等书籍，即令焚毁，有印卖及藏习者，问罪如律，庶俾人知正道，不为邪妄所惑。'从之。"

由上可知，《剪灯新话》遭到禁毁的原因在于"经生儒士，多舍正学不讲，日夜记忆，以资谈论"。李时勉担任国子监祭酒时对学生严格要求，甚至不时潜行，考察他们是否用功学习。在这种情况下，他发现不少学生日夜诵读小说，以为谈论之资。对此，他非常不满，视之为不务正业，遂请求禁毁《剪灯新话》等小说。作为学生督导，李时勉的做法也在情理之中。通过这件事，我们不难看出当时学生群体对小说的喜爱程度，以及一些正统文人士大夫对待小说的态度。

明代中期的学生喜读小说，可以吴承恩为例。他在《禹鼎志序》中称："余幼年即好奇闻,在童子社学时,每偷市野言稗史,惧为父师诃夺,私求隐处读之。比长,好益甚,闻益奇。迨于既壮,旁求曲致,几贮满胸中矣。"吴承恩大约生于明弘治十三年(1500),约卒于万历十年（1582）,他回忆自己"幼年""在童子社学时"之事,应在明代中叶正德年间（1506—1521）。从这条材料可知,不仅成年学生喜读小说,甚至一些年幼的社学童子也瞒着父师偷偷阅读小说。

明代后期关于学生阅读小说的记载也时有可见,譬如,明末金圣叹《第五才子书水浒传序三》云：

> 吾年十岁,方入乡塾……明年十一岁……则见俗本《水浒传》……其无晨无夜不在怀抱者,吾于《水浒传》可谓无间然矣。吾每见今世之父兄,类不许其子弟读一切书,亦未尝引之见于一切大人先生,此皆大错。夫儿子十岁,神智生矣,不纵其读一切书,且有他好,又不使之列于大人先生之间,是驱之与婢仆为伍也……吾犹自记十一岁读《水浒》后,便有于书无所不窥之势。吾实何曾得见一书,心知其然,则有之耳。然就今思之,诚不谬矣。天下之文章,无有出《水浒》右者;天下之格物君子,无有出施耐庵先生右者。

金圣叹自称十一岁时即阅读《水浒传》,他出生于明万历三十

金圣叹

六年（1608），从其出生时间推断可知，金圣叹是在万历四十六年（1618），也就是进入乡塾读书的第二年，阅读《水浒传》的。在此序中，金圣叹对世间父兄不许子弟读"一切书"的状况提出批评，他结合自己幼时开始读《水浒传》的经历指出，阅读小说可增长知识，开阔视野，且有益于学习。

第二，清代的学生情况及其小说阅读。

为了统治需要，清朝统治者推崇儒教，倡导理学，大力发展学校教育，在继承明朝旧制的基础上强化学校与科举之间的关系。《清史稿》卷一〇六《选举志》云：

有清学校，向沿明制。京师曰国学，并设八旗、宗室等官学。直省曰府、州、县学。

世祖定鼎燕京，修明北监为太学。顺治元年，置祭酒、司业及监丞、博士、助教、学正、学录、典籍、典簿等官……

乾隆四十八年谕曰："稽古国学之制，天子曰辟雍，所以行礼乐、宣德化、昭文明而流教泽，典至钜也。国学为人文荟萃之地，规制宜隆。辟雍之立，元、明以来，典尚阙

如，应增建以臻美备。"命尚书德保，尚书兼管国子监事刘
墉，侍郎德成，仿《礼经》旧制，于彝伦堂南营建。明年，
落成。又明年，高宗驾临辟雍行讲学礼……嘉庆以后，视学
典礼，率循不废。咸丰初，犹一举行焉。

清世祖顺治皇帝在定都燕京后，将明代北监改为太学。辟雍
是国子监的中心建筑，乾隆皇帝亲自至此行讲学礼，以示尊重，
嗣后历代帝王多沿此礼。清代学校名目繁多，除国子监外，地方
有府学、州学、县学，还有专为八旗满洲、汉军、蒙古生员举办
的旗学，军队系统举办的卫学等。学校之设与科举考试紧密结
合，为科举考试服务，正如《钦定八旗通志·学校志》所称：
"学校之制与选举相表里"。

在学的学生数量引人注目，生于明末、卒于顺治十一年
（1654）的侯方域《重学校》一文称："今者，大县之弟子，殆不
下二千人，中小县亦各千余人。"康熙五十一年《常熟县志》卷
一《风俗》云："（常熟县）子弟皆游而读书，每有司较童子试，
辄及千人。"各县读书的学生动辄有千人甚至数千人，就全国范
围而言，学生可以说是一个庞大的群体。

清初限制书院发展，据《古今图书集成·经济汇编·选举
典》卷十七《学校部》记载，顺治时，曾诏令各地"不许别创书
院，群聚徒党及号召他方游食无行之徒，空谈废业"。但是自顺
治十四年（1657）起，书院的发展获得转机，这一年，朝廷采纳

抚臣袁廓宇之奏，修复衡阳石鼓书院，此后各地书院纷纷设立。雍正十一年（1733），朝廷下令在各省省城设立书院，并拨付1000两银子作为费用；乾隆二年（1737）下诏鼓励兴办书院。在皇帝和朝廷的大力支持下，书院发展迅速，据白新良《中国古代书院发展史》第二章"明朝时期书院的全面发展"中统计，清朝修复及新建的书院有4365所。邓洪波在其《中国书院史》第六章就此指出："（清朝书院）其数是唐、五代、辽、宋、金、元、明各朝书院总和的1.96倍。其时，十八行省的通都大邑无不皆设书院，即便是山村水寨，也可寻觅到书院的踪影。这说明，经过千年发展之后，到清代，书院已成遍布天下的普及之势。"

与明代相似，清代学校和书院的学生也喜欢阅读小说作品，清人徐允临于光绪十年（1884）撰《儒林外史跋》云："允临志学之年，即喜读《儒林外史》，避寇时，家藏书籍都不及取，独携此自随。"清代梁恭辰《北东园笔录四编》卷四《红楼梦》云：

> 《红楼梦》一书，诲淫之甚者也……满洲玉研农先生（麟），家大人座主也。尝语家大人曰："《红楼梦》一书……我做安徽学政时，曾经出示严禁，而力量不能及远，徒唤奈何！有一庠士颇擅才笔，私撰《红楼梦节要》一书，已付书坊剞劂。经我访出，曾褫其衿，焚其板。"

庠，古代学校名称，庠士即在校学生。据梁恭辰所记，某庠士不仅阅读《红楼梦》，且撰写了《红楼梦节要》，因而受到惩罚。清代齐学裘《见闻随笔》卷十五也提到秀才看小说之事："叶调生（廷琯）与余言：桐乡人严鈜秀才，生平无他过，独好看淫词小说。"

为防备学生因读小说而荒废学业，有些书院约法三章，对学生谆谆劝戒。例如，《陈宏谋豫章书院学约读经史》云："其他无益之书，非惟不必读，亦无暇读……至于近日之淫词艳曲，尤宜焚弃，不得寓目。倘留案头，便是不祥之物。"清代汪正《先正遗规》卷上《冯从吾士戒》云：

一、毋看《水浒传》及笑资戏文，诸凡无益之书。

一、毋撰造词曲杂剧，及歌谣对联，讥评时事，倾陷同袍。

一、毋唱词、作戏、博弈、清谭。

以上数款皆余髫年所闻于长老先生者，故不惮谆谆为诸生言之，诸生其慎听毋忽。

书院的先生告诫青年学子不要读"淫词艳曲"，认为《水浒传》及笑资戏文均为无益之书。上述劝戒材料也从侧面反映出清代学校、书院的学生阅读小说的现象并不罕见，唯因如此，才引起先生们的警觉。

第三，学校和书院的学生作为小说读者群的特点及其与小说的关系。

首先，学校、书院的学生通过阅读小说可弥补学习之枯燥，正如署名为汤显祖的《艳异编叙》所言：

> 吾尝浮沉八股道中，无一生趣。月之夕，花之晨，衔觞赋诗之余，登山临水之际，稗官野史，时一展玩。诸凡神仙妖怪，国士名姝，风流得意，慷慨情深，语千转万变，靡不错陈于前。

《艳异编叙》作者声称，自己在学习八股以应付举业的过程中，感到枯燥乏味，无一生趣，于是借助稗官野史以消遣、缓解压力。

清代吴璿于乾隆年间撰写《飞龙全传序》云："己巳岁（按：指乾隆十四年，1749），余肄业村居，暗修之外，概不纷心。适有友人挟一帙以遗余，名曰《飞龙传》。视其事则虚妄无稽；阅其词，则浮泛而俚。余时方攻举子业，无暇他涉，偶一寓目，即鄙而置之。"吴璿虽然对《飞龙传》小说采取"鄙而置之"的态度，但从他的序言可以看出，在攻举子业之余，他曾经阅读过友人赠送的《飞龙传》小说。

其次，学校、书院的学生在阅读小说的过程中，或可汲取小说之文法，以供科考借鉴。明末金圣叹《第五才子书水浒传序三》云：

　　夫固以为《水浒》之文精严，读之即得读一切书之法也。汝真能善得此法，而明年经业既毕，便以之遍读天下之书，其易果如破竹也者，夫而后叹施耐庵《水浒传》真为文章之总持。不然，而犹如常儿之泛览者而已。

　　金圣叹认为，《水浒传》文法精严，读懂《水浒传》并掌握其文法，便可以读遍天下之书。清代李春荣于乾隆甲寅（1794）撰《水石缘后序》指出：

　　文章笔法，惟推左氏，神化莫测，独擅千古之奇。今妄拟其微，自提纲立局，首尾呼应，埋伏影射，笼络穿插，吞吐接渡，代字啄句，无中生有，丽体散行，诗辞歌赋，作文之法，缜密无遗。最易启童蒙之性灵，发幼学之智巧，幸勿徒以鄙语俚言，阅之解颐为爽心快目已也。

　　李春荣强调他创作的小说《水石缘》汲取了《左传》之笔法，"最易启童蒙之性灵，发幼学之智巧"，可以为读书应考的学生提供诸多帮助。另如《聊斋志异》，清代但明伦自称年幼求学之际从中学到为文之法："忆髫龄时，自塾归，得《聊斋志异》读之，不忍释手。先大夫责之曰：'童子知识未定，即好鬼狐怪诞之说耶？'时父执某公在坐，询余曷好是书。余应之曰：'不知其他，惟喜某篇某处典奥若《尚书》，名贵若《周礼》，精峭若

《檀弓》，叙次渊古若《左传》《国语》《国策》，为文之法，得此益悟耳。'"

最后，学校、书院学生的阅读行为对小说创作也产生影响。试以明代类书体小说为例，《国色天香》《绣谷春容》《万锦情林》《燕居笔记》等类书体小说主要是为适应学生群体的阅读需要而创作的。金陵万卷楼万历年间刊本《国色天香》封面对联题云："学海遗珠玩味中启文人博雅，艺林说锦批读处动才子情思"，此书卷一《珠渊玉圃》篇标题下注称："是集大益举业"。观其书可知，《国色天香》等类书体小说除收编小说外，还包含诰、制、诏、启、状、判、赞、词、帖、铭、颂等多种文体，据《明史》卷六十九《选举志》所记，诰、诏等均为科举考试文体，所以类书体小说的编刊者采取上下两栏刊刻的形式，把诰、诏等应用型文体与小说刊刻在一起，使考生在应付举业的同时，亦可享受阅读小说带来的乐趣。

（四）最庞大的小说读者群：市井百姓

市井百姓等下层阶级读者包括农民、小商人、手工业者、衙役、僧徒、道士、下层文人等。与贵族、官员、士大夫相比，下层阶级读者虽然社会地位不高，但成员繁多。明代绿天馆主人《古今小说叙》云："大抵唐人选言，入于文心；宋人通俗，谐于里耳。天下之文心少而里耳多，则小说之资于选言者少，而资于通俗者多。"数量众多的市井百姓喜读小说，尤其喜欢浅显易懂的通俗小说，正如兼善堂刊本《警世通言》识语所言："通俗演义一种，尤便于下里之耳目。"从唐代俗讲到宋元说话再到明清小说，市井百姓可谓最庞大的小说读者（或听众）群。

第一，唐代俗讲与受众。

唐代有僧讲和俗讲，用以宣扬佛教教义。僧讲以讲解经文为主，其受众为受戒僧人；俗讲则以讲述佛教故事为主，其受众是未受戒的普通人，多为下层民众。唐代俗讲之风兴盛，段成式在其《酉阳杂俎续集》五《寺塔记》中云：

> （长安平康坊菩提寺）佛殿内槽东壁维摩变，舍利弗角而转眄。元和末，俗讲僧文溆装之，笔迹尽矣。

这是现存文献中关于俗讲的最早记载，提及俗讲僧文溆以维摩变图画装饰长安平康坊菩提寺佛壁一事。胡士莹先生在其《话本小说概论》第一章第三节"唐代民间、宫廷、寺院中的说话"中认为："俗讲既然是三教论衡中释家一支的派生物，它的兴起，当不会早于开元以前。现存'变文'年代可考的，最早在开元天宝之际，我们推测俗讲的诞生也在此时，而盛于元和以后。"

日本僧人圆仁的《入唐求法巡礼行记》记载，九世纪上半期，长安有名的俗讲法师，左街为海岸、体虚、齐高、光影四人，右街为文溆及其他二人。唐代赵璘的《因话录》卷四《角部》提及当时文溆俗讲时的情景："有文淑（溆）僧者，公为聚众谭说，假托经论所言，无非淫秽鄙亵之事。不逞之徒，转相鼓扇扶树。愚夫冶妇，乐闻其说，听者填咽。寺舍瞻礼崇奉，呼为'和尚'。教坊效其声调，以为歌曲。其氓庶易诱，释徒苟知真理，及文义稍精，亦甚嗤鄙之。"

俗讲虽以宣扬佛教为主要目的，但它采取通俗易懂的言辞讲故事，并以说唱结合的形式进行讲述，很有吸引力，因而受到上至皇帝、下至市井百姓的广泛欢迎。据《资治通鉴·唐纪五十九》"敬宗宝历二年"条记载："宝历二年六月己卯，上幸兴福寺，观沙门文溆俗讲。"胡三省注云："释氏讲说，类谈空有，而俗讲者又不能演空有之义，徒以悦俗邀布施而已。"这是对唐宝历二年（826）敬宗皇帝听俗讲的记录。值得注意的是，这条材料点明了俗讲"悦俗"的特点，也就是说，俗讲是以市井百姓作为主要受众的，"愚夫冶妇，乐闻其说"。市井百姓的文化水平通常不高，正如《因话录》中所言："氓庶易诱"，浅显易懂的讲述符合他们的欣赏需要，所以受到普遍欢迎。文溆和尚的俗讲即为例证，虽然其讲述不甚高明，但听者众多，甚至教坊亦效其声调。

第二，宋元说话与市井百姓受众。

下层阶级听众是宋元时期最为广泛的小说受众群体，他们主要以听说书的形式接受小说。听说书在当时是很常见的事情，甚至少年儿童也会去听。苏轼在其《东坡志林》中提及，市井小儿的家人嫌他们顽皮，常会给一些钱，令其去听说话以打发时间："王彭尝云：'涂巷中小儿薄劣，其家所厌苦，辄与钱，令聚坐听说古话。'"

元代陶宗仪《南村辍耕录》卷二十四《勾阑压》篇云：

> 至元壬寅夏，松江府前勾栏邻居顾百一者，一夕，梦摄入城隍庙中，同被摄者约四十余人，一皆责状画字。时有沈氏子，以搏银为业，亦梦与顾同，郁郁不乐。家人无以纾之，劝入勾栏观排戏，独顾以宵梦匪贞，不敢出门。有女官奴，习讴唱，每闻勾栏鼓鸣，则入。是日，入未几，棚屋拉然有声，众惊散，既而无恙，复集焉。不移时，棚阽压，顾走入抱其女，不谓女已出矣，遂毙于颠木之下，死者凡四十二人。内有一僧人、二道士，独歌儿天生秀全家不损一人。

这是对元代勾栏演出时发生的一起意外事件的记载。由此可以看出，当时去勾栏听说书的人员主要是生活于民间的市井百姓，其中有僧人、道士、歌儿、"以搏银为业"的沈氏子、居于勾栏旁的市民顾百一的女儿等。他们听说书的目的在于消遣、解闷、娱乐，上述材料中沈氏子因做了一个噩梦而闷闷不乐，"家人无以纾之"，乃劝其入勾栏观戏以改善心情。

第三，明清时期市井百姓的小说阅读。

早在明代前中期就有关于市井百姓阅读小说的记载，生活于明永乐至成化年间的叶盛于《水东日记·小说戏文》中指出："今书坊相传射利之徒伪为小说杂书……农工商贩，抄写绘画，家畜而人有之。"

叶 盛

不过这类读者大量加入小说读者队伍，并对小说的创作与传播产生较大影响是从明代中后期开始的。当时商品经济显著发展，城镇繁荣，例如，明代王锜《寓圃杂记》卷五《吴中近年之盛》曾经记录苏州城的恢复、发展与繁荣状况：

吴中素号繁华，自张氏（按：指张士诚）之据，天兵所临，虽不被屠戮，人民迁徙，实三都、戍远方者相继，至营籍亦隶教坊。邑里萧然，生计鲜薄，过者增感。正统、天顺间，余尝入城，咸谓稍复其旧，然犹未盛也。迨成化年间，余恒三四年一入，则见其迥若异境，以至于今，愈亦繁盛。闾檐辐辏，万瓦甃鳞，城隅濠股，亭馆布列，略无隙地。舆马从盖，壶觞罍盒，交驰于通衢。水巷中，光彩耀目，游山之舫，载妓之舟，鱼贯于绿波朱阁之间，丝竹讴舞与市声相杂。

关于城市的发展，明万历《杭州府志》卷十九《风俗》篇云："嘉靖初年，市井委巷，有草深尺余者。城东西僻有狐兔为群者。今民居栉比，鸡犬相闻，极为繁庶。"随着城镇的繁荣，市民群体逐步扩大。宋懋澄的《九籥别集》卷四《葛道人传》记载了苏州市民惩治税监以及葛成为营救苏州市民而甘愿入狱之事，清初李玉创作的戏曲《清忠谱》反映出明天启年间因魏忠贤迫害东林党人周顺昌等，市井百姓颜佩韦、马杰、周文元、杨念如、沈扬等人奋起反抗的史实，这些都体现出市民群体力量的不断壮大。

这一数量渐增的群体中，有很多人对小说表现出浓厚兴趣，他们尤喜阅读《水浒传》《三国演义》《西游记》等名著。明末金圣叹《读第五才子书法》称："旧时《水浒传》，贩夫皂隶都看。"清代程穆衡《水浒传注略小引》云：

《水浒传注略》书成，及门诸子咸请于予曰："闻之学当务其大，今夫子方矻矻焉注经补史，编排篡辑之不暇，乃取贩竖农僮手中之书诠释之，所搜摘引证，且不下数百家，若是其勤者何也？"

清代杨懋建《梦华琐簿》云：

常州陈少逸撰《品花宝鉴》，用小说演义体，凡六十回。此体自元人《水浒传》《西游记》始，继之以《三国志演义》，至今家弦户诵，盖以其通俗易晓，市井细人多乐之。

清代许宝善《北史演义叙》云：

晋陈寿《三国志》，结构谨严，叙次峻洁，可谓一代良史。然使执卷问人，往往有不知寿为何人，《志》属何代者。独《三国演义》，虽农工商贾妇人女子无不争相传诵。夫岂演义之转出正史上哉？其所论说易晓耳……乾隆五十八年，岁在癸丑端阳日。

另有清代绿园老人于乾隆四十二年（1777）作《歧路灯序》云："撰《歧路灯》一册。田父所乐观，闺阁所愿闻。"以上文献中提到的"贩夫皂隶""贩竖农僮""农工商贾""田父"等，均属市井百姓等下层阶级民众。

总体看来，从明代中后期开始，小说的读者群体中，下层阶级民众队伍愈来愈壮大，其地位日益突出。当然，并非所有小说都适合此类读者阅读，例如清代陶家鹤在其撰写的《绿野仙踪序》中就认为，《绿野仙踪》这部小说不适宜下层阶级读者阅读，他指出："《绿野仙踪》……其人其事，斟酌身分下笔，究非仆隶舆台略识几字者所能尽解尽读者也。"囿于自身学识，市井百姓对一些小说难以接受和理解。因而，他们喜读传统小说，而不甚喜翻译小说、晚清小说。徐念慈在《余之小说观》中指出："我国农工蠢蠢，识文字者百不得一……吾见髫年伙伴，日坐肆中，除应酬购物者外，未尝不手一卷，《三国》《水浒》《说唐》《岳传》，下及秽亵放荡诸书，以供消磨光阴之用，而新小说无与焉。盖译编，则人名地名佶屈聱牙，不终篇而辍业；近著，则满纸新字，改良特别，欲索解而无由；转不若旧小说之合其心理。"翻译小说人名、地名佶屈聱牙，未能做到通俗易懂，因而不受欢迎，而晚清小说则充斥着新名词与新思想，对于识字不多、忙于生计的市井百姓而言，并不符合他们的阅读心理。

第四，市井百姓等下层阶级读者特点及其与小说的关系。

其一，多数市井百姓知识水平不高，较之经史著作，小说更能为他们所接受，其言行也常受到小说的影响。清代小说《女仙外史》第一百回《忠臣义士万古流芳　烈媛贞姑千秋表节》回评中，评点者陈奕禧指出，《女仙外史》这样的通俗小说因其浅易，为市井百姓等下层阶级读者所乐观，可以产生正史所难以达到的劝戒效果。

《水浒传》《三国演义》等包含"侠""义"色彩的小说，很受市井百姓欢迎。清代江西按察司衙门《定例汇编》卷三《祭祀》云："市井无赖见之（按：指《水浒传》），辄慕好汉之名，启效尤之志，爰以聚党逞凶为美事，则《水浒》实为教诱犯法之书也。"《大清宣宗成皇帝实录》云："道光十四年二月庚申……近来传奇演义等书，踵事翻新，词多俚鄙，其始不过市井之徒，乐于观览，甚至儿童妇女，莫不饫闻而习见之。"这些材料生动地反映出市井百姓对《水浒传》等小说的喜爱，以及小说对他们产生的感染力。

中国国家图书馆馆藏《三国志通俗演义》

关于小说对市井百姓产生影响的原因，晚清胡石庵、梁启超等人曾做过探讨，胡石庵《忏悬室随笔》云：

> 自《七侠五义》一书出现后，世之效颦学步者不下百十种，《小五义》也，《续小五义》也，再续、三续、四续《小五义》也……盖以此等书籍最易取悦于下等社会，稍改名字，即又成为一书……盖下等社会之人类，知识薄弱，焉知此等书籍为空中楼阁？一朝入目，遂认作真有其事，叱咤杀人，借口仗义，诡秘盗物，强曰行侠。加以名利之心，人人所有，狡诈之徒既不能以正道取功名，致利禄，陡见书中所言黄天霸、金眼雕诸辈，今日强盗，明日官爵，则借犯上作乱之行，为射取功位之具，其害将有不堪言者。

胡石庵从读者的知识积累、小说虚构性等方面探讨小说对下层阶级民众产生深刻影响的原因。他认为，小说之所以最易取悦下层阶级民众，是因为他们知识较为匮乏，辨别力不强。市井百姓不知小说中的描写常出于虚构之笔，而误以为真有其事，于是加以模仿，对社会风气大有危害。梁启超《论小说与群治之关系》则从小说的艺术感染力及其阅读效果等角度分析小说对市民百姓读者的影响：

> 凡读小说者，必常若自化其身焉。入于书中，而为书中

之主人翁。读《野叟曝言》者，必自拟文素臣；读《石头记》者，必自拟贾宝玉；读《花月痕》者，必自拟韩荷生若韦痴珠；读《梁山泊》者，必自拟黑旋风若花和尚。虽读者自辩其无是心焉，吾不信也……今我国民绿林豪杰，遍地皆是，日日有桃园之拜，处处为梁山之盟，所谓"大碗酒、大块肉、分秤称金银、论套穿衣裳"等思想，充塞于下等社会之脑中，遂成为哥老、大刀等会，卒至有如义和团者起，沦陷京国，启召外戎，曰：惟小说之故。

梁启超指出，小说作品因其栩栩如生的人物形象塑造、新奇曲折的情节与强烈的艺术感染力，使读者往往有身临其境的感觉，让读者"常若自化其身"。正因如此，市民百姓等下层阶级读者阅读《三国演义》《水浒传》之后，出现桃园结拜、梁山之盟，甚至哥老会、大刀会、义和拳等结社行为，皆与小说有关。

姑且不论胡、梁二人所持观点是否片面，小说的确对古代市井百姓等下层阶级读者产生了一定影响，我们试举数例：

例一：明代无碍居士《警世通言叙》云："里中儿代庖而创其指，不呼痛，或怪之。曰：'吾顷从玄妙观听说《三国志》来，关云长刮骨疗毒，且谈笑自若，我何痛为！'夫能使里中儿顿有刮骨疗毒之勇，推此说孝而孝，说忠而忠，说节义而节义，触性性通，导情情出。"关羽刮骨疗毒的情节使"里中儿"具备划伤手指而不喊痛的勇气，可见小说情节对其艺术感染力之强。

例二：明末有数次农民运动均显示出小说对下层阶级民众的影响。《明史》卷三〇九《李自成传》云：

> 崇祯元年，陕西大饥，延绥缺饷，固原兵劫州库。白水贼王二、府谷贼王嘉胤、宜川贼王左挂、飞山虎、大红狼等一时并起……其党共推王自用号紫金梁者为魁。自用结群贼老回回、曹操、八金刚、扫地王、射塌天、阎正虎、满天星、破甲锥、邢红狼、上天龙、蝎子块、过天星、混世王等及迎祥、献忠，共三十六营。

清代查继佐《罪惟录·列传》卷三十一《王嘉胤高迎祥诸贼部》亦云：

> 时群盗望风起……其余以诨号著者，如闯将八大王曹操……等（……关索……一丈青……九条龙……托天王……）不可胜数……论曰：自施耐庵作《水浒传》，罗贯中续成之，笔□（按：原文缺一字）贻祸者三而未已也：一则万历末年，徐鸿儒以郓城人倡白莲教，巢于梁家楼，直欲亲见梁山泊故事；一则天启中《点将录》，以天罡星仿佛分署李三才等三十六人，以地煞星分署顾大章等七十二人，递魏与崔，借以尽残善类；一则崇祯中"流贼"初起，□（按：原文缺一字）为指名，亦辄如传中各立浑号，如托

天王、一丈青等，□（按：原文缺一字）勇出相作梁山泊好汉，其为数十倍于天罡地煞不止。

上述文献中提到的"曹操""关索""一丈青""九条龙""托天王""三十六人""天罡地煞"等词语，均是借用或模仿《三国演义》《水浒传》等作品中的人物名称，这充分说明农民起义军熟悉这些小说中的人物和情节。

例三：通过清代几次民间传教、起义之事也可窥见小说对下层阶级读者之影响。《大清文宗显皇帝实录》卷三十八云：

咸丰元年辛亥七月乙巳，上谕军机大臣等：有人奏湖南衡、永、宝三府，郴、桂两州以及长沙府之安化、湘潭、浏阳等县，教匪充斥……皆以四川峨嵋山会首万云龙为总头目，所居之处有忠义堂名号……又据片奏，该匪传教惑人，有《性命圭旨》及《水浒传》两书，湖南各处坊肆皆刊刻售卖，蛊惑愚民，莫此为甚。

清代半月老人《续刻荡寇志序》云："近世以来，盗贼蜂起，朝廷征讨不息，草野奔走流离，其由来已非一日。非由于拜盟结堂之徒，托诸《水浒》一百八人，以酿成之耶？"据上可知，清咸丰年间湖南教徒所居之处有忠义堂之名号，以《性命圭旨》《水浒传》两书传教；民间有百姓模仿《水浒传》一百零八将拜党结盟，聚众作乱。清末刘治襄在其《庚子西狩丛谈》卷四中，也提及北方民间所谓的"小说教育"，指出《封神演义》《西游记》《水浒传》等通俗小说影响了民众，甚至导致义和团之乱。可以说，小说可对下层阶级读者的思想、行为产生直接而深刻的影响。

其二，市井百姓等下层阶级读者通过阅读小说汲取多方面知识。比如，阅读历史题材作品，有利于增加历史知识；阅读《三国演义》《水浒传》等小说，可以提高军事才能和实战水平。正如傅冶山在《三国演义跋》中所说："《三国演义》一书，所载战法阵法及雄韬武略，其深裨于实用者，诚非浅鲜。"明末农民起义领袖张献忠即善于从《三国演义》《水浒传》等小说中汲取知识，据清代刘銮《五石瓠·水浒小说之为祸》记载："张献忠之狡也，日使人说《三国》《水浒》诸书，凡埋伏攻袭咸效之。"清人张德坚《贼情汇纂》卷五《诡计》指出："贼之诡计，果何所依据？盖由二三黠贼，采稗官野史中军情，仿而行之，往往有效，遂宝为不传之秘诀。其取裁《三国演义》《水浒》为尤多。"晚清夏曾佑在《庄谐选录》中也提及："胡文忠公曰：……草野中又全以《水浒传》为师资，故满口英雄好汉，而所谓奇谋秘策，无不粗卤可笑。"民间百姓知识水平有限，所以《三国演义》《水浒传》等小说成为他们的有效"师资"，是其获取军事知识的重要来源。

除政治、军事方面外，下层阶级民众在日常生活中也善于运

用从小说中学到的知识。譬如清代李焕章的《水浒人传》便讲述
了农民杨文杰借鉴《水浒传》中"雪夜赚索超"的情节，智擒大
盗秦渠，击溃盗贼的事件。

其三，下层阶级读者对小说的创作和流传产生一定影响。明
嘉靖年间清江堂刊本《大宋中兴通俗演义·凡例》第四则云：
"庶便俗庸易识。"第七则云："句法粗俗，言辞俚野，本以便愚
庸观览，非敢望于贤君子也耶。"从这两则凡例可以看出，此部
小说的编刊是为了适合"俗庸""愚庸"这些市井百姓读者的阅
读需要，因而用语通俗，言辞俚野。清代绿园老人《歧路灯序》
云："《三国志》者，即陈承祚之书，而演为稗官者也……再传而
为演义，徒便于市儿之览，则愈失本来面目矣！"可知《三国演
义》的出现在很大程度上正是为了"便于市儿之览"。市井百姓
加入小说读者群体，使小说创作通俗化趋势日益突出，多选用反
映市井生活的题材，以卖油郎等下层阶级民众作为小说描写主
角，这在明末"三言""二拍"的创作过程中得到充分体现。

从皇室成员至市井百姓，古代小说受到读者的广泛欢迎。
"天下最足移易人心者，其惟传奇小说乎……自有《水浒传》出，
而世慕为杀人寻仇之英雄好汉者多；自有《三国演义》出，而世
慕为拜盟歃血之兄弟，占星排阵之军师者多。"① 各种类型的读者

---

① （清）邱炜萲：《五百石洞天挥麈》卷十二，见《续修四库全书》编委会
编：《续修四库全书》第 1708 册集部诗文评类，上海：上海古籍出版社 2002 年
版，第 85 页。

与小说之间产生双向互动的关系。一方面，小说对他们的思想、行为产生影响；另一方面，他们参与阅读也对小说的创作与流传有着不可忽视的重要作用。

二　古代小说读者的阅读形式

　　晚明"公安三袁"之一的袁中道在《游居柿录》中记载，自己生病时仍在阅读《水浒传》等小说。稍晚一些的祁彪佳也在其《祁忠敏公日记》"归南快录"条中称，阅读小说以消暇日，乃"病中一快"。读者对小说的喜爱溢于言表，阅读小说在他们的日常生活中极为普遍。古代小说读者的阅读，以包括刊本、抄本在内的文本阅读为主，考虑到小说传播的特定状况，本书也适当兼顾听说书、戏曲扮演等形式，将文本读者以外的小说受众纳入关注范围。总体来看，古代小说读者的阅读形式丰富多样，既有购读、抄阅、借阅、租赁，又有听说书、赠读、诵读、戏曲扮演乃至游戏赌博、酒令诸形式。小说阅读形式的变化体现出市场检验的结果，同时也从中折射出某一时代政治、经济、文化等方面的发展与变化历程。以《三国演义》的阅读形式为例，从早期以口头说唱的形式流传于民间，到元末明初成书后以抄本传播，再到嘉靖元年刊印出版，能够窥见古代印刷技术不断提高的历程，也可以考察小说由口头文学而至案头、书面文学的发展轨迹。

（一） 小说购读

清代冰玉主人在《平山冷燕序》中描述了自己购读小说之乐："庚申夏月，小监于肆中购得《平山冷燕》一书，余退朝之暇，取而观之，以消长夏。"冰玉主人即怡僖亲王爱新觉罗·弘晓，号冰玉道人，生活于雍正、乾隆年间。在中国古代，尤其明清时期，随着小说创作的发展和出版印刷业的日益兴盛，购读小说成为最常见、最便利的阅读形式。读者所购买的小说通常以刊本为主，也涉及少数抄本。

第一，明代的小说购读。

明初以来，小说特别是通俗小说的发展长期呈现出缓慢甚至停滞状态，明嘉靖、隆庆时期，通俗小说才刚起步。从现有文献材料看，万历之前关于读者购读小说的记载不多，试举一例：明代钱希言《桐薪》卷三称，明正德年间，武宗南幸时，"夜忽传旨取《金统残唐记》善本，中官重价购之肆中，一部售五十金"。一部通俗小说竟售价五十金，价格非常昂贵。

相较于通俗小说，文人在这一时期对购读文言小说表现出更多的兴趣和热情。嘉靖十年（1531），崔世节撰《博物志跋》云："岁戊子冬，以贺正朝天，朝行至北海，贾以张华、李石两志来卖者，遂购得之。"讲述自己购买《博物志》和《续博物志》两书的经历。胡应麟在《少室山房笔丛·九流绪论下》中也提及自已购读了《说郛》本《赵飞燕别集》:"戊辰之岁,余偶过燕中书肆,得残刻十数纸,题《赵飞燕别集》,阅之乃知即《说郛》中陶氏删本。"戊辰之岁,即明隆庆二年(1568)。

直至万历年间,通俗小说的购读才逐渐普遍。万历三十四年(1606),书商余象斗在其刊刻的历史小说《列国志传》识语中强调:"买者须认双峰堂为记。"双峰堂是余象斗的书坊,他希望读者购买双峰堂所刻《列国志传》。由此可以看出,在当时购读小说颇为常见,以至于书商会为自家小说打广告。有必要指出的是,通俗小说在刊刻之前常以抄本形式流传,也曾作为商品被售卖,价格较贵。生活于这一时期的王宇泰曾购买《金瓶梅》抄本,屠本畯的《山林经济籍》对此记曰:"往年予过金坛,王太史宇泰出此,云以重赀购抄本二帙。予读之,语句宛似罗贯中笔。"受社会风气影响,万历时期情色小说的刊刻风靡一时,不少读者喜欢购读此类小说,明代悫悫子在情色小说《绣榻野史序》中称:"奚僮不知,偶市《绣榻野史》进余⋯⋯逾年,间通(过)书肆中,见冠冕人物与夫学士少年行,往往诹咨不绝。"

明末崇祯时期,小说的发展势头不减于万历时期。明代嘉会堂所刻《新平妖传》识语称:"旧刻罗贯中《三遂平妖传》二十卷,原起不明,非全书也。墨憨斋主人曾于长安复购得数回,残缺难读。"雄飞馆主人《刊刻英雄谱缘起》中也提到读者购买《三国演义》《水浒传》等小说。由此观之,在通俗小说盛行的万历、崇祯时期,购读小说的现象相当普遍。

第二，清代的小说购读。

清初沿袭明代后期的社会风气，情色小说依然盛行于世。清初佩蘅子《吴江雪》第九回云："原来小说有三等……还有一等的无非说牝说牡、动人春兴的。这样小说世间极多，买者亦复不少。书贾借以觅利，观者借以破愁……这是坏人心术所为。"情色小说的创作与刊刻，很大程度上是因为"买者亦复不少"，读者的需求推动了情色小说的广泛流传。清代康熙年间所刊《肉蒲团》第三回描写未央生为挑动其妻子的情欲，购买了《绣榻野史》《如意君传》《痴婆子传》等一二十种情色小说，"放在案头，供他翻阅"。

除情色小说外，其他类型的小说也受到当时读者的广泛欢迎。以历史小说为例，《纲鉴通俗演义》第四十二回中提到，作者吕抚在康熙年间一人购买并阅读《开辟演义》《盘古志》《夏禹王治水传》《列国志》等近二十种小说，购读的小说数量十分可观。

至清代中期（雍正、乾隆、嘉庆、道光诸朝），购读仍是最重要的小说阅读形式。上文提及的购读《平山冷燕》的读者怡僖亲王弘晓，在阅读小说的基础上还进而对其进行评点。

清乾隆年间关于购读小说的记载较多，例如清代东海吾了翁《儿女英雄传弁言》云："是书吾得之春明市上，其卷端颜曰《正法眼藏五十三参》……乾隆甲寅暮春望前三日。"这一时期最受读者关注的当数小说《红楼梦》，周春《红楼梦记》云：

　　乾隆庚戌（按：即乾隆五十五年，1790）秋，杨畹耕语余云："雁隅以重价购钞本两部①：一为《石头记》，八十回；一为《红楼梦》，一百廿回，微有异同。爱不释手，监临省试，必携带入闱，闽中传为佳话。"

　　这段话记录了杨畹耕重价购买《红楼梦》抄本之事。《红楼梦》在传抄的过程中，卷数、名称均出现各种差异。程伟元在其《红楼梦序》中谈道："《红楼梦》小说本名《石头记》……好事者每传抄一部，置庙市中，昂其值得数十金，可谓不胫而走者矣。"逍遥子《后红楼梦序》也称："曹雪芹《红楼梦》一书，久已脍炙人口，每购抄本一部，须数十金。自铁岭高君梓成，一时风行，几于家置一集。"

　　如上所述，《红楼梦》抄本价格不菲，高达数十金，非一般读者所能承受，一旦刊刻出版，由于印数多，价格相对低廉，"几于家置一集"。显然，抄本为刊本检验了小说市场，而刊本则扩大了小说的流传范围。梅溪主人于嘉庆二十四年（1819）所撰《清风闸序》指出了刊本传播范围广、读者众多的规律："览是书者，莫不啧啧而称羡之。予因是书脍炙人口……不惜工价，付诸剞劂，庶使穷乡僻壤、海澨山陬无不可购而得之。"

---

　　① 钞本，即抄本。除稿本外，凡手写的书统称钞本。钞本可以根据钞写时代区分为唐写本、宋钞本、元钞本、明钞本、清钞本。见程千帆、徐有富：《校雠广义》（版本编），北京：中华书局 2020 年版，第 318 页。

清代中期，情色小说虽经多次查禁，但仍然屡禁不止，甚至出现读者索购的现象。梁恭辰《劝戒录续编》卷三云："吴中江铁君又言：有书贾周某，端且谨，出纳不苟，一日，语予曰：'某贾书市中，有儒生携一少年，求小说所谓《肉蒲团》者。'"

晚清时期（咸丰、同治、光绪、宣统诸朝）小说创作繁荣，康有为考察上海书肆之后深有感触，他在《闻菽园居士欲为政变说部诗以速之》（载《清议报》，1900 年 11 月）中称："我游上海考书肆，群书何者销流多？经史不如八股盛，八股无如小说何。郑声不倦雅乐睡，人情所好圣不呵。"当时书肆销售的各种书籍之中，就销量而言，经史著作不如八股时文，八股时文不如小说。这种状况一直持续到民国时期，梁启超于民国初年撰《告小说家》（载《中华小说界》第二卷第一期，1915）时还发出慨叹："试一流览书肆，其出版物，除教科书外，什九皆小说也。手报纸而读之，除芜杂猥屑之记事外，皆小说及游戏文也。"

晚清有很多关于购读小说的记载，例如，清代天目山樵《儒林外史》识语云："近日西人申报馆摆印《外史》，并附金跋及予语，字迹过细，大费目力。偶购得苏氏聚珍大字印本，重录旧时所批一过。时光绪三年七月下弦。"光绪年间文龙为《金瓶梅》第七十一回撰写回评云："前在寿州购得《续金瓶梅》，予题名《金银玉》，与《花影》大同小异，究不知是一是二也。"清代麦大鹏《镜花缘序》云："李子松石《镜花缘》一书……闻芥子园新雕告竣，遂购一函，如获异宝……己丑（按：指光绪十五年）

嘉平月既望。"钝宦（即清末进士冒广生）《小三吾亭随笔·满文金瓶梅》云："往年于厂肆见有《金瓶梅》，全用满文，惟人名则旁注汉字，后为日本人以四十金购去，贾人谓是内府刻本。"解弢《小说话》云："余于京都肆上，得抄本《石头记》三册，与通行本多有不同处……辛亥秋，匆匆旋里，置之会馆中，今遂失矣。惜哉！"

这些文献表明，读者购读的小说既有汉文小说，又有满文读本；在购读小说的读者队伍中，绝大多数是本国人，也出现日本人的身影。

就购买价格而言，抄本显然较贵，蒋敦艮于同治三年（1864）撰《古本金瓶梅序》云："曩游禾郡，见书肆架中，有《古本金瓶梅》抄本一书，取而读之……书贾索值五百金，乃谋诸应观察，以三百七十金购得之。"文光楼主人（石铎）于光绪庚寅年（1890）购买石玉昆《小五义》原稿时也声称"不惜重赀，购求到手。"

第三，读者购读小说的特点及其对小说的影响。

古代小说的购读现象相当普遍，读者一旦听说有关小说新作刊刻的消息，往往立即前往书坊购买。清嘉庆三年（1798），秦子忱撰《续红楼梦弁言》云："迨（郑）药园移席于滕，复致书曰：'《红楼梦》已有续刻矣，子其见之乎？'余窃幸其先得我心也。因多方购求，得窥全豹。"清代姚聘侯《评演济公传序》中也称："余友张孝廉文海，本钱塘名士，以游学京师，公余之暇，偶于稠人广众之区，见有谈是书之事者，一时脍炙人口，听者忘倦，及购，诸坊本皆无。"可以看出，就读者对小说的接受而言，购读无疑是最主要的形式。

购读影响了古代小说的创作，包括小说的整体风格与命名。读者阅读小说多喜新奇之书，在购买时对此类作品表现出兴趣，采香居士于光绪二十二年（1896）撰《续彭公案又叙》云："余暇最喜读小说闲评，喜新搜奇，遍书肆中买尽。"在表现"新奇"方面，独特的书名常会引起读者的关注与购买，《谭瀛室随笔》云："《九尾龟》小说之出现，又后于《繁华梦》，所记亦皆上海近三十年青楼之事……喜阅小说者，以其名之奇，购阅者甚众，是又引人注意之一法也。"为了吸引读者注意，有些小说编撰者便改换书名，以投其所好，清代李渔于雍正丁未年（1727）所撰《古今笑史序》云：

> 是编之辑，出于冯子犹龙，其初名为《谭概》，后人谓其网罗之事，尽属诙谐，求为正色而谈者，百不得一，名为《谭概》，而实则笑府，亦何浑朴其貌而艳冶其中乎！遂以《古今笑》易名，从时好也……同一书也，始名《谭概》，而问者寥寥，易名《古今笑》，而雅俗并嗜，购之惟恨不早，是人情畏谈而喜笑也明矣。

李 渔

此书命名为《谭概》时未能引起大家注意，"问者寥寥"，而易名《古今笑》之后，读者因"喜笑"而"购之惟恨不早"，表现出浓厚的阅读兴趣。

购读小说推动了古代小说刊刻出版业的兴盛。因为存在巨大的市场需求，书坊主对小说刊刻显示出极高的热情，清代惺园退士撰《儒林外史序》云："余素喜披览，辄加批注，屡为友人攫去。近年原板已毁，或以活字排印，惜多错误。偶于故纸摊头得一旧帙（按：指《儒林外史》），兼有增批，闲居无事，复为补辑，顿成新观。"清代柱石氏《白牡丹小序》云："明正德君之于白牡丹一事，史无闻矣……余长夏无事，信笔挥成，然言词舛谬，未免见笑于儒林，仍收而置诸箧。适坊友来游：'有所谓《白牡丹》者，世人多有求售而不得者，既有此编，何不付梓以公同好？'余曰：'不可。'嗣因谆请，爰书数语，以弁诸首云尔。"这两条材料反映出书坊主一旦得知有小说佳作，便主动与作者、评点者、收藏者联系，希望尽早刊刻，以获取高额利润。在他们刊刻、售卖的各类书籍中，小说无疑是数量最多的，清代郑光祖《一斑录杂述》卷四云："偶于书摊见有书贾记数一册，云是岁所销之书，《致富奇书》若干，《红楼梦》《金瓶梅》《水浒》《西厢》等书称是，其余名目甚多，均不至前数。"上文所引康有为《闻菽园居士欲为政变说部诗以速之》、梁启超《告小说家》中亦提及这种状况。

购读还对小说的刊印数量带来较大影响。读者对小说的需求量大，书商印刷数量也随之增多。以《小五义》为例，最早刊行者文光楼主人以重金购到它的底本，对文本作出一些修订后进行刊印，据清代知非子《小五义序》记载，清光绪庚寅年（1890），这部小说的印数有"五千余部"。

购读在小说的刊刻形态方面也留下烙印。建阳雄飞馆于明崇祯时所刊《英雄谱》识语指出："《三国》《水浒》二传，智勇忠义，迭出不穷，而两刻不合，购者恨之。本馆上下其驷，判合其圭。"读者在购买小说时，对不能同时兼得《三国演义》和《水浒传》这两部优秀小说深感遗憾，雄飞馆采取上下两栏的方式将它们合刊为《英雄谱》，上栏为《水浒传》，下栏为《三国演义》，以弥补读者内心遗憾。

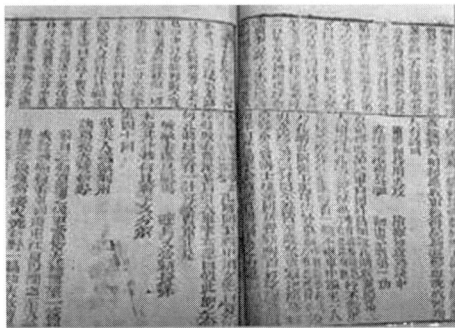

明刊本《英雄谱》上下两栏排版方式

　　随着时代的发展以及小说流传方式的变化，购阅的形式也随之发生变化。晚清时期，小说传播由刊刻为主转向多元化，报纸连载小说是其中一个突出的表现，读者购阅的形式也因此转变。清末孙玉声《退醒庐笔记》卷下《李伯元》云：

　　　　南亭亭长李伯元，毗陵人，小说界之鼻祖也。当其橐笔游沪时，沪上报纸，只《申报》《新闻报》《字林》《沪报》等寥寥三四家。李乃独辟蹊径，创《游戏报》于大新街之惠秀里，风气所趋，各小报纷纷蔚起，李顾而乐之。又设《繁华报》，作《官场现形记》说部刊诸报端，购阅者踵相接，是为小报界极盛时代。

　　李伯元以敏锐的洞察力把握住晚清之际小说传播方式转变的

契机，独辟蹊径，创办《游戏报》《繁华报》等报纸，利用报纸连载《官场现形记》等小说，深受读者欢迎，购者甚众。这一时期，读者由以往购买小说刊本、抄本转而购买报纸阅读连载小说，特定的时代赋予传统的小说购读形式以新的内涵和特点。

（二）小说抄阅

抄书在中国古代相当普及，到了印刷业繁荣的明代，有关抄书的记载仍频繁可见。例如，生活于明代景泰至弘治年间的苏州文人吴宽喜好抄书，朱彝尊《静志居诗话》卷八"吴宽"条云："余尝见公（按：指吴宽）家遗书偶有流传者，悉公手录，以私印记之。"另外，《铁琴铜剑楼藏书目录》卷十九"张曲江集二十卷"条云："唐张九龄撰。明成化间邱文庄公得馆阁藏本，手自抄录。"邱文庄公即邱浚，明景泰五年（1454）进士，官至文渊阁大学士，谥文庄。明万历十七年（1589）状元焦竑同样也是抄书爱好者，《明诗综》云："（焦竑）储书之富，几胜中簿，多手自抄撮。"万历时期，谢肇淛曾抄写宋代杨大年《武夷新集》二十卷、宋代陈襄《古灵集》二十卷等多种书籍，《四库全书总目提要》卷一〇五《竹友集》云："此本乃明谢肇淛从内府钞出。"傅增湘《藏园群书题记》卷一《明钞本论语意原跋》云："（谢肇淛）官京曹时常从秘阁传钞典籍，故其钞本尤为世所宝贵。"

清人亦重视抄本，黄丕烈《士礼居藏书题跋记》卷四《河南邵氏闻见后录三十卷》云："宋人说部虽有刻本，必取其抄本而藏之，恐时刻非出自善本，故弃刻取抄也。抄本又必求其最善者，故一本不已又置别本也。"清初顾炎武《钞书自序》云："炎武之游四方十有八年，未尝干人，有贤主人以书相示者则留，或手钞，或募人钞之。"王士禛也抄录了很多书籍，朱彝尊《曝书亭集》记曰："新城王氏，门望甲齐东，先世遗书不少矣，然兵火后散佚者半，先生自始仕迄今，目耕肘书，借观辄录其副。"

叶德辉在刊于清末的《书林清话》卷十《明以来之钞本》中指出：

> 明以来钞本书最为藏书家所秘宝者，曰吴钞，长洲吴匏庵宽丛书堂钞本也。曰叶钞，先十八世族祖昆山文庄公赐书楼钞本也。曰文钞，长洲文衡山徵明玉兰堂钞本也。曰王钞，金坛王宇泰肯堂郁冈斋钞本也。曰沈钞，吴县沈辨之与文野竹斋钞本也。曰杨钞，常熟杨梦羽仪七桧山房钞本也。曰姚钞，无锡姚舜咨咨茶梦斋钞本也。曰秦钞，常熟秦酉岩四麟致爽阁钞本也。曰祁钞，山阴祁尔光承爜淡生堂钞本也。曰毛钞，常熟毛子晋晋汲古阁钞本也。曰谢钞，长乐谢肇淛在杭小草斋钞本也。曰冯钞，常熟冯巳苍舒、冯定远班、冯彦渊知十兄弟一家钞本也。曰钱钞，常熟钱牧斋谦益绛云楼钞本。谦益从子钱遵王曾述古堂钞本。合之谦益从弟履之谦贞竹深堂钞本，皆谓之钱钞也。此外吾家二十五世祖

石君公树廉朴学斋、秀水曹洁躬溶倦圃、昆山徐健庵乾学传是楼……海昌吴槎客骞、子虞臣寿旸拜经楼、歙县鲍以文廷博知不足斋，钱塘汪小米远孙振绮堂，皆竭一生之力，交换互借，手校眉批。不独其钞本可珍，其手迹尤足贵。

叶德辉将明代以来受到藏书家珍爱的钞本书一一梳理，列举出吴钞、叶钞、文钞、王钞、沈钞、杨钞、姚钞、秦钞、祁钞、毛钞、谢钞、冯钞、钱钞等多家钞本，分布于长洲、昆山、金坛、吴县、常熟、无锡、山阴、长乐、秀水、海昌、歙县、钱塘等地。由此观之，明清时期不仅抄书者众多，而且分布的地域广泛。这些抄书者还互相借阅、交换藏本进行抄写，并加以校正、评点，为保存文化典籍作出了卓越贡献。

明清时期的抄书风气在小说传播过程中也有着充分体现，下面我们分明、清两代进行论述，并考察读者抄阅小说的特点及其对古代小说的影响。

第一，明代的小说抄阅。

明嘉靖壬午本《三国志通俗演义》卷首附有庸愚子撰于弘治甲寅（1494）的序言。其序云："（《三国志通俗演义》）书成，士君子之好事者，争相誊录，以便观览。"揭示出《三国演义》这部小说早期是以抄本形式流传的。署名林瀚的《隋唐志传序》也记有其抄录《隋唐志传通俗演义》之事："予颇好是书，不计年劳，抄录成帙。"

在《金瓶梅》刊印之前，谢肇淛、王世贞、袁宏道、丘志充、沈德符、刘承禧、袁中道、董其昌等人均曾参与此书的抄本传播，以下是几条相关记载。谢肇淛《金瓶梅跋》云：

> 此书向无镂版，钞写流传，参差散失。唯弇州家藏者最为完好。余于袁中郎得其十三，于丘诸城（按：即丘志充）得其十五，稍为厘正，而阙所未备，以俟他日。

沈德符《万历野获编》卷二十五《词曲·金瓶梅》载：

> 袁中郎《觞政》以《金瓶梅》配《水浒传》为外典，予恨未得见。丙午（按：即明万历三十四年，1606），遇中郎京邸，问："曾有全帙否？"曰："第睹数卷，甚奇快。今惟麻城刘涎白承禧家有全本，盖从其妻家徐文贞录得者。"又三年，小修上公车，已携有其书，因与借抄挈归。

袁宏道在写给友人的信件《董思白》中云：

> 《金瓶梅》从何得来？……后段在何处，抄竟当于何处倒换？幸一的示。

可知，谢肇淛曾抄录《金瓶梅》等小说，他从袁宏道、丘志充处借来《金瓶梅》原本抄录，并进行了一些文字上的修正。同一时期，袁宏道则在与朋友董其昌（号思白）的往来书信中就抄写《金瓶梅》之事进行讨论。这些表明，明代抄阅小说的现象是颇为普遍的。

《水浒传》也是文人喜欢抄录的小说作品，袁中道《游居柿录》卷九云："万历壬辰（1592）夏中，李龙湖方居武昌朱邸，予往访之，正命僧常志抄写此书（按：指《水浒传》），逐字批点。"证明李贽令常志抄录过《水浒传》，并在抄本基础上进行评点。

如果说文人士大夫抄录小说一般是受当时盛行的抄书风气影响的话，那么下层阶级读者则往往由于书价较高、受自身经济条件所限而抄写小说，正如明代叶盛于《水东日记》中所言："今书坊相传射利之徒伪为小说杂书……农工商贩，抄写绘画，家畜而人有之。"

第二，清代的小说抄阅。

《红楼梦》《绿野仙踪》等小说成书后，均出现诸多抄本，清代张汝执《红楼梦序》称："岁己酉（按：即乾隆五十四年，1789），有以手抄《红楼梦》三本见示者，亦随阅随忘，漫不经意而置之。"乾隆时，陶家鹤撰《绿野仙踪序》指出："通部内句中多有旁注评语，而读者识见各有不同，弟意宜择其佳者，于抄录时，分注于句下，即参以己意，亦无不可，将来可省批家无穷心力。"

生活于嘉庆至同治时期的余治在《得一录·收毁淫书局章程》中论及"收藏小说四害"时，曾提到某官员抄阅淫秽小说而受到惩罚的事情："览此等书，必非正人佳士。南海一县令，好观《肉蒲团》，手抄小本日玩之，不意乱入详册，上司怒其无行，参革而死。"这位县令每日把玩情色小说《肉蒲团》抄本，直至因此获罪而死。

清代抄本小说的流传地域非常广泛，自南至北，自城市到乡村，皆有抄本传播。以《英雄小八义》的流传为例，忏梦庵主于光绪七年（1881）所撰《英雄小八义赘言》云："《英雄小八义》者，奇书也……故燕、鲁、晋、齐等处，将此书抄写殆遍，城市乡街多于传诵，士农工商欣于听闻。"

总体来看，古代小说的抄读现象比较普遍，一方面它是明清抄书风气影响下的产物；另一方面，抄读小说也在一定程度上推动了当时抄书风气的更加盛行。

第三，读者抄阅小说的特点及其对古代小说的影响。

其一，小说抄本一般多在文人之间流传。上文提到的《金瓶梅》抄本在谢肇淛、王世贞、袁宏道等文人群体中流传即为例证。明末著名文人金圣叹更是在《第五才子书水浒传序三》中记录了他抄写小说，进而解读小说的经历：

吾既喜读《水浒》，十二岁便得贯华堂所藏古本，吾日夜手抄，谬自评释，历四五六七八月，而其事方竣，即今此

本是已。如此者，非吾有读《水浒》之法，若《水浒》固自
为读一切书之法矣。

金圣叹得到贯华堂所藏古本《水浒传》后，日夜抄录，历经
五个月时间才把这部小说抄完，花费的时间和精力可想而知。抄
写与一般性的阅读相比，可使读者的印象更加深刻，对小说人物
与情节的理解也更为细致、独到。正因金圣叹曾花费大量时间去
抄写《水浒传》，所以他才可能对这部小说写出评点文字，提出
自己的精辟见解。

其二，抄本通过读者、市场的检验，可以推动小说的刊刻出
版。囿于时间、抄录者精力的限制，抄本传播范围较小，而刊本
则可广泛流传。《红楼梦》从抄本到刊本的传播实践即为例证，
清代陈镛《樗散斋丛谈》卷二《红楼梦》云："巨家间有之
（按：指《红楼梦》），然皆抄录，无刊本，曩时见者绝少。乾隆
五十四年春，苏大司寇家因是书被鼠伤，付琉璃厂书坊抽换装
订，坊中人借以抄出，刊版刷印渔利，今天下俱知有《红楼梦》
矣。"清道光二十九年（1849），珠湖渔隐在《云钟雁三闹太平庄
全传序》中也指出："今此书（按：指《云钟雁三闹太平庄全
传》）向有钞录旧本，江以南流播尚少，坊友属予阅定，惠付枣
梨，庶几广为传观。"

因抄写速度所限，抄本的流传范围、流传途径以及产生的社
会影响通常比不上刊本，但抄本的流传为小说提供了读者、市场

的检验，加速了小说刊刻的步伐，这一点在文言小说、通俗小说的传播历程中皆有体现。清代掀髯叟《笑林广记序》云："书为同人欣赏，久请付梓。"朱翔清《埋忧集自序》云："今兹春归里门，箧中携有此本，诸同人见之，咸谓可以问世，谋醵金付梓。顷来此间，竹屏蒋君又力任剞劂事。"《笑林广记》《埋忧集》均为清代文言小说集，最初以稿本、抄本的形式流传，读者的积极阅读反馈促进了这两本小说的最终刊印。通俗小说的传播也是如此，不少优秀的作品经历了从抄本到刊本的过程。例如，明人甄伟在《西汉通俗演义序》中称："书成，识者争相传录，不便观览，先辈乃命工锓梓，以与四方好事者共之。"明末即空观主人《二刻拍案惊奇小引》提及，《拍案惊奇》成书后，"同侪过从者索阅一篇竟，必拍案曰：'奇哉所闻乎！'为书贾所侦，因以梓传请。遂为钞撮成编，得四十种。"清代一笑翁《飞跎全传序》云："书为同人欣赏，久请付梓"，等等。古代小说传播、接受的过程就是一次次优胜劣汰的经历，杰出的、受到读者欣赏的小说抄本被保存下来并刊刻出版，而受到读者冷落、抛弃的作品则渐渐湮灭无闻。

（三）小说借阅

古代小说传播史上一个有趣的事件是明代世情小说《金瓶梅》在成书之初，曾以抄本形式在多位著名文人之间相互传阅、抄录。谢肇淛就向袁宏道借阅过《金瓶梅》，袁宏道还写信向其催还："仁兄近况何似？《金瓶梅》料已成诵，何久不见还也？"①"书非借不能读也"，借阅也是中国古代一种常见的阅读形式。明代张墉在《廿一史识余发凡》中提到他对史书的借阅："明年（按：指崇祯四年，1631）借《三国志》《晋书》与柴云倩……壬申，读书绮石斋，从黄元辰借《魏书》，童禄如借《南史》，吴德符借《宋书》《隋书》《元史》。"小说也是被借阅的对象，明代刘仕义在《新刊玩易轩新知录》中云："有言看《水浒传》可长见识者，曾借观之。"清代徐嘉炎《鉴诫录跋》云："康熙己巳春日，华隐徐嘉炎从竹垞十兄借观。"汪士鋐《鉴诫录跋》云："鋐在维扬书局，适吾师竹垞先生亦来客于此，因得借观。"可见，无论是通俗小说还是文言小说都有可能被借阅。

关于古代小说借阅形式的特点及其对小说的影响，我们从两个方面进行阐述。

第一，古代小说的两种借阅形式。

第一种形式是读者向小说文本拥有者求借，这是最为常见的现象。读者求借小说，一般会经历从得知消息到借阅的过程，上引刘仕义借读《水浒传》的经历就是如此。沈德符借读《玉娇李》也不例外，其《万历野获编》卷二十五《词曲·金瓶梅》

---

① （明）袁宏道：《与谢在杭》，见《袁中郎全集》卷一《尺牍》，上海：上海中央书店 1912 年版，第 80 页。

云："中郎又云，尚有名《玉娇李》者……去年抵辇下，从邱工部六区（原注：志充）得寓目焉。仅首卷耳，而秽黩百端，背伦灭理，几不忍读。"沈德符从袁宏道那里知道有关《玉娇李》一书的信息，后来从邱志充处借读了这部小说。

　　小说中的名著流传广，影响大，往往更易成为借阅对象，前文提及的多位文人传阅、抄录《金瓶梅》即是一个典型事例。《红楼梦》也是这样，清代高鹗于乾隆五十六年（1791）撰《红楼梦序》云："予闻《红楼梦》脍炙人口者，几廿余年，然无全璧，无定本。向曾从友人借观，窃以染指尝鼎为憾。"秦子忱于嘉庆三年（1798）所撰《续红楼梦弁言》云："《红楼梦》一书，脍炙人口者数十年，余以孤陋寡闻，固未尝见也。丁巳春，余偶染疮疾，乞假调养，伏枕呻吟，不胜苦楚。闻同寅中有此，即为借观，以解烦闷。匝月读竣，而疾亦赖是渐瘳矣"。高鹗、秦子忱久闻《红楼梦》之名，均曾向友人借读这部小说。高鹗阅后遗憾此书不完整，秦子忱更是以其解烦闷、消病痛，读完全书后"疾亦赖是渐瘳矣"。可见小说具有神奇功效，可以调节心情，消除孤独，宁神静气，有助于身体的调养和恢复。清代张新之也在其《妙复轩评石头记自记》中记录了他喜读《红楼梦》并对其进行评点，后来评点本被他人借走，最终丢失的经历：

　　　　闲人自幼喜读《石头记》……洎道光戊子岁（按：指道光八年，1828），有黑龙江之行，客都护署，清净岑寂，铅椠外乃及之，而心定神闲，觉妙义纷来，如相告诉，评因起。及辛卯（按：指道光十一年，1831）春，得廿回，纲举目张，归京矣，扰扰缁尘，亦遂止。次年夏，铭子东屏相与谈，有同见，乃是书之知己也，乞借观，三阅月，屡索未还，而失之云。

清代世情小说《品花宝鉴》也颇受读者欢迎，以至于刚写出十五卷即被人借阅。作者陈森（号石函氏）在《品花宝鉴序》中记曰："余前客都中，馆于同里某比部宅……间与比部品题梨园，雌黄人物……遂窃拟之，始得一卷，仅五千余言……继复得二三卷，笔稍畅，两月间得卷十五，借阅者已接踵而至，缮本出，不复返，哗然谓新书出矣。"

晚清时期（咸丰、同治、光绪、宣统诸朝），小说借阅活动相当活跃。邹存淦在《删补封神演义诠解序》中云："咸丰丙辰（按：咸丰六年，1856），客杭，寓陈君耀奎溶照家，偶得俞湖隐景《封神诠解》草稿，勾勒涂抹，几难入目。时日长无事，因约略其句读，辑录一过，编为十卷。"王韬于光绪十四年（1888）撰《镜花缘图像叙》云："予少时好观小说家言，里中严君忆荪甫有此书，假归阅之，神志俱爽。"麦大鹏于光绪十五年（1889）撰《镜花缘序》云："李子松石《镜花缘》一书，耳其尽善，三载于兹矣。戊子清和，偶过张子燮亭书塾，得窥全豹，不胜舞蹈。"姚聘侯于光绪三十二年（1906）撰《评演济公传序》云：

"余友张孝廉文海，本钱塘名士……适有友人阎君华轩，携郭小亭先生所著是书来，张君翻阅一遍，觉文言道俗，如历其境，如见其人。"清末邱炜菱《五百石洞天挥麈》卷二云："余尝以《金瓶梅》一书名满天下……辗转向友人假得一部，开函读之，三日而毕。究于其中笔墨妙处，毫不见得。尚疑卤莽，再三展阅，仍属不见其妙。且文笔拖沓懈怠，空灵变幻不及《红楼》，刻画淋漓不及《宝鉴》，不知何以负此重名。"通过这些材料可以看出，晚清是小说借阅活动比较频繁的时期。借阅小说的读者既有如王韬一样的少年人，也有许多成年人；借阅者在阅读小说时还常常产生参与感，比如邹存淦在借观小说的同时，还根据原本做了一些文字的编辑与整理工作，而邱炜菱则记载了自己在借阅过程中对小说的名不副实留下的诸多疑问。

第二种形式是小说文本拥有者主动把小说借给别人或推荐其阅读。清代文人俞樾是小说爱好者、研究者，他在《春在堂随笔》卷七记载友人吴平斋借给他小说之事："郑和之事，在明代固赫然在人耳目间，光绪辛巳（按：光绪七年，1881）岁，老友吴平斋假余《西洋记》一书，即敷衍此事。"在《七侠五义序》中则讲述友人潘郑盦主动向他推荐小说作品一事："往年潘郑盦尚书奉讳家居，与余吴下寓庐相距甚近，时相过从……尚书云：'有《三侠五义》一书，虽近时所出，而颇可观。'余携归阅之。"

与俞樾经历相似的是，清代闲云山人也是在友人推荐下借阅小说的，他在光绪二十九年（1903）所撰《第一奇书钟情传序》中描述：

> 秋暮旅居澄江，偶访故友朱君，见案头有《第一奇书钟情传》一部。余窃以为今之小书无足观也，不遇见景生情，或叙古人之遗事，或传当世之浮谈，无非说那忠孝节义、死别生离的一番老套，遂弃而不顾焉。友曰："子盍观乎？夫当今之世，石印创行，兹书叠出，皆才子佳人，幽怀密约，固不足以旷吾儒之眼界，而独于《钟情传》一书，与别家迥异，非寻常小说之可比。"遂起身，以"武都头义待大郎兄，潘金莲情钟西门庆"，一一指示了遍，见其寓意之深，用词之达，济困扶危，恋情重义，意味深长，尤足脍炙人口，洵可供文人雅士之观。

闲云山人的记载比较详细，对于《第一奇书钟情传》这部小说，他在借阅之前和阅读以后的感受明显不同：借阅之前，认为"今之小书无足观"，多不脱老套情节，于是弃之不顾；阅读以后，为这部小说的评价有了极大提高，认为其遣词寓意俱佳，是一部优秀的作品，足以脍炙人口。在这一态度转变的过程中，朋友朱君的推荐起到重要作用。

第二，读者借阅小说的特点及其对古代小说的影响。

首先，读者借阅小说的时间一般较短，有时还会被催还，所以他们更为珍惜拥有小说的机会，阅读速度会比较快。清代尤凤真于嘉庆时期作《瑶华传弁言》云：

> （余）抵闽后，窃见友人处有一函置于案侧，询之曰《红楼梦》，不觉为之眼馋。再四情恳，而允假六日，遂珍重携归阅之。费去五日夜心神，得其全部要领，似与从前耳闻阅者之赞美大相径庭……余又翻一种，标其目曰《瑶华传》，略窥卷首大旨，似乎有味，亦乞携归细阅焉，自始至终，仅有四十回，每回之数较之《红楼梦》长有数页，情节比之《红楼梦》更为烦冗。叙事之简明，段落之清楚，不待言矣，抑且起因发觉，尽非扯淡。

尤凤真先后向友人借阅《红楼梦》《瑶华传》两部小说，阅读过程中，他将二者进行比较，并以此突出《瑶华传》艺术成就之高，为这部小说进行宣传。其中在借阅《红楼梦》时，对方只"允假六日"，因此尤凤真"珍重携归阅之"。

因所借之书在手边的时间有限，所以读者通常会有紧迫感，阅读时全神贯注，十分投入。明人陈际泰在《太乙山房文稿》中就很形象地记载了自己如饥似渴阅读小说的情形："从族舅借《三国演义》，向墙角曝日观之，母呼我食粥，不应，呼食饭，又不应。后忽饥，索粥饭，母怒捉襟，将与之杖，既而释之。母后问舅：'何故借尔甥书？书中有人马相杀之事，甥耽之，大废服食。'"陈际泰从其族舅处借来《三国演义》后，被小说中的情节深深吸引。他专心致志地阅读，以至于寝食皆忘，忽略了日晒，也忘记了饥饿。这段话非常传神地描述出读者阅读借来之书时的急切与忘我。

其次，小说借阅一般在朋友、熟人之间进行。明人薛冈在《天爵堂笔余》中云："往在都门，友人关西文吉士以抄本不全《金瓶梅》见示，余略览数回……后二十年，友人包岩叟以刻本全书寄敝斋，予得尽览。"薛冈先后两次向友人关西文、包岩叟借阅《金瓶梅》，一为抄本残本，一为刻本全本。清代佚名所撰《杨文广平闽全传》云："近于友人处得阅《平闽全传》。"入迷道人在《忠烈侠义传序》中云："辛未（按：指同治十年，1871）春，由友人问竹主人处得是书而卒读之，爱不释手。"采香居士《续彭公案序》云："丙申（按：指光绪二十二年，1896）夏，见友人案头有两巨册，取阅之，乃题曰《续彭公案》。"以上小说借阅活动都是在朋友之间进行的。

在中国古代，也出现过读者向不熟悉之人借阅的情况。例如，清代松林居士在《二度梅奇说序》中回忆，自己由京城南下的旅途中，在船上甚感寂寞，又没什么可以消遣的东西，就想买一些有意思的书阅读以打发时间。后来看到"其舱有士，静念小说，意义甚正。因往借观"。描述了他向一名萍水相逢之人借读小说的情形。不过从现有文献来看，这种向陌生人借阅小说的情况比较少。

最后，借阅小说现象推动了小说的刊刻与传播。在小说创作和印刷最为繁荣的明清两代，书坊为了替小说作宣传或者为了求得序言，常会把小说借给读者。清代麟麂子于《林兰香叙》中云："偶于坊友处睹《林兰香》一部，始阅之索然，再阅之惕然，终阅之怃然。"记录了文人在书坊看到小说并借读后，对小说的成败优劣予以判定，与书坊一起推动小说刊刻面世的情况。书坊主也会主动把尚未刊刻的小说推荐给当时的名士阅读，以求宣传。光绪二十年（1894），沪北俗子撰《玉燕姻缘传序》云："坊友某，携《玉燕金钗》秘本至，略一翻阅，似胜别本弹词。"

清代逍遥子《后红楼梦序》云：

> 同人相传雪芹尚有《后红楼梦》三十卷……余亟为借读。读竟，不胜惊喜。尤喜全书归美君亲，存心忠孝，而讽劝规警之处亦多；即诙嘲跌宕，亦雅令而有隽致……爰以重价得之，与同人鸠工梓行，以公同好。

此序将《后红楼梦》的著作权归诸曹雪芹，显系假托。不过从序文内容可知，逍遥子向友人借阅这部小说之后，认为其存心忠孝，隽秀雅致，即以重价购之并刊刻出版，说明在清代存在借阅后购买小说文稿并进行刊刻的现象。

像这样文人在借阅某部小说后深以为佳，遂促成小说刊印出版的情况不算罕见。清人樊寿岩《永庆升平序》云：

> 余寄燕都，设帐有年，偶散步至宝文堂书肆……见案头有抄录几页未竣之书，名曰《永庆升平》。聊然一目，则善恶攸分，淑慝殊途，与化行俗美，大有裨益。余曰："似此奇谈，盍不刊刻成函？"肆主曰："此系晓亭郭先生所著，自云鄙俚之言无文，恐吾辈莞尔矣。"余曰："非也！此书非涉猎无稽之谈，亦非虚伪诞妄之邪说，何以用文，用文者是谓之文也，非文者不必有文……唾玉吐金，掷地有声，鬼神褫魄，而方为才也。噫！书之奇也不在文，事之实也不专词。"于是主人曰："然，有是言也。"于是刊版成部，留传宇内，谓看官驱睡魔、消夜永，谓非有宜于世乎！

序文介绍了《永庆升平》由抄本到刊本的历程。从中可知，这部小说正是在樊寿岩借读之后，催促书坊刊印成书的。由此观之，读者的借读在一定程度上推动了古代小说的流传。

（四）听说书

清人郭广瑞在《永庆升平序》中记载自己年少时听说书之事："余少游四海，在都尝听评词演《永庆升平》一书，乃我大清国褒忠贬佞、剿灭乱贼邪教之实事。"听说书是听众接受小说故事的一种重要形式。宋元时期，小说的创作以及出版印刷业尚未得到全面发展，小说故事主要以口头传播的形式流传；明清两代，随着商品经济的发展与出版印刷业的相应繁荣，小说逐步走上文人案头，而说书形式此时依然广泛流行，小说的书面流传与口头传播相互交叉和影响。下面我们对明清时期有关听说书的材料进行梳理，并在此基础上阐述听说书形式的特点及其对小说的影响。

第一，明代的听说书。

在明代，名著故事是说书艺人演说的主要内容。以《水浒传》为例，袁宏道《听朱生说水浒传》云："一雨快西风，听君酣舌战。"描述了他在听说书艺人朱生讲说《水浒传》故事时的酣畅感受。钱希言《戏瑕》卷一中也提及文徵明等人空闲时喜听《水浒传》故事："文待诏诸公，暇日喜听人说宋江。"

明末出现一些以讲说《水浒传》故事而著名的说书艺人，如莫后光、柳敬亭等。莫后光曾指导过柳敬亭说书，对柳氏的书艺有较大影响。李辰山《南吴旧话录》中记有莫后光说书的情形，据其记载，莫后光说书的听众曾有数百人，虽在酷暑之日，众人皆陶醉于精彩故事中而不知疲倦："莫后光三伏时每寓萧寺，说《西游》《水浒》，听者尝数百人，虽炎蒸烁石，而人人忘倦，绝无挥汗者。"张岱在《陶庵梦忆·柳敬亭说书》中谈及柳敬亭讲说"武松打虎"的场景，也非常生动形象，写尽自己听说书时的快感："南京柳麻子……善说书，一日说书一回，定价一两。十日前先送书帕下定，常不得空……余听其说《景阳冈武松打虎》白文，与本传大异。其描写刻画，微入毫发，然又找截干净，并不唠叨，哱夬声如巨钟。说至筋节处，叱咤叫喊，汹汹崩屋。武松到店沽酒，店内无人。蓦地一吼，店中空缸空甓，皆瓮瓮有声。闲中着色，细微至此"，描述栩栩如生，今人读之，恍若身处柳氏说书场。

李辰山《南吴旧话录》中还提到莫后光演说《西游记》。除了《水浒传》《西游记》这两部名著，《三国演义》中的故事也深受听众喜爱，明无碍居士《警世通言叙》云："里中儿代庖而创其指，不呼痛，或怪之。曰：'吾顷从玄妙观听说《三国志》来，关云长刮骨疗毒，且谈笑自若，我何痛为！'"三国故事对听众的感染力可见一斑。

名著以外的不少历史演义类小说都曾经历作为口头文学传播的过程，例如《封神演义》曾出现过词话本，明代李云翔在《封神演义序》中指出："俗有姜子牙斩将封神之说，从未有缮本，不过传闻于说词者之口，可谓之信史哉？"明代徐渭《隋唐演义序》亦云："它日复有听唱《小秦王》之句，此来《三国演义》盛行，而《秦王传》见者寡焉。"从现有文献看，明代说书艺人以名著故事与历史故事作为其主要演说内容，而这些内容也是最受当时听众欢迎的。

第二，清代的听说书。

入清以后，《三国演义》《水浒传》《西游记》等名著依然是清代听众接受最多的小说故事。清代王士禛《香祖笔记》卷十云："小说演义，亦各有所据。如《水浒传》《平妖传》之类，予尝详之《居易录》中……前辈谓村中儿童听说三国事，闻昭烈败则颦蹙，曹操败则欢喜踊跃，正此谓也。"受说书艺术的影响，听众产生较强的尊刘贬曹意识。刘銮《五石瓠·〈水浒〉小说之为祸》云："张献忠之狡也，日使人说《三国》《水浒》诸书。"徐珂《清稗类钞》音乐类《周猴说西游记》记录一位说《西游记》故事的艺人周猴的经历："乾隆末叶，江宁每有无业游民，略熟《西游记》，即挟渔鼓，诣诸妓家，探其睡罢浴余，演说一二回，藉消清倦。所冀者，杖头微资而已。擅此者推周某，群呼为'周猴'。自入京，为某巨公所赏，名益著。某败，猴乃丧气而归。"这些文献材料涉及的都是听说书艺人讲说《三国演义》等名著故事。也有一些说书人演说本朝故事，上文提及的郭广瑞听《永庆升平》故事即是一典型事例。

明清时期听说书现象比较普遍，说书艺术流传的地域很广，自京城到地方，自城市到乡村，皆有说书。可以说，听说书与阅读小说刊本一样，是当时大众接受小说的最重要形式之一。

第三，听说书的特点及其对古代小说的影响。

首先，听说书的形式传播途径广，影响大，一般不受社会地位、文化水平等方面的制约，能得到社会各阶层的广泛欢迎。清代佚名所著《韵鹤轩杂著·听说书》中写道："举业无心贸迁懒，赶到书场怕已晚。"描绘出某下层阶级文人无心举业、不愿经商、喜欢听说书的景况。同时，明清时期一些社会中的上层人士，如上文提到听《水浒传》故事的袁宏道等人，甚至帝王，也喜欢听说书。明代顾起元《客座赘语》记："太祖令乐人张良才说平话"，可见明太祖朱元璋是一位有听说书经历的帝王。

　　然而总体看来，由于阅读能力与社会洞察力的限制，说书的受众以下层阶级百姓居多。清代沈德潜在其纂修的《长洲县志》卷十一《风俗》中指出："吴中坊贾，编纂小说传奇，绣像镂版，宣淫诲诈，败坏人心；遂有射利之徒，诵习演唱，街坊场集，引诱愚众，听观如堵，长淫邪之念，滋奸伪之习，风俗陵替，并宜救正。"反映出当时以小说改编的唱本听众为"愚众"，即识字能力有限的下层阶级百姓。

　　其次，听众通过听说书获取知识，并受到说书内容的影响。袁宏道《东西汉通俗演义序》称："今天下自衣冠以至村哥里妇，自七十老翁以至三尺童子，谈及刘季起丰沛、项羽不渡乌江、王莽篡位、光武中兴等事，无不能悉数颠末，详其姓氏里居，自朝至暮，自昏彻旦，几忘食忘寝，聚讼言之不倦。及举《汉书》《汉史》示人，毋论不能解，即解亦多不能竟，几使听者垂头，见者却步。"可知说书的受众，尤其是下层阶级百姓的历史知识来源并不是通过阅读史书，而是通过听说书的形式获得的。清代兰苕馆主人《里乘自序》曾就说书对听众的影响作出描述：

小说虽小道，岂易言哉？夫编氓生长穷乡僻壤，耳不闻先正遗训，而同此秉彝，同此好恶。岁时伏腊，报赛赛弄，遇演忠臣孝子仁人正士，无不肃然起敬，津津称叹者；遇演权奸忤逆佥壬宵小，无不决眦志愤，交口唾骂者。甚至演生天成佛，及地狱种种变相，又无不美怖交集，以为福善祸淫，报施不爽，而互相劝戒不置者，于以见人心好恶之公，而秉彝之未泯也。

这段话形象地刻画出下层阶级民众在听到不同内容故事时的各种神态与表现。清人陈康祺《燕下乡脞录》中也列举了一个听众受说书影响的典型例证：

明末，李定国初与孙可望并为贼，蜀人金公趾在军中，为说《三国演义》，每斥可望为董卓、曹操，而期定国以诸葛。定国大感，曰："孔明不敢望，关、张、伯约，不敢不勉。"……及受明桂王封爵，自誓努力报国，洗去贼名，百折不回，殉身缅海，为有明三百年忠臣之殿。

这段话讲述了说书对明末李定国产生的深刻影响。说书艺人金公趾曾为他演说《三国演义》中的故事，期望他能像诸葛亮一样忠君爱国，让李定国大受感动。接受明桂王封爵后，他"自誓努力报国"，坚持抗清，成为忠臣。李定国的身份出现了由"贼"

到忠臣的巨大转变，其原因就在于"传习郢书之效"。明清时期说书对受众的影响，由此可窥一斑。

诸葛亮

最后，听说书的形式加速了小说的流布。这一点是显而易见的，前文提到的莫后光、柳敬亭等说书名家都善于抓住听众心理，运用通俗易懂的语言，以生动形象的讲述使小说故事深入人心，并广为流传。如晚清觚庵《觚庵漫笔》所言："《三国演义》一书，其能普及于社会者，不仅文字之力……得力于评话家柳敬亭一流人，善揣摩社会心理，就书中记载，为之穷形极相，描头添足，令听者眉色飞舞，不肯间断……宜乎妇孺皆耳熟能详矣。"

清代采香居士的《续彭公案又叙》也指出："《彭公案》一书……吾喜在坊酒肆之中，闻听评谈此书，吾津津有味，记诵即熟，故立意刊刻此书，流传后，使同好者之人得观全终，故与本坊主人同力刊成。"

听说书的传播方式与小说刊本的流传往往是相互影响与交叉，甚至并行不悖的。很多小说都经历过口头传播的阶段，除了众所周知的一些世代累积型成书的名著之外，上文提到的《彭公案》《永庆升平》等小说，均经过说书受众、市场的检验之后才刊刻出版。同时，也有些小说刊刻后成为说书艺人演说的故事题材。概而言之，听说书的形式加大了小说的流传范围和速度，使小说的社会影响更为广泛。

（五）小说的其他阅读形式

古代小说读者的阅读形式丰富多样，除了小说购读、借阅、抄录、听说书之外，还存在赠阅、租赁、戏曲扮演、诵读、游戏、酒令等多种形式。下面我们分别作简要阐述。

第一，小说赠阅。

明代袁中道《游居柿录》卷九云："袁无涯来，以新刻卓吾批点《水浒传》见遗。予病中草草视之。"袁无涯是吴县书坊主，其书种堂于明万历四十二年（1614）刊刻了《李卓吾批评忠义水浒全传》，他把自己所刻的《水浒传》主动赠送给袁中道。赠阅行为一般在朋友、熟人之间进行，清代袁枚所藏《金瓶梅》就是朋友赠予他的。袁枚在《原本金瓶梅跋》中记曰："朋好宾从，知余嗜痂有癖，亦纷纷撷取缥缃，摹仿善本，书邮投馈，在远不遗。此《金瓶梅》一书，盖即向日心余太史贻赠之品也。"

第二，小说租赁。

小说租赁业在清代比较发达，清嘉庆时，诸明斋在《生涯百咏》卷一《租书》中记载了以小说租赁为业者的情形："藏书何必多，《西游》《水浒》架上铺。借非一瓯，还则需青蚨。喜人家记性无，昨日看完，明日又租。真个诗书不负我，拥此数卷腹可果。"可知《西游记》《水浒传》等小说在租赁铺中比较常见。读者租书行为也颇为频繁，"昨日看完，明日又租"。

从现存文献来看，关于古代租赁小说的情况多见于清代禁毁小说的材料之中，下面我们参照《元明清三代禁毁小说戏曲史料》的分类，分中央法令和地方法令两个方面对其进行梳理。

与小说租赁相关的中央法令主要有：

清代琴川居士所编《皇清奏议》卷二十二云："（康熙二十六年）刑科给事中臣刘楷谨奏：……臣见一二书肆刊单出赁小说，上列一百五十余种，多不经之语，诲淫之书，贩买于一二小店如此，其余尚不知几何？"清魏晋锡纂修的《学政全书》卷七《书坊禁例》云："乾隆三年议准，查定例：……盖淫词秽说，最为风俗人心之害，例禁綦严。但地方官奉行不力，致向存旧刻销毁不尽；甚至收买各种，叠架盈箱，列诸市肆，租赁与人观看……凡民间一应淫词小说……其有开铺租赁者，照市卖例治罪。该管官员任其收存租赁，明知故纵者，照禁止邪教不能察缉例，降二级调用。"《大清仁宗睿皇帝实录》卷二百八十一云："嘉庆十八年癸酉十二月癸丑，又谕：陈预奏，整饬吏治一摺……此等小说，未必家有其书，多由坊肆租赁。"

与小说租赁相关的地方法令主要有：

《劝毁淫书征信录》云："（道光二十四年浙江巡抚禁淫词小说）案，据省城绅士张鉴等呈称：窃惟淫词小说，为风俗人心之害，例禁森严；奈书肆藐玩，辄将淫词小说，与正经书籍一体货卖。更有一种税书铺户，专备一切无稽唱本，招人赁看。"《劝毁淫书征信录》云："（浙江杭州知府禁淫词小说）今本护道访得省城内外，每有不肖书坊，辄将淫词小说，居然货卖；更有一种税书铺户，专备稗官野史，及一切无稽唱本，招人赁看，名目不一，大半淫秽异常，为害尤巨。"《劝毁淫书征信录》云："（浙江仁和县知县禁淫书小说）仍恐书铺税书铺户，匿不缴局，呈请示禁等情。据此，除饬保传谕外，合行示禁。"清余治《得一录》卷十一中云："江苏按察使司按察使裕，为严禁淫书淫画以正风俗事……访闻苏城坊肆，每将各种淫书翻刻市卖，并与外来书贾私行兑换销售，及抄传出赁，希图射利，炫人心目，亵及闺房，长恶导淫，莫此为甚……经此次示谕之后，凡一应淫词小说，永远不许刊刻贩卖出赁，及与外来书贾私相兑换销售。"又云："据吴县侯廪生陈龙甲等禀称……苏地各书肆，及赁书铺中，淫书亦复不少，种种名目不一，秽亵异常，射利者辗转流传，坏人心术，莫此为甚。"

由这些文献材料可知，小说租赁阅读的形式至迟在清代康熙朝已经出现，乾隆、嘉庆、道光诸朝均存在小说租赁现象；就地域观之，以经济和文化比较发达的江苏、浙江两地为最多；小说租赁的数量、种类相当可观，据材料中提到的《皇清奏议》中记，清康熙二十六年（1687），规模较小的书肆中出赁小说的品种已有一百五十余种，规模更大的书肆当远超此数。正因租赁阅读小说的现象在清代非常普遍，所以清代各朝禁毁小说时，均强调要阻断小说租赁这一传播渠道。

第三，综合阅读形式。

有些小说的阅读形式往往不是单一的，而是以多种形式并存，例如：

其一，小说购读与赠阅相结合。清代光绪年间曾任知县的文龙评《金瓶梅》第一册后附记云："在安庆书肆中，偶遇一部（按：指《金瓶梅》），索价五元，以其昂贵置之。邵少泉少尹，知予有闲书癖，多方购求，竟获此种，交黄仆寄来。惜被邹隽之大令抽去三本，不成全璧矣。"邵少泉购买《金瓶梅》并寄赠文龙，就是购读与赠阅的结合。西岷山樵也有过同样经历，他在《野叟曝言序》中说："今夏六月，余友程子自海上购得此书，以予好读奇书，持以相赠。"描述了朋友程氏购买小说《野叟曝言》赠予他，供其阅读。

其二，小说借阅与抄读并存。清代徐允临在《儒林外史跋》中写道：

允临志学之年，即喜读《儒林外史》，避寇时，家藏书籍都不及取，独携此自随。自谓生平于是书有偏好，亦颇以为有心得。己卯秋，余戚杨古酝大令过余斋，见案陈是书，亟云："曾见张啸山先生评本乎？"余曰："未也。"古酝曰："不读张先生评，是欲探河源而未造于巴颜喀喇。吾恐未极其蕴也。"因急从艾补园茂才假读，则皆余心所欲言而口不能达者，先生则一一笔而出之。信乎是书之秘钥，已遂过录于卷端。

今年七月，与甥婿闵颐生上舍会于法华镇李氏，纵谈《外史》事，因言张先生近有评语定本，闻之欣跃，遂不待颐生旋，径驰书向先生乞假以来，重过录焉。同里王竹鸥方伯与有同好，尝假余过录本。

徐允临在此跋中详细介绍了自己阅读张啸山评本《儒林外史》的经历，他曾向友人借读此书并进行抄写，后来同里王竹鸥又向其借阅抄本。

其三，小说购读、借阅、抄录、听说书等多种阅读形式相结合。清代孙寿彭在《彭公案序》中写道：

《彭公案》一书，京都钞写殆遍，大街小巷，侈为异谈，皆以为脍炙人口。故会庙场中谈是书者，不记其数，一时观者如堵，听者忘倦。予课暇亦少听几句，津津有味，然因功夫忙迫，故不知其本末。壬辰馆于京师，友人刘君衡堂持此编以示，展诵数回，悉其始终，乃知彭公是我朝显宦，实千古人才之杰出者也……（刘衡堂）因不惜重资，付之剞劂。

小说《彭公案》先后经历抄阅、听说书、借阅等多种阅读形式，刊刻后又被读者购买阅读。这一事例比较典型地反映出古代小说经过多种方式、多种渠道进行综合传播的状况。

第四，小说故事的戏曲扮演。

不少小说中的故事被改编成戏曲在民间演出，吸引了大量观众，这也是古代小说的一种接受形式。徐珂在《清稗类钞》宗教类《义和拳》中谈及小说故事的戏曲扮演："《西游记》《封神传》《三国演义》《绿牡丹》《七侠五义》诸小说，为北方常演之戏剧也。"可知在当时，这种情况颇为常见。张岱在《陶庵梦忆·及时雨》中有一段细致的描述：

壬申（按：崇祯五年，1632）七月，村村祷雨，日日扮潮神海鬼，争唾之。余里中扮《水浒》，且曰：画《水浒》者，龙眠、松雪近章侯，总不如施耐庵，但如其面勿黛，如其髭勿鬣，如其兜鍪勿纸，如其刀杖勿树，如其传勿杜撰，勿弋阳腔，则十得八九矣。于是分头四出，寻黑矮汉，寻梢长大汉，寻头陀，寻胖大和尚，寻茁壮妇人，寻姣长妇人，寻青面，寻歪头，寻赤须，寻美髯，寻黑大汉，寻赤脸长须，大索城中。无则之郭、之村、之山僻、之邻府州县，用重价聘之，得三十六人。梁山泊好汉，个个呵活，臻臻至至，人马称娖而行，观者兜截遮拦，直欲看杀卫玠。

这是民间扮演《水浒传》故事的场景。戏曲扮演从选角时就非常注重人物设定，在四处搜寻、遴选出贴合小说内容的众角色之后，用重金将他们请来表演。活灵活现的"梁山泊好汉"深受观众追捧，场面极其热闹。可以说，戏曲扮演小说故事扩大了小说的受众群体，一定程度上促进了小说的流布。

第五，作者亲为诵读小说。

对于读者而言，能够得到作者亲自为其诵读小说的待遇当然是特别幸运的，生活于清代道光年间的卢联珠就是这样一名幸运读者。他在《第一快活奇书序》中描述：

（《第一快活奇书如意君传》作者陈天池）请余阅其书，余辞以病未能也。天池曰："君试坐而我为君诵之，可乎？"余辞以病，坐亦未能也。天池曰："君试卧而我为君诵之，可乎？"于是左携杯，右执卷，且读且饮，每至得意处，则意气飞扬，辄起立急口疾读，或奋声高歌，兴酣酒浓，手舞足蹈，不半日间，一部七十二回大文，已了然若揭，而天池亦醉不可支。

陈天池对自己刚完成的小说充满感情，急欲与朋友分享，于是亲自向卢联珠诵读小说。他"左携杯，右执卷"，边饮酒边朗读，每至得意处，则意气飞扬，手舞足蹈，相当具有感染力。这种作者亲为诵读小说的情况比较少见，不过也可视为小说的一种独特传播形式。

第六，游戏、酒令等形式。

古代小说中的人物形象与情节还曾以叶子戏、酒令等形式传播，更多人因此得以了解小说。叶子戏是一种古老的纸牌游戏，因纸牌大小形似叶子而得名，据说在汉代就已有这种游戏，关于它的文字记载则最早见于唐代。《水浒传》问世后，这部小说中的人物成为叶子牌上绘制的重要内容之一。清代佚名所撰《諔闻续笔》云："叶子之戏，不知起自何时……叶子所绘，皆《水浒》中人，原有深意，若曰好赌而负，必至为盗，即幸而胜，心与盗贼等耳。"褚人获在《坚瓠十集》卷一《叶子》中也谈及："叶子，不知何起……不知何时，改用宋江等名。潘之恒《叶子谱》云：'叶子始于昆山，用《水浒传》中人名，为角抵戏耳。'"

明末著名画家陈洪绶（字章侯）曾绘制过水浒叶子，张岱在《陶庵梦忆·水浒牌》中，讲述了"才足拔天，笔能泣鬼"的陈洪绶在其督促下，花费四个月画完一套水浒人物的行酒纸牌："古貌、古服、古兜鍪、古铠胄、古器械，章侯自写其所学所问已耳。而辄呼之曰'宋江'，曰'吴用'，而宋江、吴用亦无不应者，以英雄忠义之气，郁郁芊芊，积于笔墨间也。周孔嘉丐余促章侯，孔嘉丐之，余促之，凡四阅月而成。"

酒令也是读者接受小说的一种形式，清代俞敦培的《酒令丛钞》中记有以《水浒传》《西游记》中的小说故事作为酒令的方式，其书卷四《水浒酒筹》云：

李逵大闹浔阳江（首二坐为宋江、戴宗，末坐为张顺。得筹为李逵，饮一大杯，宋、戴陪小杯，即与张顺猜十拳，张顺输则饮酒，李逵输饮开水）

武松醉夺快活林（无三不过望，先饮三杯。对面为蒋门神，要连胜三拳方过，再打通关一转）

鲁智深醉打山门（先饮一大杯。首二坐为金刚，每人猜三拳）

金翠莲酒楼卖唱（首二三坐为鲁达、李忠、史进。得筹者或弹或歌，敬三人酒）

一丈青擒王矮虎（与并坐者猜拳，胜后牵巾饮三交杯，合席共贺一杯）

景阳冈武松打虎（三碗不过冈，先饮三大杯，与寅年生人或与姓名字带虎头者猜拳，以胜为度）

请诸邻武松杀嫂（以左右四座为四邻，各照三杯。年少无须者为嫂。猜拳以胜为度）

梁山泊群雄聚义（合席各饮三杯）

《寻唐僧令》如下：

　　孙行者寻师，筹可多制，无筹或用牙牌代之。以幺二为行者，二四为唐僧，二六为八戒，二五为沙僧，长二为白马，人牌为观音，天牌为如来，幺四为红孩儿，五六为牛魔王，四六为铁扇公主，长五为金钱豹，三六为黑熊精，四五为九尾狐，三四为盘丝洞，二三为无底洞，长三、幺五、幺六均为小妖，余牌随意分派，可供二十余客也。略注十余筹于左：

　　孙行者（制得此筹者，满席寻师，余筹须秘）

　　猪八戒（行者须胜一拳收伏，方听使命，可以代拳代酒）

　　沙僧（收伏后代拳代酒）

　　唐三藏（寻得者，师徒对饮一杯，完令）

　　观音（遇妖魔太强者，可以压服）

　　红孩儿（猜拳无算，听观音分付）

　　牛魔王（十一拳）

　　铁扇公主（十拳）

　　黑熊（八拳）

　　盘丝洞（八戒说一笑话）

　　金钱豹（五拳）

　　九尾狐（五官搬家令）

　　无底洞（筷落饮酒令）

　　小妖（一拳）

　　上述酒令形式多样，富有趣味。除此以外，《酒令丛钞》中还有《捉曹操令》《红楼人镜》等，均与小说《三国演义》《红楼梦》中的人物和情节密切相关。

　　通过纸牌游戏、酒令等形式所了解的小说情节与人物形象未必全面和具体，但是它们作为鲜活而独特的小说传播形式，反映了民众对古代小说的喜爱，同时也体现出小说在当时的流行与普及程度。

三　古代小说的题材与读者

明代谢肇淛在《五杂俎》卷十五《事部三》中指出："《三国演义》与《钱唐记》《宣和遗事》《杨六郎》等书，俚而无味矣。何者？事太实则近腐，可以悦里巷小儿而不足为士君子道也。"尽管他对《三国演义》等书的批评有其局限性，但这段话对"里巷小儿"与"士君子"等不同阶层、不同身份的读者的阅读习惯及特点有所区分，是很有道理的。从读者阅读古代小说时的心理需求、文化水平、欣赏习惯、审美倾向等角度来看，这些因素与他们对不同题材小说的选择有着紧密联系。由于相关文献材料所限，我们根据现有资料选取古代长篇小说中的历史小说、才子佳人小说、情色小说等，探讨读者与不同题材小说之间的关系。

（一）古代历史小说之兴与读者的关系

历史题材的长篇小说是中国古代长篇章回体小说中成熟最早、作品数量和创作成就都非常突出的小说。这类题材小说的兴盛与发展是多种原因合力的结果，读者是其中不可忽视的重要因素，在历史小说创作、传播的过程中都留下了读者影响的烙印。正如德国学者曼弗烈德·纳乌曼在其《从历史、社会角度看文学接受》中所言："某一时代产生的文学不仅仅体现着作家们的创作个性，同时也体现了读者们的需求、趣味和接受能力。因此，这一时期创作的作品或作品集合所显示的不同的特性总是内含了文学接受中的读者群体的某些特性。"

第一，读者阅读心理影响了古代历史小说的创作。

德国学者姚斯在其《文学史作为向文学理论的挑战》一文中提出期待视野的话题，他认为：

> 从类型的现在理解、从已经熟知作品的形式与主题、从诗歌语言和实践语言的对立中产生了期待系统。……（文学作品）唤醒以往阅读的记忆，将读者带入一种特定的情感态度中，随之开始唤起"中间与终结"的期待，于是这种期待便在阅读过程中根据这类本文的流派和风格的特殊规则被完整地保持下去，或被改变、重新定向，或讽刺性地获得实现。在审美经验的主要视野中，接受一篇本文的心理过程，绝不仅仅是一种只凭主观印象的任意罗列，而是……一个相应的、不断建立和改变视野的过程，也决定着个别本文与形成流派的后继诸本文间的关系。

　　读者受个人主观情感、知识基础、生活阅历、价值取向等多种因素的影响，在阅读时存在着心理期待。这种心理期待对小说的创作、传播产生影响，对小说流派的形成与发展也起到促进作用。余秋雨在《观众心理学》第二章"综合的心理需要"中指出："心理需要是一种能动化了的心理因素。它以一种默然的力量塑造着艺术。艺术是观众心理需要的对象化存在。"这一看法虽主要针对戏曲观众而言，实际上对于小说读者来说也是适用的。对于读者阅读心理与古代历史小说兴盛之间的关系，我们主要从以下四个方面进行讨论。

　　首先，古代历史小说的创作动机之一在于满足读者的求知心理。在长篇章回小说产生的明清时期，读者有着较强的历史求知欲，下层民众也是如此，他们通过听说书或阅读小说刊本等多种形式接受历史故事。明代东山主人在《云合奇踪序》中指出：

　　　　田间里巷自好之士，目不涉史传，而于两汉三国、东西晋、隋唐等书，每喜搜揽。于一代之治乱兴衰，贤佞得失，多能津津称述，使闻之者倏喜倏怒，亦足启发人之性灵，其间谶谣神鬼，不无荒诞，殆亦以世俗好怪喜新，始以是动人耳目……使于愚夫愚妇之前，谈经说史，群且笑为迂妄。

大连图书馆馆藏明刊本《云合奇踪》第八十则"制分疆宇　人乐雍熙"插图

　　"田间里巷"之士、"愚夫愚妇"等下层阶级读者喜爱搜揽历史故事，对这类故事充满浓厚的兴趣。他们一般不是通过阅读经史著作去获取历史知识，而是通过听说书或阅读小说刊本等方式来熟悉历代治乱兴衰。虽然小说内容有其荒诞之处，但读者阅之可以充实内心世界，自得其乐。清代许宝善在《北史演义叙》中也提道："今试语人曰：'尔欲知古今之事乎？'人无不踊跃求知者。"可见读者对历史故事体现出的求知欲望。

　　历史小说的创作动机之一就在于满足读者的这种求知欲望，丰富他们的历史知识。例如，明代秦淮墨客在《续英烈传叙》中写道："窃尝综建文、永乐故实，汇为续传，阅是书者，其于盛衰顺逆之故，平坡往复之机，亦可了如指掌矣。"小说《续英烈传》（一名《云合奇踪后传》）讲述自建文帝削发为僧至正统时期他被迎入皇宫之事，作者称阅读此书有助于读者了解明代靖难时的一段历史，了解建文、永乐诸朝的故实。再如，明末王黉所撰《开辟衍绎叙》云：

> 自古天生圣君，历代帝王创业，而有一代开辟之君，必有一代开辟之臣……然未有开天辟地，三皇五帝，夏、商、周诸代事迹，因民附相讹传，寥寥无实，惟看鉴士子，亦只识其大略。更有不干正事者，未入鉴中，失录甚多。今搜辑各书，若各传式，按鉴参演，补入遗缺。但上古尚未有文法，故皆老成朴实言语。自盘古氏分天地起，至武王伐纣止，将天象、日月、山川、草木、禽兽及民用器物、婚配、饮食、药石、礼法，圣主、贤臣，孝子、节妇，一一载得明白，知有出处，而识开辟，至今有所考，使民不至于互相讹传矣，故名曰《开辟衍绎》云。

王黉指出，一般读者不熟悉"三皇五帝，夏、商、周诸代事迹"，以至相互讹传，即便一些读过《资治通鉴》的读书人，也仅了解其梗概，所知有限。有鉴于此，他编撰了长篇历史演义体小说《开辟衍绎》。小说使用"老成朴实"的言语，说明这部作品以下层民众作为主要期待读者。小说将远古以来至武王伐纣时的历史故事详细讲述，目的是使民众对相关史实不再互相讹传，一方面增加了读者的历史常识，另一方面也可纠正他们以往的错误认知。

晚清时期，历史小说用来丰富读者历史知识的创作动机依然被小说编刊者沿袭，有些编刊者甚至将其作品当作历史教科书式的辅助读物。例如，光绪二十九年（1903）作新社排印本《万国演义·凡例》第一则云："是编专述泰东西古近事实，以供教科书之用。"吴沃尧也把小说《两晋演义》视作"失学者补习历史之南针焉"。

古代历史小说依据史实创作，容易使读者相信，不过在如何认识、处理历史真实与艺术真实的问题上，就作者而言，应用心斟酌；作为读者来说，也不应把小说等同于历史，混淆历史真实与艺术真实之间的区别。明代胡应麟在《少室山房笔丛》卷四十一《庄岳委谈下》中提到小说对关羽事迹的虚构：

> 古今传闻讹谬，率不足欺有识，惟关壮缪明烛一端则大可笑，乃读书之士亦什九信之，何也？盖缘胜国末村学究编魏、吴、蜀演义，因《传》有"羽守邳，见执曹氏"之文，撰为斯说，而俚儒潘氏又不考而赞其大节，遂致谈者纷纷。案《三国志》羽传及裴松之注及《通鉴》《纲目》，并无其文，演义何所据哉？

"义绝"关羽

长篇历史小说《三国演义》中描写，关羽下邳战败后为保甘、糜二夫人而投降曹操，曹使羽与二夫人共处一室，关羽避其嫌疑，秉烛立于户外，彻夜达旦。关羽的磊落行为令读者心折，从而广为传颂。而事实上，这一情节是小说家因《三国志·关羽传》中有"羽守邳，见执曹氏"之语，为塑造关羽忠义仁勇的完美形象而虚构的，《三国志》以及《资治通鉴》《资治通鉴纲目》等史书中并无相关记载。所以胡应麟直指其荒谬，强调读者在阅读时应对历史事实与小说家言有所区分。出于类似原因，清人章学诚在《丙辰札记》中也曾对《三国演义》提出批评：

凡演义之书，如《列国志》《东西汉》《说唐》及《南北宋》，多纪实事，《西游》《金瓶》之类全凭虚构，皆无伤也。惟《三国演义》则七分实事，三分虚构，以致观者往往

为所惑乱，如桃园等事，学士大夫直作故事用矣。故演义之
属，虽无当于著述之伦，然流俗耳目渐染，实有益于劝惩。
但须实则概从其实，虚则明著寓言，不可虚实错杂，如《三
国》之淆人耳。

章学诚认为，《三国演义》"七分实事，三分虚构"的创作方
式往往会使读者为其所惑，使读者在历史真实和艺术真实之间真
假难辨，所以他提出历史小说创作应做到"实则概从其实"，不
可出现如同《三国演义》这样虚实错杂的小说作品。章学诚这种
完全写实的历史小说创作观点带有一定局限性，同时也反映了时
人的崇真心理。

其次，古代历史小说的创作与读者崇真心理关系密切。注重
真实的现象在唐代文言小说创作领域已比较普遍，而这种对真实
的重视很大程度上是为了取信于读者。唐人小说结尾往往标注故
事来源，其中多为不实之词。例如唐传奇《离魂记》讲述了张镒
之女倩娘灵魂离体的故事，这在现实中是不可能发生的，小说结
尾却说这个故事是作者从张镒的亲戚处得知的实事："大历末，
（作者陈玄祐）遇莱芜县令张仲规，因备述其本末。镒则仲规堂
叔，而说极备悉，故记之。"这种"自欺欺人"的标榜是因为真
实的事情更易被读者接受并引起共鸣。读者的这种崇真心理对明
清时期的小说创作也有影响，清代赵学辙在《客窗偶笔序》中指
出："余维小说家言，大抵优孟衣冠，得其似而失其真者；更有

蜃楼海市,幻由心造,往往出于文人学士穿凿附会之所为……先生此编,事事真实,有裨世道为多,而务去陈言,仍令读者忘倦,'思无邪'一言,允堪持赠矣。"《客窗偶笔》是清代贡生金捧阊创作的文言小说集,辑录旧闻,宣扬劝惩之道。赵学辙在为这部小说集所作的序言中,一方面批评小说创作中普遍存在的"得其似而失其真"、穿凿附会的现象,另一方面对《客窗偶笔》"事事真实"的做法予以充分肯定,强调这部小说既有裨于世道人心,又能令读者阅而忘倦,简直可与《诗经》相媲美。序文反映了小说创作对一些读者崇真心理的迎合。

明人谢肇淛在《五杂俎》卷十五《事部三》中强调,"凡为小说及杂剧戏文,须是虚实相半,方为游戏三昧之笔。"与此同时,他也指出当时读者的崇真心理:"近来作小说,稍涉怪诞,人便笑其不经。"读者喜欢真实的心理影响了古代历史小说的创作,人瑞堂崇祯年间刊本《隋炀帝艳史·凡例》云:"今《艳史》一书,虽云小说,然引用故实,悉遵正史,并不巧借一事,妄设一语,以滋世人之感。故有源有委,可征可据,不独脍炙一时,允足传信千古。"强调小说中的材料来源真实可靠,能传信千古。对此,我们将在本书第四部分"读者与古代小说的创作观念"第一节"读者与古代小说补史说"作进一步探讨,这里暂不展开。

再次,读者的崇古心理促进了古代历史小说的编创。晚清吴趼人在《两晋演义序》中指出:

自《三国演义》行世之后，历史小说，层出不穷。盖吾
国文化，开通最早，开通早则事迹多。而吾国人具有一种崇
拜古人之性质，崇拜古人则喜谈古事。自周、秦迄今，二千
余年，历姓嬗代，纷争无已，遂演出种种活剧，诚有令后人
追道之、犹为之怵心胆、动魂魄者。故《三国演义》出，而
脍炙人口，自士大夫以至舆台，莫不人手一篇。人见其风行
也，遂竞效为之，然每下愈况，动以附会为能，转使历史真
相，隐而不彰；而一般无稽之言，徒乱人耳目。愚昧之人读
之，互相传述，一若吾古人果有如是种种之怪谬之事也者。
呜呼！自此等书出，而愚人益愚矣。吾尝默计之，自《春秋
列国》以迄《英烈传》《铁冠图》，除《列国》外，其附会
者当居百分之九九。

吴趼人在批评众多历史小说创作附会、虚构的同时，也分析
了读者崇拜古人的心理。中国传统文化源远流长，在几千年的漫
长历史中，中华民族的祖先创造了灿烂文化，令后人为之自豪，
产生崇古心理。读者因崇拜古人而"喜谈古事"，复杂多变、纷
争不断的历史，留给后人演说不尽的话题，以至社会各阶层读者
自上而下，"人手一篇"《三国演义》。编刊者看到其风行盛况，
又编创出大量历史小说，以满足读者的崇古心理。可以说，读者
的崇古心理是明清历史小说创作繁盛的一个重要推动力。

最后，读者的好奇心理对古代历史小说的兴盛也起到促进作

用。"好奇"心理在古代小说作家中普遍存在，同时，也代表着读者的审美需求。从读者的角度进行考察可以发现，他们的好奇心理对古代历史小说的兴盛起到一定促进作用。明代李贽在《三国志叙》中分析道：

> 外传多矣，人独爱《三国》者何？意昭烈帝崛起孤穷，能以信义结民，延缆天下第一流，托以鱼水，卒能维鼎西隅，少留炎汉之祚，殊足愅快人意。且古来割壤窃号，递兴倏废，皆强并弱款，并未有如三国智足相衡，力足相抗，一时英雄云兴，豪杰林集，皆足当一面，敌万夫，机权往来，变化若神，真宇内一大棋局。两国手争，能不相下哉？直志士览古乐观而忘倦也。乃吾所喜三国人物，则高雅若孔北海，狂肆若祢正平，清隐若庞德公，以至卓行之崔州平，心汉之徐元直，玄鉴之司马德操，皆未效尽才于时。然能不为者，乃能大有为，而无所轻用者，正其大有用也。若人而可作，吾愿与为莫逆交。若诸葛公之矫矫人龙，则不独予向慕之，虽三尺竖子，皆神往之耳。

为何《三国演义》能够在同类作品中出类拔萃，受到众多读者的喜爱呢？李贽指出，因为这部小说描写刘备从孤穷中崛起的事迹，富于传奇色彩；三国时期的历史纷繁复杂，英雄豪杰汇聚一时，机权往来，变化若神，风起云涌，令人神往；小说中的一些传奇人物"皆未效尽才于时",留下诸多遗憾,所有这些都可引起读者强烈的阅读兴趣。读者"览古乐观而忘倦也",甚至"三尺竖子"也对之神往。

明代东山主人在《云合奇踪序》中提到,读者喜读历史小说,"殆亦以世俗好怪喜新,始以是动人耳目。"好怪喜新是很多人的天性,读者喜爱历史故事的传奇色彩,对朝代更替、贤佞得失的历史题材津津乐道,从而推动了民间说唱艺术的繁荣与历史小说创作的兴盛。

第二,读者影响了古代历史小说文体的发展与演变。

读者对古代历史小说文体发展与演变的影响,集中体现在读者与按鉴创作的演义体小说之间的关系上。在作品取材与历史小说自身文体发展两个方面,读者都发挥了重要作用。下面我们分而论之:

首先,在古代历史题材的小说创作中,尤其是早期历史演义的创作,一个显著特点就是按鉴演义。所按之鉴主要指司马光的《资治通鉴》和朱熹的《资治通鉴纲目》,还有一些"通鉴"类的续书,也是历史题材小说取材的主要依据。《新刻按鉴全像批评三国志传》《新刻按鉴编纂开辟衍绎通俗志传》《按鉴演义全像列国志传评林》《京本通俗演义按鉴全汉志传》《新刻全像按鉴演义南北两宋志传》《新刊按鉴演义全像大宋中兴岳王传》等小说均属按鉴演义类作品。这种取材倾向的形成是因为对于普通读者而言,史书篇幅庞大,且文字古奥、义理深邃,宋代秦果在《续世说序》中就已强调："史书之传信矣，然浩博而难观"，史书给阅读带来诸多困难，于是便出现了按鉴创作的演义体小说。

清代历史小说《纲鉴通俗演义·凡例》中说"是书悉遵《纲鉴》，半是《纲鉴》旧文"，所言非虚。实际上，这就是一部通俗化的历史纲要，它取材于《资治通鉴》《资治通鉴纲目》以及"二十四史"等史书，以浅近的语言讲述自盘古开天地至清代的历史概况，有着明显的史料价值，同时又具有历史小说的可读性。张芬敬于光绪年间所撰《纲鉴通俗演义叙》中云：

> 涑水《通鉴》，朱子《纲目》，读史者无不家置一编。二十四史，各有专籍，亦或有藏之者，然博览不易，往往束诸高阁，徒为书笥中壮观而已。……吕氏《纲鉴演义》，能统廿四史事实，说得原原本本，至其中条分缕析处，亦复一线穿成，洵史集中之别体，余素为之服膺者也。……尤愿读是书者，其进而求之《通鉴》《纲目》，以至二十四史各专籍，庶几一以贯之矣。

张芬敬指出，《资治通鉴》等史籍篇幅浩大，博览不易，虽然也有读史者对其进行收藏，但往往不会去阅读，至多放在书房当做摆设。而吕抚按鉴编撰的历史小说《纲鉴通俗演义》，既具有史料价值，又语言浅显，篇幅集中，适合读者尤其初学历史者阅读。通过阅读这部小说，可以为有兴趣的读者进一步阅读

"《通鉴》《纲目》,以至二十四史"打下扎实基础。

除篇幅因素外,历史小说出现的重要原因是史书文字古奥、义理深邃,不便于阅读,而小说语言通俗、浅显,从而受到读者欢迎。明代庸愚子《三国志通俗演义序》云:

> 然史之文,理微义奥,不如此,乌可以昭后世?《语》云:"质胜文则野,文胜质则史。"此则史家秉笔之法,其于众人观之,亦尝病焉。故往往舍而不之顾者,由其不通乎众人,而历代之事,愈久愈失其传。前代尝以野史作为评话,令瞽者演说,其间言辞鄙谬,又失之于野,士君子多厌之。若东原罗贯中,以平阳陈寿传,考诸国史,自汉灵帝中平元年,终于晋太康元年之事,留心损益,目之曰《三国志通俗演义》。文不甚深,言不甚俗,事纪其实,亦庶几乎史。盖欲读诵者,人人得而知之,若诗所谓里巷歌谣之义也。

庸愚子揭示出,历史小说产生的历程是由正史到口头传播的评话,再到案头阅读的演义体小说:正史"理微义奥",读者往往弃而不顾→瞽者演说评话,"其间言辞鄙谬,又失之于野,士君子多厌之"→演义小说雅俗共赏,"文不甚深,言不甚俗",人人都可阅读,在了解史实方面又能取得和读史相似的效果,所以受到各阶层读者的广泛欢迎。从中可以看出,读者在历史小说文体的形成过程中起到重要作用。清代滋林老人《说呼全传序》声称"史册所载，其文古，其义深，学士大夫之所抚而玩，不能挟此以使家喻而户晓也。如欲使家喻而户晓，则是书（按：指《说呼全传》）不无裨于世教云"也是同样的道理。

清代许宝善所撰《北史演义叙》云：

> 史之言，质而奥，人不耐读，读亦罕解。故唯学士大夫或能披览外，此则望望然去之矣。假使其书一目了然，智愚共见，人孰不争先睹之为快乎？晋陈寿《三国志》，结构谨严，叙次峻洁，可谓一代良史。然使执卷问人，往往有不知寿为何人，《志》属何代者。独《三国演义》，虽农工商贾妇人女子无不争相传诵。夫岂演义之转出正史上哉？其所论说易晓耳。

史书"质而奥"，给阅读带来很大困难，一般人读不懂也无耐心去读，只有学士大夫才有能力披览。而人们又渴望了解历史，其书如果能一目了然，则大家都想先睹为快。序文指出，《三国志》虽是"良史"，但普通人很少知道其书属何年代、陈寿是何人，但对于《三国演义》，则"农工商贾妇人女子无不争相传诵"。这种现象的出现并非由于小说比史书更加高明，而是对于读者而言，小说更为通晓易懂，所以深受喜爱。清人邹存淦《删补封神演义诠解序》中所描述的"今人心不古，江河日下，读正史者，每不终卷；得小说读之，则津津有味"，就是出于这个缘故。

其次，就历史小说自身文体发展而言，读者对历史演义体小说的形成和发展也起到推动作用。一些原本即有的小说作品，出于让读者更容易接受的目的，被改为按鉴演义体小说。例如，明代熊大木在《序武穆王演义》中称：

> 《武穆王精忠录》，原有小说，未及于全文。今得浙之刊本，著述王之事实，甚得其悉。然而意寓文墨，纲由大纪，士大夫以下，遽尔未明乎理者，或有之矣……于是不吝臆见，以王本传行状之实迹，按《通鉴纲目》而取义（创作《大宋中兴通俗演义》）。

熊大木编撰的历史小说《大宋中兴通俗演义》是在原有说岳小说《精忠录》的基础上成书的。《精忠录》义理深邃，"士大夫以下"的下层阶级读者难以明白，所以熊大木依据《资治通鉴纲目》诸书创作成篇，阐发其义理，以便读者阅读。

再如，明万历三十四年（1606），三台馆刊本《列国志传》卷首所附余邵鱼《题全像列国志传引》云：

> 士林之有野史，其来久矣……抱朴子性敏强学，故继诸史而作《列国传》。起自武王伐纣，迄今秦并六国，编年取法麟经，记事一据实录。凡英君良将，七雄五霸，平生履

历，莫不谨按五经并《左传》《十七史纲目》《通鉴》《战国策》《吴越春秋》等书，而逐类分纪。且又惧齐民不能悉达经传微辞奥旨，复又改为演义，以便人观览。

关于列国题材，原有抱朴子所作《列国传》，余邵鱼"惧齐民不能悉达经传微辞奥旨，复又改为演义"，将志传改为演义，其目的就在于"便人观览"。读者的阅读需求推动了演义体小说的发展，正如明代署名钟惺所撰《盘古至唐虞传序》中所说："今依鉴史，自盘古以迄唐虞事迹可稽者，为之演义，总编为一传，以通时目。"以通时目，点明了小说的创作目的是满足当时读者的阅读需要。

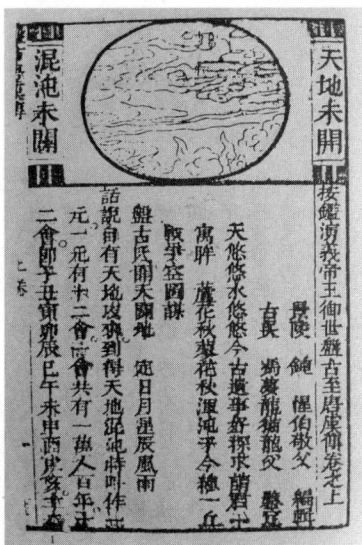

明崇祯时建阳余季岳刊本《按鉴演义帝王御世盘古至唐虞传》

在古代小说的读者群体中，人数众多、文化水平不高的下层阶级读者是历史小说编刊者考虑的重要对象。明末兼善堂本《警世通言》识语称："通俗演义一种，尤便于下里之耳目。"清代绿园老人在《歧路灯序》中指出："《三国志》者，即陈承祚之书，而演为稗官者也……再传而为演义，徒便于市儿之览。"都表明了这一事实。随着越来越多的下层阶级民众加入小说读者队伍，他们的审美趣味和阅读需求在历史小说文体的确立和发展过程中都有所体现，这对历史演义体小说的大量编刊起到一定的推动作用。

第三，读者的欣赏习惯一定程度上决定了历史小说的编创方式。

在中国古代小说创作理论史上，虚实相间的问题是经久不衰的话题之一。宋代小说集《夷坚志》作者洪迈就认识到小说的虚构性特征，他指出："稗官小说家言不必信，固也。信以传信，疑以传疑，自《春秋》三传则有之矣。"①

洪　迈

---

① （宋）洪迈：《夷坚支丁序》，见《夷坚志》，北京：中华书局1981年版，第967页。

在小说创作和传播更加繁荣发达的明清时期，小说编创方式丰富多样，虚实相间的编创方式得到更为普遍的认同与运用。对于历史小说而言，内容虚实结合的作品也被许多读者接受。清代金丰《说岳全传序》云："从来创者，不宜尽出于虚，而亦不必尽由于实。苟事事皆虚，则过于诞妄，而无以服考古之心；事事皆实，则失于平庸，而无以动一时之听。……实者虚之，虚者实之，娓娓乎有令人听之而忘倦矣。"过度虚诞的历史小说对于喜欢"考古"的读者而言，不能令他们信服。过度追求真实的作品则容易陷入平庸境界，缺乏生动曲折的情节，难以吸引读者。所以金丰主张小说创作应做到虚实相间，才能对读者产生强烈的艺术感染力。清代惜余馆主在为小说《平金川》所作的序言中也写道："古今说部，载实事者，莫如《三国》；逞荒诞者，莫如《西游》；皆各擅所长，以成体例。独是书颇能综二者而兼之，惜因俗务繁冗，不及润色。而索观者已户限将穿，爰付石文而述之旨。"惜余馆主认为，张小山的《平金川全传》（一题《年大将军平西传》）兼具《三国演义》与《西游记》二者之长，虚实结合，所以受到读者的追捧。虽还只是未经润色的初稿，"索观者已户限将穿"，可见读者对其欢迎的程度。

关于小说虚实问题的探讨，不少论者看重读者因素，认为只要读者读之"快心"，就算与史实有所出入也可以接受。明代张凤翼在《水浒传序》中说："即其事（按：指宋江之事）未必悉如传所言，而令读者快心，要非徒虞初悠谬之论矣。"张凤翼认为，关于宋江等三十六人起义的故事，即使《水浒传》所载与史实有些出入，只要读者喜欢，也能理解并接受。由此观之，在古代历史小说虚实相间的编创方式发展历程中，读者的影响不容忽视。

在古代历史小说创作过程中，读者对小说的内容也会产生一定影响。以清初吕熊（号逸田）《女仙外史》的创作为例，清人刘廷玑在其《江西廉使刘廷玑在园品题二十则》中记录自己与友人吕熊数次讨论《女仙外史》的创作情况：

岁辛巳（按：指康熙四十年，1701），余之任江西臬使，八月望夜，维舟龙游，而逸田叟从玉山来请见。杯酒道故，因问叟："向者何为？"叟对以将作《女仙外史》。余叩其大旨，曰："常读《明史》，至逊国靖难之际，不禁泫然流涕，故夫忠臣义士与孝子烈嫒，湮灭无闻者，思所以表彰之，其奸邪叛道者，思所以黜罚之，以自释其胸怀之哽噎。"余闻之，矍然曰："良有同心。叟书竣日，当为付诸梓。"

壬午（按：指康熙四十一年，1702），叟至洪都，余为适馆授餐，俾得殚精于此书。

癸未（按：指康熙四十二年，1703）冬，余挂公事，削职北返，旅于清江浦。

甲申（按：指康熙四十三年，1704）秋，叟自南来，见余曰："《外史》已成。"以稿本见示。余读一过，曰："叟之书，自贬为小说，意在贤愚共赏乎！然余意尚须男女并观。中有淫亵语，曷不改诸？"叟以为然。不日改正所憾。余既落籍，不能有践前言，乃品题廿行于简端，以为此书之先声而归之。

吕熊在准备创作《女仙外史》之际就征求过刘廷玑的意见，他对《明史》中的靖难之役深有感怀，以致"泫然流涕"，所以打算创作小说以褒扬忠臣义士与孝子烈媛，谴责奸邪叛道，抒发个人情怀。刘廷玑对这部小说的创作主旨予以充分肯定，并答应以后承担出版之任。三年后，吕熊完成《女仙外史》的创作，以稿本求教于刘廷玑，刘廷玑对小说中涉及淫亵的语言及情节结构提出修改意见，希望通过修改，作品能更好地凸显主旨，这些意见被吕熊接受。这是读者影响历史小说创作的直接例证。

（二）读者对才子佳人小说的接受与批评

"才子佳人"作为固定词组，最早见于唐代柳祥的文言小说集《潇湘录·呼延翼》。呼延翼的妻子和丈夫说："妾既与君匹偶，诸邻皆谓之才子佳人。"可见在当时，人们就认为才子与佳人的结合是一件幸福美满的事情。才子的"才"多指文才尤其诗才，"佳人"通常指美貌女子。才子佳人小说的概念有广义与狭义之分，广义的才子佳人小说指中国古代小说史上所有以才子佳人爱情故事作为题材的小说，包括明代之前的文言小说《莺莺传》《娇红记》等；狭义的才子佳人小说则特指明末至清代产生的青年男女婚恋题材的小说作品。我们讨论的主要是狭义的才子佳人小说，即明末以来出现的以《平山冷燕》《玉娇梨》等作品为代表的此类小说，其主人公必是才子佳人，他们往往以诗相慕，私订终身，经历磨难，终成眷属。

在古代小说读者群中，尤其是文人读者之中，喜读爱情题材小说的现象颇为普遍。明末临海逸叟在其撰写的《鼓掌绝尘叙》中写道："花红柳绿，飘拂牵游，即老成端重之儒，无不快睹而欣焉。乃知老成端重，其貌尤假；风花雪月，其情最真也。"追求风花雪月乃人之常情，即便是老成端重的读书人也是如此。"老成端重"的外表是一种理性掩饰，留恋风月才是内心的真实感受。

第一，读者的阅读兴趣促进了才子佳人小说的兴盛。

清顺治至雍正时期，才子佳人小说盛行一时，不仅作品数量多，而且大多格调雅致，质量较高。才子佳人小说带有明显的文人意趣，又能做到雅俗共赏，适合各种类型读者的阅读。清代何昌森《水石缘序》云："今以陶情养性之诗词，托诸才子佳人之吟咏，凭空结撰，兴会淋漓，既足以赏雅，复可以动俗。"读者对才子佳人小说的兴盛起到明显的推动作用，主要表现在两个方面：一是上文提及的读者留恋"风花雪月"的心理，促进了明末至清代才子佳人小说的大量创作。正如清代佚名在《五虎平西前传序》中所指出，"至若窃玉偷香诸小说，非不领异标新，观者艳羡"，许多读者都对描写"窃玉偷香"爱情题材的小说充满兴趣，这在一定程度上促进了才子佳人小说的繁荣，即使在时局动荡、战火频仍的明末清初也不例外。

二是女性读者的存在也鼓励了才子佳人小说的发展。明清时期存在大量的女性小说受众，皇后、贵族女性乃至平民，都喜欢听小说故事或阅读小说文本。女性喜听、读言情小说，喜爱语言雅洁的作品，而才子佳人小说正好符合女性的阅读习惯和特点，因而受到她们的广泛欢迎。《红楼梦》第五十四回描述贾母及贾府女眷在元宵节请女先生说书的情形："一时歇了戏，便有婆子带了两个门下常走的女先儿进来……贾母便问：'近来可有添些什么新书？'那两个女先儿回说道：'倒有一段新书，是残唐五代的故事。'贾母问是何名，女先儿道：'叫做《凤求鸾》。'"这段话中女说书先生谈到的《凤求鸾》，是讲述五代时期王熙凤与李雏鸾之间爱情故事的才子佳人题材。从《红楼梦》中描写的女先生"门下常走"以及贾府听说书时的热闹场面可知，贾府女眷喜欢听、读才子佳人故事。小说来源于现实生活，这也是当时社会上女性读者喜爱才子佳人小说这一事实在《红楼梦》中的折射。

第二，才子佳人小说编刊者具有沟通读者的意识。

在才子佳人小说创作和传播的过程中，读者因素日益突出，小说编刊者比较注重与读者之间的交流。清代康熙年间，拚饮潜夫在《春柳莺序》中指出：

今君子操觚号微，莫不咸悉其道，故稗官野史，救污辟
秽，于此为盛。一时市儿读之，不知怜才为劝，好色为戒，
反取色而恶才，直欲丑净而作生旦，又乌得乎？……复请之
小说，才色在所不偏，劝戒俱所不废。使天下之人，知男女
相访，不因淫行，实有一段不可移之情。情生于色，色因其
才，才色兼之，人不世出。所以男慕女色，非才不韵；女慕
男才，非色不名。二者具焉，方称佳话……桑间濮上之辈，
何得妄以衣冠为尊，蓬蒿见鄙，浪向天地间说风流者哉！

这篇序言突出了才子佳人小说的创作主旨，即：宣扬才色而
不涉淫秽。指出小说创作是为了"救污辟秽"，但学识粗浅的市
井小儿读后往往误会其中意思，非但不知怜才戒色，反而"取色
而恶才"，这是对小说非常错误的理解。序文强调男女之间的相
互爱慕并非因为"淫行"，而是自有一段深情在其中，这种情感
或因美色而生，但美色则由于自身的才学才更美。男女相慕，只
有美色与才学兼具才能称得上一段佳话，这不是那些偷欢之淫行
可以比拟的。拚饮潜夫这段解释，是引导读者领悟其中的劝戒之
旨，希望读者不要误读小说。在《春柳莺·凡例》中，编撰者南
轩鹃冠史者也试图对读者进行指引：

一、此书儿戏者不许看，赠与明理之士案头供读。盖此
书精妙处，如丝贯绵，大小节次，毫不渗漏。于轻快处，如

秋水横波，长天应色，令人浮气尽销，不厌三复。若一详彼略此，则不见作者之心并识者之明。

一、《春柳莺》巧工而兼化工，与诸书不同。有真情妙理，大纲细目，读者不妨一字一句，潜心体味，借以悟文。

南轩鹖冠史者希望读者不要以儿戏的心态阅读才子佳人小说《春柳莺》，而应在阅读之际体悟小说情节及语言、回目的精妙之处，以领略作者的良苦用心。

清代水箸散人在其于乾隆年间所撰《驻春园小史序》中，向读者揭示了才子佳人小说《驻春园》的题材渊源。同时，也针对读者阅读进行了提示：

> 《驻春园》一书，传世已久……间有类《玉娇梨》《情梦析》，似不越寻常蹊径，而笔墨潇洒，皆从唐宋小说《会真》《娇红》诸记而来，与近世稗官迥别。昔人一夕而作《祁禹传》，诗歌曲调，色色精工，今虽不存，《燕居笔记》尚采摘大略，但用情非正，总属淫词。必若兹编，才无惭大雅……普天下看官，无作刻舟求剑观，作关关雎鸠读，则得矣。

水箸散人指出，《驻春园》源于《会真记》《娇红记》诸书，并与《玉娇梨》《情梦析》等才子佳人小说相类，但文笔更为新颖潇洒。他认为"普天下看官，无作刻舟求剑观，作关关雎鸠读，则得矣"，提醒读者阅读时不要拘泥于史实；希望读者认识到小说《驻春园》不同于淫秽小说，而是继承了《诗经》"乐而不淫""发乎情止乎礼"的创作倾向，体现出"无惭大雅"的创作特点。

清代梦庄居士所撰才子佳人小说《双英记》刊于清咸丰年间，这部小说在创作和传播的过程中，读者曾就小说人物姓名、故事设定等与作者进行交流。梦庄居士《双英记序》记此事曰：

> 客见（按：指《双英记》）而哂曰："汝本因人成事之流，姑且莫论。但汝尽将书中人之姓名编为诡异，何也？"曰："是犹《红楼梦》之甄士隐、贾雨村、渺渺真人、空空大士之意云耳。亦述也，非作也。"客又曰："汝又指为无稽之外国事何居？"曰："子不见《镜花缘》舍内地而专言外国乎？是宗也，非创也。总而言之，是卷皆窃比也。"客掀髯笑曰："汝既以老彭为师，吾亦不以小疵相责。"

从序言中可知，读者对《双英记》的创作提出了一些批评意见，经过作者解释后，读者释然。通过小说作者与读者的交流和互动，揭示出《双英记》的创作渊源及其特点。

第三，读者对才子佳人小说的批评。

才子佳人小说是人情（世情）小说的一个分支，它的出现也可谓对人情小说的一种创新。才子佳人丰富了小说的创作流派，受到读者的广泛欢迎，然久而久之，其人物塑造、情节设置等方面过于模式化、理想化的创作格局越来越被读者指责以至厌弃。清初刊本《快心编·凡例》第二则就考虑到读者的感受，对才子佳人小说创作的陈腐套路提出批评："从来传奇小说往往托兴才子佳人缠绵烦絮，刺刺不休，想耳目间久已尘腐。"清人李春荣撰《水石缘后序》认为："历观古来传奇，不外乎佳人才子；总以吟诗为媒，牵引苟合；渐至淫荡荒乱，大坏品行，殊伤风化。"清代伯良氏《义勇四侠闺媛传序》也指出："小说一书，大抵佳人才子、风华雪月之作，汗牛充栋，千手雷同，阅者无不讨厌。"读者对才子佳人小说的批评涉及小说创作的多个方面，下面我们分别进行探讨。

首先，读者对才子佳人小说的书名提出批评。清代三江钓叟在《铁花仙史序》中指出：

> 传奇家摹绘才子佳人之悲离欢合，以供人娱耳悦目也旧矣。然其书成而命之名也，往往略不加意，如《平山冷燕》即才子佳人之姓为颜；而《玉娇梨》者，又至各摘其人名之一字以并之。草率若此，非真有心唐突才子佳人，实图便于随意扭捏成书而无所难耳。

三江钓叟作为一名读者，对《平山冷燕》《玉娇梨》等小说以故事主角的姓或名随意扭捏成为书名的现象提出批评，认为这种做法大为"草率"，小说作者如果不是故意要唐突佳人的话，就是贪图简便随意起了个书名。才子佳人小说的这种取名方式受《金瓶梅》影响较大，《金瓶梅》即在小说中三位主要女性人物潘金莲、李瓶儿、庞春梅的姓名中各抽取一字组成书名。这种取名方式带有随意组合的意味，难以概括全书的内容和特点，而明清时期有多部才子佳人小说采用这种取名方式，令读者不免生厌。从这个意义上来说，三江钓叟的批评是有道理的。

其次，读者对才子佳人小说的人物塑造提出批评。清代曹雪芹《红楼梦》第一回曾就才子佳人小说中才子、佳人等主要人物塑造的模式化倾向表达意见："至若佳人才子等书，则又千部共出一套，且其中终不能不涉于淫滥，以致满纸潘安、子建、西子、文君……通共熟套之旧稿。"认为这类小说作品中的人物形象非常相似，以致于"满纸潘安、子建、西子、文君"，角色刻画都属同一套路。《红楼梦》第二回甲戌眉评云："看他写黛玉，只用此四字（按：指"聪明清秀"四字），可笑近来小说中，满纸天下无二、古今无双等字……最可笑者，近小说中，满纸班昭、蔡琰、文君、道韫。"《红楼梦》评点者作为特殊的读者，将《红楼梦》中林黛玉的形象塑造与才子佳人小说进行比较，指责了才子佳人小说在形容女子相貌时只会用"天下无二、古今无双"这样的套语，毫无灵性与个性。对小说中的人物也过于美化，都是类似"班昭、蔡琰、文君、道韫"的绝顶才女，不接地气，缺乏真实感。

关于才子佳人小说在人物塑造上自相矛盾之处，也受到不少批评。《春柳莺·凡例》第一则云：

> 小说今日滥觞极矣，多以男女钻穴之辈妄称风流，更可笑者，非女子移情，即男儿更配，在稗官以为作篇中波澜，终是生旦收场，在识者观之，病其情有可移，此乌得谓真才子、真佳人、真风流者哉！

《红楼梦》第二回甲戌眉评指责道：

> 可笑近时小说中，无故极力称扬浪子淫女，临收结时，还必致感动朝廷，使君父同入其情欲之界，明遂其意，何无人心之至！不知被（彼）作者有何好处，有何谢报到朝廷廊庙之上，直将半生淫朽（污），秽渎睿聪，又苦拉君父作一干证护身符，强媒硬保，得遂其淫欲哉？

以上两则文献均表明，读者对才子佳人小说的人物塑造多有不满，批评其在主要人物即才子、佳人的塑造方面，"多以男女钻穴之辈妄称风流""非女子移情，即男儿更配"，这种"浪子淫女"式的人物不能称为真才子、真佳人、真风流。才子佳人小说的形象塑造存在众多自相矛盾之处，与其"不涉淫秽"的创作主旨有较大出入，因而会受到读者指责。

除此以外，读者也会指责才子佳人小说在次要人物塑造上出现的诸多不足，以《红楼梦》作者曹雪芹为例，其书第一回云："至若佳人才子等书……且鬟婢开口即者也之乎，非文即理。故逐一看去，悉皆自相矛盾、大不近情理之话。"揭示出小说中的丫鬟、婢女等人物的语言过于文绉绉，与其身份不符。曹雪芹在此作为才子佳人小说的读者，针对其人物塑造上的弱点所提出的批评，是客观而公允的。

再次，读者对才子佳人小说的情节设置提出批评。才子佳人小说的情节结构呈现明显的模式化倾向，《红楼梦》第一回有对这种模式的概括："至若佳人才子等书……不过作者要写出自己的那两首情诗艳赋来，故假拟出男女二人名姓，又必旁出一小人其间拨乱，亦如剧中之小丑然。"清代娜嬛斋刊本《红楼复梦·凡例》也对才子佳人小说模式化的情节结构予以归纳：

> 凡小说内才子必遭颠沛，佳人定遇恶魔，花园月夜，香阁红楼，为勾引藏奸之所，再不然公子逃难，小姐改妆，或遭官刑，或遇强盗，或寄迹尼庵，或羁栖异域，而逃难之才子，有逃必有遇合，所遇者定系佳人才女，极人世艰难困苦、淋漓尽致，夫然后才子必中状元，作巡按报仇雪恨，娶佳人而团圆。凡小说中舍此数项，无从设想。

这种情节设置上的模式化以及其中存在的矛盾之处，受到读者较多的批评，清代静恬主人《金石缘序》指出：

> 《情梦柝》《玉楼春》《玉娇梨》《平山冷燕》诸小说，
> 脍炙人口，由来已久，谁知其中破绽甚多，难以枚举，试即
> 一二言之。堂堂男子，乔扮女妆，卖人作婢，天下有是理
> 乎？龆龄闺媛，诗篇字法，压倒朝臣，天下又有是理乎？且
> 当朝宰辅，方正名卿，为女择配，不由正道，将闺中诗词索
> 人倡和，成何体统？此皆理之所必无，宁为情之所宜有。

静恬主人认为一些才子佳人小说名作虽流传广泛，受到读者普遍欢迎，但其中存在明显破绽。比如堂堂男子汉扮为女妆还被卖作婢女竟然不会穿帮，幼龄少女诗篇字法的水平竟然超过朝廷中的所有大臣，等等，故事情节极不合理。《红楼梦》第五十四回，曹雪芹借贾母之口对才子佳人小说的情节设置予以更详尽深刻的批评：

> 贾母笑道："这些书都是一个套子，左不过是些佳人才
> 子，最没趣儿。把人家女儿说的那样坏，还说是佳人，编的
> 连影儿也没有了。开口都是书香门第，父亲不是尚书就是宰
> 相，生一个小姐必是爱如珍宝。这小姐必是通文知礼，无所
> 不晓，竟是个绝代佳人。只一见了一个清俊的男人，不管是

亲是友，便想起终身大事来，父母也忘了，书礼也忘了，鬼不成鬼，贼不成贼，那一点儿是佳人？便是满腹文章，做出这些事来，也算不得是佳人了。比如男人满腹文章去作贼，难道那王法就说他是才子，就不入贼情一案不成？可知那编书的是自己塞了自己的嘴。再者，既说是世宦书香大家小姐都知礼读书，连夫人都知书识礼，便是告老还家，自然这样大家人口不少，奶母丫鬟伏侍小姐的人也不少，怎么这些书上，凡有这样的事，就只小姐和紧跟的一个丫鬟？你们白想想，那些人都是管什么的，可是前言不答后语？"

上段颇具说服力的言论体现出贾母的文学修养和鉴赏水平，代表了作者曹雪芹对才子佳人小说的态度，也可代表当时读者对此类小说的普遍看法。当然，这一情节在《红楼梦》中有着特定意义，贾母的言论不仅表达了她对才子佳人小说的不满，实际更另有所指，在此不作展开。

对于才子佳人小说模式化以及自相矛盾的情节设置，读者视之为"尘腐""恶俗不堪"，正如清代娜嬛斋刊本《红楼复梦·凡例》所强调："此书……非若小说家一味佳人才子，恶态可丑。"因此，清初以来许多小说尤其是写情类小说在创作观念上努力摆脱才子佳人之窠臼，曹雪芹《红楼梦》第一回"甄士隐梦幻识通灵　贾雨村风尘怀闺秀"即称"(《红楼梦》)亦令世人换新眼目。"《红楼复梦·凡例》也说："此书无公子偷情小姐私订及传书寄柬恶俗不堪之事。"试图突破才子佳人小说模式化特点，避免其自相矛盾之处，在创作上别具风格，以求让读者阅后耳目一新。

最后，读者对才子佳人小说创作的不良倾向及其影响加以批评。试举两例：

其一，清代虚明子《重刊绣云阁序》云：

> 尝观历朝传书多矣，或描写才子佳人，则尽态极妍，岂知闺阁之形容太露，是启人以淫盗之媒。

其二，清人史澄《趋庭琐语》卷七云：

> 小说多将男女秽迹所谓父母国人皆贱之者，敷为才子佳人，以淫奔无耻为逸韵，私情苟合为传奇，则名教纲常，彼尽抹杀矣。而形容暧昧，丑态铺张，使阅者即老成历练，犹虞摇撼；况无知少年，内无主宰，未有不意荡心迷，神魂颠倒，常见贞士为之丧守，节妇为之改操矣。在作者本属子虚，在看者竟认为实，因而伤风败俗有之，犯法灭伦有之。

上述两则材料中，虚明子和史澄作为读者，对才子佳人小说提出的批评不乏封建正统观念，带有时代局限性。然而他们对这类小说的不良创作倾向与影响的指责也有一定道理，尤其对"闺

阁之形容太露""形容暧昧，丑态铺张"等特点的揭示，对于净
化小说创作有着积极的意义和作用。

（三） 读者与情色小说的兴盛和禁毁

对于人类的自然本性与正常生理欲望，以孔子为代表的先儒
们予以充分理解和肯定，孔子说过："吾未见好德如好色者也。"①
《礼记》卷四《礼运》也指出："饮食男女，人之大欲存焉。"随
着宋代理学的兴起，朱熹、二程等理学家主张"存天理，灭人
欲""饿死事极小，失节事极大"，对人的欲望和本性在一定程度
上予以压制。明朝立国之初，朱元璋提倡程朱理学，然而随着商
品经济的发展、王阳明心学的崛起，尤其以李贽等人为代表的王
学左派思潮的兴盛，明代后期社会逐渐出现奢靡、纵欲之风，
"人情以放荡为快，世风以侈靡相高，虽逾制犯禁，不知忌也"②。
产生于明代后期、一直延续到清代的情色小说正是在这种特定的
风气中形成并发展的。

第一，读者喜好推动了情色小说的兴盛。

关于读者与情色小说兴盛的关系，我们从以下两个方面
来谈：

---

① 《论语·子罕第九》，北京：中华书局 2008 年版，第 168 页。
② （明）张瀚：《松窗梦语》卷七《风俗纪》，北京：中华书局 1985 年版，
第 139 页。

其一，情色小说产生于士风颓靡的明代后期。明嘉靖年间，士大夫好谈房中术，纵欲成风，明代沈德符《万历野获编》卷十八《佞幸·士人无赖》记：

> 国朝士风之敝，浸淫于正统，而糜溃于成化……嘉靖初年，士大夫尚矜名节，自大礼献媚而陈洸、丰坊之徒出焉，比上修玄事兴，群小托名方技希宠，顾可学、盛端明、朱隆禧，俱以炼药贵显，而隆禧又自进太极衣，为上所眷宠，乃房中术也……当时谄风滔天，不甚以为怪也。

沈德符尖锐地批评这一时期的士风之弊。不少士人对上司恬颜奉承，炼丹药进献于皇帝以图仕进，毫不顾惜名节。正如明崇祯元年（1628）尚友堂刊本《拍案惊奇》作者自序所言："近世承平日久，民伙志淫。一二轻薄恶少，初学拈笔，便思污蔑世界，广摭诬造，非荒诞不足信，则亵秽不忍闻，得罪名教，种业来生，莫此为甚！"在"民伙志淫"的社会风气下，情色小说如雨后春笋般破土而出。

其二，读者喜好"淫声丽色"的心理促进了情色小说的兴盛。明代胡应麟《少室山房笔丛》卷二十九《九流绪论下》指出："淫声丽色，（大雅君子）恶之而弗能弗好也。"喜好"淫声丽色"是包括"大雅君子"这样的上层社会人士在内的读者本性之一，他们对待情色的态度比较复杂，理智上予以排斥，而情感上又"弗能弗好"。明代欣欣子《金瓶梅词话序》云：

> 譬如房中之事，人皆好之，人皆恶之。人非尧舜圣贤，鲜不为所耽。富贵善良，是以摇动人心，荡其素志。观其高堂大厦，云窗雾阁，何深沉也；金屏绣褥，何美丽也；鬓云斜軃，春酥满胸，何婵娟也；雄凤雌凰迭舞，何殷勤也；锦衣玉食，何侈费也；佳人才子，嘲风咏月，何绸缪也；鸡舌含香，唾圆流玉，何溢度也；一双玉腕绾复绾，两只金莲颠倒颠，何猛浪也。既其乐矣，然乐极必悲生。

《新刻金瓶梅词话》卷一

尽管欣欣子在这段话的结尾提到，贪色后果是"乐极必悲生"，但正如其所言，"房中之事，人皆好之"。饱暖思淫逸，序文所描摹的富贵、美色也是当时许多读者内心企慕的景象。社会上一旦出现礼教松弛、思想开放的景况，读者内心的真实情感便得以放纵，明代后期《金瓶梅》《浪史》《玉妃媚史》《昭阳趣史》《绣榻野史》等情色小说正是适应读者这种心理需求而大量编刊的。

入清之后，读者喜好"淫声丽色"、喜谈"房中之事"的心理一直影响着情色小说的创作与发展，清康熙九年（1670）抄本《绣屏缘·凡例》第六则云："秽亵诸语，时习所尚。"所谓"时习"应指当时的社会风气以及读者的阅读兴趣，由此可见，时至清初，虽经改朝换代，但在小说创作领域追求"秽亵诸语"的风气仍然持续。清初佩蘅子在他创作的小说《吴江雪》第九回中谈道："原来小说有三等……还有一等的，无非说牝说牡、动人春兴的。这样小说世间极多，买者亦复不少。书贾借以觅利，观者借以破愁，还有少年子弟，看了春心荡漾……这是坏人心术所为。"情色小说问世后，书商和读者各取所需，书商利用其来赚钱，读者买来浏览以满足自己的内心需求。针对这种情况，情色小说《肉蒲团》第一回有段话描述得更加形象：

近日的人情，怕读圣经贤传，喜看稗官野史，就是稗官野史里面，又厌闻忠孝节义之事，喜看淫邪诞妄之书。风俗至今日，可谓靡荡极矣，若还著一部道学之书劝人为善，莫说要使世上人将银买了去看，就如好善之家施舍经藏的刊刻成书，装订成套，赔了帖子送他，他不是拆了塞瓮，就是扯了吃烟，那里肯把眼睛去看一看。

这段话指出，在当时靡荡至极的社会风气下，如果创作一部劝戒主旨的"道学之书"，别说让人花费银钱购买，就算做善事将其刊刻后白白送于人读，也不过被随手拆烂丢弃，或者扯破用来卷烟，绝对没人阅读一行字。大家都不爱读经、史，只爱小说，小说中又不爱读赞颂忠孝节义的作品，只喜淫邪之书。

上述材料表明，情色小说在清代受到读者欢迎，他们"喜看淫邪诞妄之书"，购买情色小说者"亦复不少"，书商注意到这种心理，为追求经济利益，大量刊刻情色小说"借以觅利"。读者喜好"淫声丽色"的心理在情色小说流行过程中起到推波助澜的作用。

有清一代，读者喜读情色小说之风一直得以延续，晚清曼殊曾在《小说丛话》中指出："凡读淫书者，莫不全副精神贯注于淫秽之处，此外，则随手披阅，不大留意，此殆读者之普通性矣。"

从现有文献看，在古代情色小说的读者群体中，士大夫以及少年读者尤显突出，明代憨憨子《绣榻野史序》称："逾年，间过书肆中，见冠冕人物与夫学士少年行，往往诹咨不绝。"清代

黄正元《欲海慈航·闲邪正论》亦云:"尝见读书才士,与一切
伶俐俊少,谈及淫污私情,必多方揣摩,一唱百和,每因言者津
津,遂致听者跃跃。"士大夫和少年读者对《绣榻野史》等小说
充满浓厚的兴趣,他们是情色小说读者的重要组成部分,其追逐
情色小说的心理直接推动了这类小说的编刊。

第二,情色小说的禁毁与读者。

古代情色小说在满足读者阅读心理的同时,也给他们带来诸
多危害,清代敏斋居士于嘉庆十四年(1809)撰《警富新书序》
云:"尝稽古今小说,非叙淫亵,则载荒唐,不啻汗牛充栋,使
阅者目乱神迷,一旦丧其所守。"情色小说虽然冠以劝戒之名,
但往往"劝百而讽一",劝戒效果微乎其微。对于不善读、不能
领略其中创作主旨的读者而言,情色小说起到"导淫"的负面作
用,晚清吴沃尧《说小说·杂说》云:"《金瓶梅》《肉蒲团》,
此著名之淫书也,然其实皆惩淫之作,此非著作者之自负如此,
即善读者亦能知此意,固非余一人之私言也。顾世人每每指为淫
书,官府且从而禁之,亦可见善读者之难其人矣。""善读"《金
瓶梅》《肉蒲团》等情色小说的人能够理解作品的惩淫之意,但
这样的善读者极少,一般读者皆视之为淫书,不能领悟这类书的
劝戒之旨。

情色小说给读者带来的危害,在少年读者、女性读者等群体
中体现得尤为显著,清初文人张缵孙在《正同学书》中指出:

近来文字之祸，百怪俱兴，往往创为荒唐诡僻之事，附以淫乱秽亵之词，谓为艺苑雄谈，风流佳话；甚之曲笔写生，规模毕肖，俾观者魂摇色夺，毁性易心，其意不过网取蝇头耳，……以暨黄童红女，幼弱无知，血气未定，一读此等词说，必致凿破混沌，邪欲横生，抛弃躯命，毁蔑伦彝，小则灭身，大且灭家，呜呼！

清乾隆刊本《远色编》卷中《禁绝淫书》云：

（淫书）遂使青年俊少，夺目艳心，忽兴怀于赠勺，造履不端；识字闺娃，神迷意乱，即志憾于摽梅，名行顿改；旷夫怨女，欲火滋燃，陡起旁私之念；尼僧孀妇，悔心勃动，每多丧节之私；即夫妇正色，妾媵固有，亦必巧为异样淫合，翻腔改调，极尽奸污，直至减年折福，削禄丧身。

清代自怡轩主人于乾隆年间撰《娱目醒心编序》云：

稗史之行于天下者，不知几何矣。或作诙奇诡谲之词，或为艳丽淫邪之说。其事未必尽真，其言未必尽雅。方展卷时，非不惊魂眩魄。然人心入于正难，入于邪易。虽其中亦有一二规戒之语，正如长卿作赋，劝百而讽一。流弊所及，每使少年英俊之才，非慕其豪放，即迷于艳情。人心风俗之坏，未必不由于此。可胜叹哉！

清代笠舫《文昌帝君谕禁淫书天律证注》第六节更是就淫词小说对读者的危害作了详细论述：

> 天律之严，莫严于淫恶；淫恶之甚，莫甚于淫书。……青年子弟，一见此书，情不自禁，或因以内乱，或因以外迷，其弊无穷，其事无尽，我不禁叹息痛恨于是书之率兽而食人也。即或身不之犯，而邪火焚炽，耗损其精，心动而神驰，神驰而梦作，百感相尝，百病交发，如盗汗、遗精等症，不可胜疗，精漏气枯，命为之陨，其毒亦甚矣哉！……风流自赏之士，握管为之，辄将才子佳人四字，抹煞斯民廉耻之心，遂使展卷之余，魂摇魄荡，贞妇为之失节，志士为之改操，千祥百福，从此折除，横祸飞灾，从此招集。举天下之禄位名寿，而视同土芥鸿毛；驱天下之吉士名姝，而俾之禽行兽处。

淫词艳曲对少年读者、女性读者的精神与身体都带来伤害，并在一定程度上败坏了社会风气，因此在清代多次被朝廷和地方政府严令禁毁。《大清圣祖仁皇帝实录》卷二五八云：

> 康熙五十三年四月，谕礼部："朕惟治天下，以人心风

俗为本。欲正人心，正风俗，必崇尚经学，而严绝非圣之书，此不易之理也。近见坊间多卖小说淫辞，荒唐鄙俚，殊非正理，不但诱惑愚民，即缙绅士子未免游目而蛊心焉。所关于风俗者非细，应即通行严禁。其书作何销毁，市卖者作何问罪，著九卿詹事科道会议具奏。"寻议定："凡坊肆市卖一应小说淫辞，在内交与八旗都统、都察院、顺天府，在外交与督抚，转行所属文武官弁，严查禁绝，将版与书，一并尽行销毁。"

清代俞正燮《癸巳存稿》卷九《演义小说》云：

> （嘉庆）十五年六月，御史伯依保奏禁《灯草和尚》《如意君传》《浓情快史》《株林野史》《肉蒲团》等。……十八年十月，又禁止淫词小说。

清康熙年间江苏巡抚汤斌发布禁毁告谕，其《汤子遗书》卷九《严禁私刻淫邪小说戏文告谕》云：

> 朝廷崇儒重道，文治修明，表章经术，罢斥邪说，斯道如日中天。独江苏坊贾，惟知射利，专结一种无品无学希图苟得之徒，编纂小说传奇，宣淫诲诈，备极秽亵，污人耳目，绣像镂版，极巧穷工。致游侠无行与年少志趋未定之人

血气摇荡，淫邪之念日生。奸伪之习滋甚，风俗陵替，莫能救正，深可痛恨，合行严禁。仰书坊人等知悉……若仍前编刻淫词小说戏曲，坏乱人心，伤败风俗者，许人据实出首，将书板立行焚毁。其编次者、刊刻者、发卖者，一并重责，枷号通衢；仍追原工价，勒限另刻古书一部，完日发落。

清代禁毁小说的原因有很多，有时也因小说中出现的种族主义倾向而施行禁毁，乾隆朝就是如此。上述材料中提到的"淫词小说"不仅指语言、情节上淫秽的情色小说，也包括像《水浒传》这类被统治集团称为"诲盗之作"的小说。然而，情色小说是禁毁对象的重要组成部分，读者对情色小说表现出浓厚的兴趣并受其影响，是这类小说被禁的主要原因，清政府虽多次禁之，但屡禁不止。

戴不凡《小说见闻录·禁猥亵小说之背景》对当时清政府禁毁情色小说的情况作了比较细致的阐述：

清代时禁小说，黄色猥亵小说更在其列。然据《红楼梦》第二十三回茗烟给宝玉偷买之小说传奇中，有关于"飞燕、合德、武则天、杨贵妃的外传"，宝玉只选"文理细密的"偷偷拿进房中"放在床顶上"偷看，"那粗俗过露的都藏在外面书房里"，足见当时这类"粗俗过露"的作品在市上仍是可以买得。此类书至乾隆以后，实仍未禁绝。如嘉庆九年刊本之《蜃楼志》第三回，即写《娇红传》《灯月缘》《趣史》《快史》等书被闺中少女"素馨视为至宝"，在"灯下看了一本《灯月缘》真连城到处奇逢故事"。又嘉庆十二年刊本小说《金石缘》中，亦有写及这类黄色小说处。这些小说中公然描写黄色小说深入深闺，这该是嘉庆七年禁坊肆不经小说，此后不准再行编造，以及嘉庆十五年六月御史伯依保奏禁《如意君传》《浓情快史》《肉蒲团》等小说之具体背景。

清廷和地方政府禁毁小说的主要目的是加强其统治，禁毁政策毫无疑问对小说的发展造成了阻碍。然而就其对淫秽小说的禁毁而言，这些政策的施行对净化小说语言、纠正小说创作的色情倾向，以及消除粗俗描写对读者的不良影响等也具有一定积极意义。

在古代小说流传过程中，读者的作用不容忽视，成为小说发展的重要推动力，产生深远的影响。我们选取历史小说、才子佳人小说、情色小说等不同题材的小说进行探讨，主要考察读者与不同题材小说之间的关系，探讨读者心理与小说兴盛的关系，阐述读者对小说体制、结构、编创方式、传播等所带来的影响，关注读者与小说之间的互动，以此探寻古代不同题材小说形成和发展的真实状况及内在规律。

四 古代小说的创作观念与读者

　　古代小说发展到明清时期，其创作和刊印都出现了鼎盛局面。与此同时，小说创作观念也是丰富多样，异彩纷呈。在小说创作观念形成及发展的过程中，读者因素愈显突出。德国学者沃尔夫冈·伊瑟尔在《阅读活动：审美反应理论》第三编第五章"把握本文：文学本文的实现过程"中指出："阅读不是一种本文在读者心灵中的直接的'内化'，因为阅读活动不是一个单向的过程……（而）是本文与读者相互作用的动态过程。"也就是说，读者阅读小说的过程是他们与作品相互作用、双向影响的动态过程。从小说创作观念的角度来看，读者所起的作用是非常明显的。我们从读者接受的角度，分析他们在小说创作观念形成和发展过程中的影响与地位，重点探讨读者对古代小说补史说、劝戒说、娱乐说等创作观念的影响。

（一）古代小说补史说与读者

　　明代林瀚《隋唐志传序》云："后之君子能体予此意，以是编（按：指小说《隋唐志传》）为正史之补，勿第以稗官野乘目之，是盖予之至愿也夫。"希望读者能将《隋唐志传》当作对正史的补充，而不愿其被视作"稗官野乘"。将小说看成补史工具，以史籍标准衡量小说的成败优劣，这种观念在中国古代小说创作过程中不仅源远流长，而且影响深远。东晋葛洪在《西京杂记跋》中就曾指出："（《西京杂记》）以裨《汉书》之阙。"①

唐代刘知几在《史通·杂述》中明确提出小说补史说，他从正史的角度出发，认为小说不应被忽视："是知偏记小说，自成一家，而能与正史参行，其所由来尚矣。"刘知几把小说分成偏纪、小录、逸事、琐言、郡书、家史、别传、杂记、地理书、都邑簿十类，他认

葛 洪

为："国史之任，记事记言，视听不该，必有遗逸，于是好奇之士，补其所亡……此之谓逸事者也……大抵偏纪、小录之书，皆记即日当时之事，求诸国史，最为实录。"刘知几的小说补史说给后来的小说创作带来很大影响。明清时期，补史说相当盛行，这一点在小说序跋、识语、凡例、评点、正文诸文献中均可窥见

---

① （汉）刘歆撰，（晋）葛洪集，向新阳、刘克任校注：《西京杂记跋》，见《西京杂记校注》，上海：上海古籍出版社1991年版，第279页。

一斑。在以小说补史的观念中，读者因素也很突出，读者与补史说之间关系密切。

第一，古代小说可丰富读者的历史知识。

古代小说创作可以弥补正史记载之不足，丰富读者的历史知识，并在一定程度上行使着对读者进行历史教育的功能。

唐传奇的出现标志着古代小说创作的成熟，同时也表明小说逐渐摆脱子、史的束缚从而走向文体独立，然而中国古代小说在唐代以后的发展道路上，史学影响仍然留下明显痕迹，明清小说创作、传播领域中补史说的盛行即为例证。在不少小说编刊者、传播者看来，小说是补史的工具。明代修髯子《三国志通俗演义引》云："是（按：指《三国志通俗演义》）可谓羽翼信史而不违者矣。"明代无碍居士《警世通言叙》称："通俗演义一种，遂足以佐经书史传之穷。"明代甄伟《西汉通俗演义序》云："予为通俗演义者，非敢传远示后，补史所未尽也。"清代佚名《施公案序》云："（《施公案》）凡五百二十八回，悉心雠校重刊，以公同好。虽属稗官野史之文，而实迹实事，直可补正史之一助耳。"清代章学诚《丙辰札记》云："《三国演义》固为小说，事实不免附会，然其取材，则颇博赡。如武侯班师泸水，以面为人首，裹牛羊肉以祭厉鬼，正史所无，往往出于稗记，亦不可尽以小说无稽而斥之也。"

这些小说作者、评论者或序言作者继承葛洪、刘知几等人的小说补史观念，认为小说取材丰富，可以"羽翼信史""补史所未尽也"。有些小说甚至直接以史之"遗文"或"外史"命名，例如《隋史遗文》《女仙外史》等，明代吉衣主人《隋史遗文序》解释道："史以遗名者何？所以辅正史也。正史以纪事，纪事者何？传信也。遗史以蒐逸，蒐逸者何？传奇也……盖本意原以补史之遗，原不必与史背驰也。"

值得重视的是，在明清时期以小说补史的观念中，读者因素愈显突出，小说作者与传播者注重读者视角，重视读者的参与。清代申江居士《新史奇观序》称："古今良史多矣，学者宜博观远览，内悉治乱兴亡之故。既以开广其心胸，而又增长其识力，所裨良不浅矣。至于稗官野史，纪事阙而不全，抑且疑信参半。然其中亦可采撮，以俟后之深考。好古者犹有取焉。"小说尽管"纪事阙而不全，抑且疑信参半"，但其中也有可供后世考证的文献记载，对于"好古者"而言，有其可取之处。清乾隆十七年（1752）蔡元放撰《东周列国志序》云：

> 顾人多不能读史，而无人不能读稗官。稗官固亦史之支流，特更演绎其词耳。善读稗官者，亦可进于读史，故古人不废。
>
> 《东周列国》一书，稗官之近正者也。周自平辙东移，下逮吕政，上下五百有余年之间，列国数十，变故万端，事绪纠纷，人物庞沓，最为棘目聱牙。其难读更倍于他史。而一变为稗官，则童稚无不可读得。夫至童稚皆得读史，岂非

大乐极快之事邪？……寅卯之岁，予家居多暇，稍为评骘，
条其得失而抉其隐微……聊以豁读者之心目，于史学或亦不
无小裨焉。

蔡元放从阅读的层面就小说与史书的关系进行论述，他认
为，善于阅读小说有助于读史，丰富读者的历史知识，使读者增
加对历史人物、事件的了解。以此观点来看《东周列国志》一
书，其优点显而易见。东周列国时期前后历经五百余年，事绪复
杂，人物繁多，相关史书比较难读，相比之下，这部小说更易被
读者接受，读者通过小说作品同样可以了解历史知识。蔡元放考
虑到读者阅读的需要，对此书加以评点，并声称"聊以豁读者之
心目，于史学或亦不无小裨焉"。

清代莼史氏《重校第一才子书叙》云："《三国志演义》一
书……书中演说，有陈史所未发，申之而详者；有陈史所未备，
补之而明者。陆离光怪，笔具锋芒，快心悦目，足娱闲遣，足助
清谭；人皆称善，则虽谓之大文章可矣。"同样强调《三国志演
义》能补陈寿《三国志》之不足，而且这部小说较之史书更为详
细和完整，加上故事情节曲折，文笔又佳，足以令读者在丰富历
史知识的同时又能得到赏心悦目的精神满足，所以可"谓之大文
章"。清代小琅环主人《五虎平南后传序》也称：

外史野史亦可备国史所未备。要其大旨，总以阐明大

义，导扬盛美为主……仁宗之世，文如包龙图，武如狄平西
公，继起襄赞之勋，堪济美焉。今观《宋史》，仅载包公骨
鲠，人咸敬惮，当时称其"笑比河清"，其他事不多观焉。
狄青于时为良将，所记血战之功，历一百十有七战，而平南
之役亦无闻，其或国史所未备，必借他书以传之……彼其间
如狄公之观星应灾，不避艰险，可以想其忠。如二子争殉父
难，顾义忘身，可以想其孝。他如四将战力，威亚貔貅，红
玉怜才，匪寇婚媾，可以想其节与义。此大旨之昭然可揭者
也……好古之士诚览是编，而义旨如见，忠奸莫淆，则何书
不可观，何书不宜观，奚必以拘牵文义，摭据实故，而谓之
有益哉！

小琅环主人指出，小说与正史之义旨是相同的，都以"阐明
大义，导扬盛美"为目的，然而正史多简明扼要，读者不免心中
遗憾。例如《宋史》对包公的记载就非常不全面，对狄青的记载
更为简略，宋代狄青战功卓著，事迹众多，但史书往往缺载。
《五虎平南后传》正好可以弥补这一缺憾，小说全方位描述了狄
青的忠孝节义，补充正史记载之不足，既能令读者领略到与史书
同样"阐明大义"的义旨，又可以满足"好古之士"了解历史的
阅读需求。

晚清小说《罂粟花》是一部反映鸦片战争全史的小说，清代
观我斋主人《罂粟花弁言》云："《罂粟花》一书，于当日文忠

（按：即林则徐）运筹，庸臣误事，以及英人贻祸中国，无礼要
求，详叙始末，纤悉无遗。欲令读是书者，触目惊心，痛恨洋烟
之为祸，则此后之禁烟，各宜加之实力，庶中国尚有万一之可
救，此则著者之苦衷焉。"《罂粟花》模仿史家实录的笔法揭示晚
清鸦片祸害中国之事，歌颂林则徐、邓廷桢、关天培等人忠贞报
国、大力禁烟之举，记述详细，纤悉无遗，以补史书之阙。同时
观我斋主人又希望读者体会著者之苦衷，了解这段历史，从而
"触目惊心，痛恨洋烟之为祸"，增强爱国情感。

晚清吴沃尧《痛史叙》曾将史书与小说进行比较，充分肯定
小说在对读者进行历史教育方面的作用与地位：

> 年来吾国上下，竞言变法，百度维新；教授之术，亦采
> 法列强；教科之书，日新月异；历史实居其一，吾曾受而读
> 之，蒙学中学之书，都嫌过简，至于高等大学，或且仍用旧
> 册矣……

> 小说家言，兴味浓厚，易于引人入胜也，是故等是魏、
> 蜀、吴故事，而陈寿《三国志》，读之者寡，至如《三国演
> 义》，则自士大夫迄于舆台，盖靡不手一编者矣。惜哉历代
> 史籍，无演义以为之辅翼也。吾于是发大誓愿：编撰历史小
> 说，使今日读小说者，明天读正史，如见故人；昨日读正史
> 而不得入者，今日读小说而如身亲其境。

历史教科书内容简单、陈旧，其教育效果有限，而小说尤其历史演义读者众多，传播途径广泛，可以弥补这一缺憾。读者喜读小说，并能够通过小说了解历史故事与人物，从此种意义上来看，小说在一定程度上行使着对读者进行历史教育的功能。

第二，古代小说可为正史之参考。

在一定情况下，古代小说中的故事情节能够作为正史的参考，使读者在相互比较之中增进对历史人物、事件的全面认识。明代熊大木于嘉靖三十一年（1552）撰《序武穆王演义》云：

> 武穆王《精忠录》，原有小说，未及于全文。今得浙之刊本，著述王之事实，甚得其悉。然而意寓文墨，纲由大纪，士大夫以下遽尔未明乎理者，或有之矣。近因眷连杨子素号涌泉者，挟是书谒于愚曰："敢劳代吾演出辞话，庶使愚夫愚妇亦识其意思之一二。"……于是不容臆见，以王本传行状之实迹，按《通鉴纲目》而取义。至于小说与本传互有同异者，两存之以备参考……史书小说有不同者，无足怪矣。屡易日月，书已告成锓梓，公诸天下，未知览者而以邪说罪予否？

熊大木在这篇序言中说得很清楚，他应书坊主杨涌泉之邀，在《精忠录》基础上编撰《大宋武穆王演义》（又名《大宋中兴通俗演义》）的主要原因就是出于读者阅读的需要。原作《精忠录》对岳飞事迹记载详细，然而义理深奥，"士大夫以下"的下层阶级民众未必能够领悟其创作主旨。熊大木就史书与小说的关系明确提出："至于小说与本传互有同异者，两存之以备参考"，小说补正史之所未备，两者之间存在一些异常是很正常的现象，读者通过比较史书记载与小说描写，有助于对历史人物与事件有着更加客观、全面的认识。由上述材料也可以看出，熊大木重视读者的反应："未知览者而以邪说罪予否？"希望读者对他编撰的小说作品和他的小说观念能够理解与接受。

第三，古代小说编刊者常以正史标准衡量小说。

古代小说编刊者、传播者常以正史标准要求小说，强调小说创作必须"传信"于读者，认为小说创作应"归于正"。对此，我们试从评价标准、材料取舍、写作态度及创作笔法等方面来谈。

首先，在评价标准上，一些小说编刊者以正史的标准衡量小说创作的成败优劣。苏州舒载阳所刊《封神演义》识语云："此书……真可羽翼经传，为商周一代信史，非徒宝悦琛瑰而已，识者鉴之。"识语作者以"信史"评价《封神演义》，认为小说的价值在于"羽翼经传"，成为经、史之补充，识语作者还提醒读者"鉴之"。清代张竹坡《金瓶梅读法》也认为："《金瓶梅》是一部《史记》。"清代蠡庵《女开科传跋》称赞小说《女开科传》是"一部小《史记》"。清人郑开禧在《阅微草堂笔记序》中说："虽小说，犹正史也。"均以正史标准衡量小说，将"信史"作为小说创作的重要目的。

其次，在引用材料方面，强调材料来源的真实可靠。人瑞堂崇祯年间刊本《隋炀帝艳史·凡例》云："今《艳史》一书，虽云小说，然引用故实，悉遵正史，并不巧借一事，妄设一语，以滋世人之惑。故有源有委，可征可据，不独脍炙一时，允足传信千古。"作者强调材料来源于正史，有源有委，可征可据，没有虚构、夸张、想象之笔，可以"传信千古"。清代吴沃尧同样注重小说材料的取舍问题，他在《两晋演义序》中指出：

> 虽坊间已有《东西晋》之刻，然其书不成片段，不合体裁，文人学士见之，则曰"有正史在，吾何必阅此？"略识之无者，见之则曰："吾不解此也。"是有小说如无小说也。吾请更为之，以《通鉴》为线索，以《晋书》《十六国春秋》为材料，一归于正，而沃以意味，使从此而得一良小说焉，谓为小学历史教科之臂助焉可；谓为失学者补习历史之南针焉，亦无不可。

早在吴沃尧编写《两晋演义》之前，已有《东西晋演义》，对于此书，吴沃尧与"文人学士""略识之无者"等不同文化水平的读者一样不满意，认为这部小说不成片段，不合体裁。所以他在重编《东西晋演义》时非常注重材料的来源及取舍标准，"以《通鉴》为线索，以《晋书》《十六国春秋》为材料，一归于正"，并希望此书成为历史教科书的辅助材料以及读者补习历史的指南针。

最后，在写作态度上，强调客观记载；在创作笔法上，注重实录。清代黄世仲《洪秀全演义自序》云：

> 而今也文明东渡，民族主义既明，如《太平天国战史》《杨辅清福州供词》及日人《满清纪事》诸书，相继出现，益知昔之贬洪王曰"匪"曰"逆"者，皆戕同媚异、忘国颂仇之辈，又狃于成王败寇之说，故颠倒其是非，此皆媚上之文章，而非史笔之传记也。爰搜集旧闻，并师诸说及流风余韵之犹存者，悉记之，经三年而是书乃成。其中近三十万言，皆洪氏一朝之实录，即以传汉族之光荣。吾同胞观之，当知虽无老成，尚有典型，祖宗文物，犹未泯也，亦伟矣乎！

黄世仲不满以往诸书将太平天国运动称为"匪"或"逆"的态度，认为这是讨好朝廷的做法，并不符合史家客观记事的态度和原则。于是他利用三年时间编撰《洪秀全演义》，号称"洪氏一朝之实录"，并相信此书会给读者带来更多启迪与教育。

中国是一个重史的国度，所以小说补史说将小说与正史并提，有助于扩大小说的社会影响，提高小说在读者心目中的地位。正因如此，小说补史说也存在许多局限，它以正史的标准、实录的原则衡量古代小说，排斥虚构和想象，在一定程度上阻滞了小说的发展步伐。

（二）古代小说劝戒说与读者

明代薇园主人《清夜钟自序》云："余偶有撰著，盖借谐谈说法，将以明忠孝之铎，唤省奸回；振贤哲之铃，惊回顽薄。名之曰《清夜钟》，著觉人意也。大众洗耳，莫只当春风一过，负却一片推敲苦心！"薇园主人强调自己的小说注重忠孝，如同清夜里响起的钟声，可以"惊回顽薄"，期待读者"洗耳"听之，不要辜负自己劝戒的苦心。在中国古代小说观念的发展过程中，劝戒说是非常流行、影响深远的创作观念之一。早在唐代，小说创作中已经出现劝戒观念，有不少小说模仿史书论赞的形式在结尾发表议论，体现出较强的劝戒意识。

例如，唐传奇《南柯太守传》结尾云："虽稽神语怪，事涉非经，而窃位著生，冀将为戒。后之君子，幸以南柯为偶然，无以名位骄于天壤间云。前华州参军李肇赞云：贵极禄位，权倾国都。达人视此，蚁聚何殊。"小说作者以淳于梦为例，对一些无才无德的"窃位"之人明确提出劝戒，并告诫"后之君子"勿以名位自傲。再如，唐传奇《虬髯客传》结尾也强调："人臣之谬思乱者，乃螳臂之拒走轮耳。我皇家垂福万叶，岂虚然哉。"展示了浓烈的封建正统思想，对谋求叛乱朝廷的言行提出警告。

　　到了明清时期，小说创作中的劝戒观念更是普遍存在，借助小说创作宣扬社会教化，提倡忠孝节义，成为大多数小说编刊者的共识。明清小说文献中关于劝戒观念的内容较多，我们选择与读者相关的材料，从读者与劝戒说的角度试作如下论述。

　　第一，读者是古代小说的劝戒对象。

　　古代小说劝戒说的形成与发展和读者之间关系紧密，读者是小说劝戒的立足点和着眼点，这在小说出版业繁荣发达的明清时期尤显突出。金陵兼善堂于明天启四年（1624）刊本《警世通言》识语云：“兹刻出自平平阁主人手授，非警世劝俗之语，不敢滥入，庶几木铎老人之遗意，或亦士君

铎

子所不弃也。”铎，是古代宣布政教法令或发生战事时使用的大铃。小说序言、识语等文献中常提到“铎”，表明作者突显小说的警示功能，希望加强其劝戒和社会教化作用。

　　明崇祯元年尚友堂刊本《拍案惊奇·凡例》第五则云：“是编主于劝戒，故每回之中三致意焉，观者自得之，不能一一标出。”清初课花书屋刊本《快心编·凡例》第四则云：“至于曼倩笑傲，东坡怒骂，则亦寓劝世深衷，知者自不草草略过。”清代醉犀生于光绪十七年（1891）撰《古今奇闻序》云：“今人见典谟

训诂仁义道德之书，辄忽忽思睡；见传奇小说，则津津不忍释手。呜呼！世风日下，至于此极。然而稗官小说亦正有移风易俗之功。"

上述识语、凡例、序言的作者都非常注重读者的因素，《警世通言》识语指出小说中的警世劝俗之语"或亦士君子所不弃也"；《拍案惊奇·凡例》认为小说主于劝戒的创作观念"观者自得之"；《快心编·凡例》提醒读者不要忽视小说的劝戒之意："知者自不草草略过"；醉犀生《古今奇闻序》针对读者爱读小说的世风，强调小说具有"移风易俗之功"。可以看出，小说编刊者在强调劝戒的同时，体现出明显的沟通读者意识。

古代小说中劝戒说的内涵丰富复杂，我们试从忠孝节义，戒淫，宣扬因果报应，劝戒世人安分守己、不要信奉邪教、戒除不良生活习惯等方面分别归纳论述。

其一，小说向读者宣扬儒家伦理道德，倡导忠孝节义。明代庸愚子《三国志通俗演义序》云：

（《三国志通俗演义》）文不甚深，言不甚俗，事纪其实，亦庶几乎史，盖欲读诵者，人人得而知之，若《诗》所谓里巷歌谣之义也……予谓诵其诗，读其书，不识其人，可乎？读书例曰：若读到古人忠处，便思自己忠与不忠；孝处，便思自己孝与不孝。至于善恶可否，皆当如此，方是有益。若只读过而不身体力行，又未为读书也……遗芳遗臭，在人贤与不贤，君子小人，义与利之间而已。观演义之君子，宜致思焉。

序言多次体现出对读者的劝戒意图，首先强调这部小说"文不甚深，言不甚俗"，所以读者人人都可明白其中的意思，然后提醒读者在阅读小说的同时应进行反思，将自己的日常所作所为与故事中的古人相对照，"身体力行"地做到忠孝良善，这才是有益的读书行为。最后再次提醒"观演义之君子，宜致思焉"，通过阅读小说体会作品的劝戒意义。

金陵万卷楼于明万历年间刊本《三教开迷归正演义·凡例》第一则云："本传独重吾儒纲常伦理，以严政教而参合释道，盖取其见性明心、驱邪荡秽、引善化恶以助政教。"第二则云："本传指引忠孝之门，发明礼义，下返混元，又是丹经一脉。"第五则云："本传……固以开迷是良药苦口之喻，寓言若戏，亦以开迷，是以酒解醒之说，乃正人君子、忠孝立身者不迷，而且哂喋喋嚣嚣者之迷。"小说题名"开迷"，并注重以儒家纲常伦理来指引"忠孝之门"，使读者"见性明心、驱邪荡秽、引善化恶"，体现出其创作的劝戒主旨。

明代元九在小说《警世阴阳梦》的"醒言"中说道："生百魏忠贤，以乱一时忠佞之局，正生一魏忠贤，以定千秋忠佞之案……长安道人，知忠贤颠末，详志其可羞可鄙、可畏可恨、可痛可怜情事，演作阴阳二梦，并摹其图像以发诸丑，使见者闻者人人惕励其良心，则是刻不止为忠贤点化，实野史之醒语也。"元九对世上的奸佞之辈予以斥责，表示这部小说对魏忠贤可恶可鄙的一生进行了详细讲述，以揭示其丑陋行径、奸佞嘴脸，使读者"人人惕励其良心"，从而达到劝戒的目的。

　　明末出现的时事小说《辽海丹忠录》是一部为武将毛文龙翻案的小说。明崇祯二年（1629），袁崇焕以阅兵为名乘舟至双岛，祭出尚方宝剑，宣布毛文龙十二条当斩之罪后，将其斩于帐前。毛文龙被杀的历史原因比较复杂，崇祯皇帝对袁崇焕擅杀毛文龙非常不满，《明史》记曰"帝骤闻，意殊骇"。或许皇帝的态度影响了大众的是非判断，与毛文龙同为钱塘人的陆人龙随即创作出《辽海丹忠录》，以借助这部小说让读者感受到毛文龙的忠贞。翠娱阁主人在为《辽海丹忠录》所作序言中突出毛文龙之忠，希望读者辨明其冤屈："顾铄金之口，能死豪杰于舌端；而如椽之笔，亦能生忠贞于毫下：此予《丹忠录》所由录也……具眼者自鉴之。"明确表达小说的创作意图，是要"生忠贞"于笔下，希望"具眼者自鉴之"。

　　清乾隆四十四年（1779），滋林老人为小说《说呼全传》撰写序言，就小说对读者的劝戒作了较为详尽的阐发：

　　　　小说家千态万状，竞秀争奇，何止汗牛充栋。然必有关惩劝扶植纲常者，方可刊而行之。一切偷香窃玉之说，败俗伤风，辞虽工直，当付之祖龙耳。统阅《说呼》一书，其间涉险寻亲，改装祭墓，终复不共戴天之仇，是孝也。救储君于四虎之口，诉沉冤于八王之庭，愿求削佞除奸之敕，是忠也。维忠与孝，此可以为劝者也。至庞氏专权，表里为奸，卒归于全家殄灭，其为惩创孰大焉。虽遐稽史册，其足以为劝惩者，灿若日星，原无庸更藉于稗官野乘，然而史册所载，其文古，其义深，学士大夫之所抚而玩，不能挟此以使家喻而户晓也。如欲使家喻而户晓，则是书不无裨于世教云。

滋林老人阐明《说呼全传》一书的主旨是歌颂忠孝，谴责奸佞之臣，希望此书能家喻户晓，以有补于教化。他认为世间小说虽然种类极多，但必须是"有关惩劝扶植纲常"的作品才应得以刊行。以此为标准，《说呼全传》歌颂忠孝，谴责奸佞，对世教大有裨益。然而史册中可以作为劝惩的事例已经"灿若日星"，为何还要通过小说来达到这一目的呢？序言作者进一步解释：由于史书所载"文古""义深"，只有士大夫能通晓其意思，普通人是读不明白的，所以才借助大家都可读懂的小说，使忠孝之义能够家喻户晓。

清乾隆年间所刊《北史演义·凡例》第十五则指出："书中女子以节义著者，如西魏宇文后殉节于少帝……皆用特笔表出，以示劝勉之意。"则宣扬了女性节义。也有些小说将忠孝节义并举，例如，清代娜嬛斋刊本《红楼复梦·凡例》第三则云："此书虽系小说，以忠孝节义为本，男女阅之有益无碍。"又如，清代彭一楷《台湾外志叙》云："故读是编者，可以教孝，可以教忠，可以教义。闺阁闻之，亦莫不油然生节烈之心。有功名教，良非浅鲜。异日之以登对大廷，备史氏之阙文，江子与是书不朽矣。"均试图对不同性别的读者进行忠孝节义方面的道德指引。

以上提到的诸种小说虽创作时代不同，但编刊者以小说进行劝戒的观念比较一致，意在利用小说"助政教""扶植纲常""以忠孝节义为本""有功名教"，通过小说的阅读和传播来影响读者的思想与言行，最终达到教化目的。

其二，小说向读者宣扬戒淫观念。在讲述故事时摒除淫词亵语是很多小说着力强调的一点，这种倾向在明末清初尤为突出。这一时期情色之风兴盛，明崇祯元年尚友堂刊本《拍案惊奇》作者自序云："近世承平日久，民佚志淫。"清康熙九年（1670）抄本《绣屏缘·凡例》第六则云："秽亵诸语，时习所尚。"一些小说编刊者迎合了"民佚志淫"的社会风尚，导致情色小说泛滥，有识之士对此深恶痛绝，正如明天启四年（1624）兼善堂刊本《警世通言》识语所言："奈射利者专取淫词，大伤雅道。本坊耻之。"

在这种"专取淫词，大伤雅道"的社会风气下，许多小说编刊者着重向读者强调小说的教化功用，与淫秽之风、情色小说划清界限。兼善堂刊本《警世通言》识语作者指出："兹刻出自平平阁主人手授，非警世劝俗之语，不敢滥入，庶几木铎老人之遗意，或亦士君子所不弃也。"尚友堂刊本《拍案惊奇·凡例》第二则云："是编矢不为风雅罪人，故回中非无语涉风情，然止存其事之有者，蕴藉数语，人自了了，绝不作肉麻秽口，伤风化，损元气。"这些都向读者表明自己的小说与有伤"风化"的淫词秽语决然不同。人瑞堂崇祯刊本《隋炀帝艳史·凡例》也对"宣淫"之书提出批评：

人瑞堂崇祯刊本《隋炀帝艳史》第一回

著书立言，无论大小，必有关于人心世道者为贵。《艳史》虽穷极荒淫奢侈之事，而其中微言冷语，与夫诗词之类，皆寓讥讽规谏之意，使读者一览，知酒色所以丧身，土木所以亡国，则兹编之为殷鉴，有裨于风化者岂鲜哉！方之宣淫等书，不啻天壤……风流小说，最忌淫亵等语以伤风雅，然平铺直叙，又失当时亲昵情景。兹编无一字淫哇，而意中妙境尽婉转逗出，作者苦心，临编自见。

《隋炀帝艳史·凡例》作者虽将作品自归于"风流小说"，但还是强调《隋炀帝艳史》与"宣淫"之书的区别，认为小说创作既要避免平铺直叙，让读者体会意中妙境，又要做到有裨于风化。作者重视小说对读者的劝戒功用，借隋炀帝荒淫奢侈之事，让读者阅后可知沉浸酒色对身体的危害，以及骄奢能导致国家灭亡这个道理。

明崇祯年间刊本《欢喜冤家》第十八回《王有道疑心弃妻子》回末总评也提倡戒色，希望读者自警："天下最易动者莫如色，然败人德行，损己福命者，亦莫如色。奈世人见色迷心，日逐贪淫，而是自不知省，孰知祸淫福善，天神共鉴……观者宜自警焉。"诸如此类的戒淫之语不免有小说作者自我标榜、名实不符的成分，但从整体而言，这对当时社会的佻荡之风确可起到一定的净化作用。

清初以后，戒淫之旨在小说创作中也有不同程度的体现。例如，清代曹雪芹《石头记·凡例》声称："《红楼梦》……又曰《风月宝鉴》，是戒妄动风月之情。"直接在书名之中体现劝戒主旨。清代嫏嬛斋刊本《红楼复梦·凡例》云："卷中无淫亵不经之语，非若《金瓶》等书以色身说法，使闺阁中不堪寓目。"指出《红楼复梦》与《金瓶梅》等书的区别，宣扬戒淫主旨。

初刊于清光绪十八年（1892）的《海上花列传·例言》云："此书为劝戒而作，其形容尽致处，如见其人，如闻其声。阅者深味其言，更返观风月场中，自当厌弃嫉恶之不暇矣。"强调《海上花列传》可以对读者产生很好的劝戒作用，读者阅读这部小说后，对风月场所会有不同的看法和认知，甚至对情色之事产生"厌弃嫉恶"之感。结合作者的生活实践来看，可以更好地体会其创作主旨。小说作者花也怜侬即韩邦庆，江苏华亭人，长期寓居于上海，尝为《申报》撰稿，所得稿酬尽挥霍于花丛。《海上花列传》以上海底层女性为描写对象，小说第一回《赵朴斋咸瓜街访舅　洪善卿聚秀堂做媒》写花也怜侬在梦中见到"一大片浩淼苍茫，无边无际的花海"，那些花"虽然枝叶扶疏，却都是没有根蒂的，花底下即是海水"，有些花"早已沉沦汩没于期间"，花也怜侬见此光景，"辄有所感，又不禁怆然悲之"。海上之花是底层女性的象征，她们随波逐流，却又有其奸谲可恨之处。作者以悲悯的态度作为"过来人为之现身说法"，以使"阅者按迹寻踪"，整部小说处处体现出戒淫主旨。

其三，小说向读者宣扬因果报应、劝人积善行德。明代冯梦龙《石点头叙》云："《石点头》者，生公在虎丘说法故事也。小说家推因及果，劝人作善，开清净方便法门，能使顽夫伥子，积迷顿悟，此与高僧悟石何异？"强调这部小说对读者具有显著

的劝戒作用，如同高僧生公在虎丘宣讲佛法时可使石头都感动得
频频点头一样。

明末苏州叶敬池刊本《石点头》卷六插图

清代东岭学道人《醒世姻缘传序》中也体现出劝戒思想：

> 原书本名《恶姻缘》，盖谓人前世既已造业，所世必有
> 果报；既生恶心，便成恶境，生生世世，业报相因，无非从
> 一念中流出……能于一念之恶禁之于其初，便是圣贤作用，
> 英雄手段，此正要人豁然醒悟。若以此供笑谈，资狂癖，罪
> 过愈深，其恶直至于披毛戴角，不醒故也。余愿世人从此开

悟，遂使恶念不生，众善奉行，故其为书有裨风化将何穷乎！因书凡例之后，劝将来君子开卷便醒，乃名之曰《醒世姻缘传》。

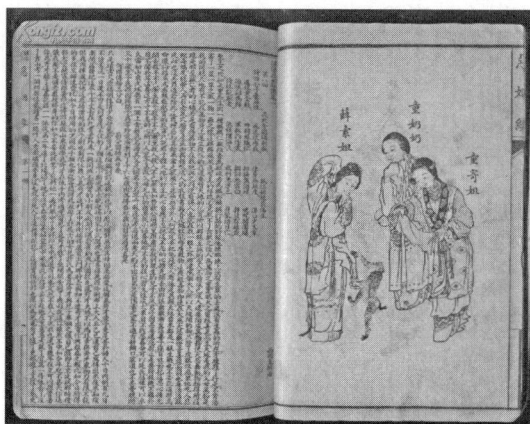

《醒世姻缘传》

　　序文强调，小说作品不是用来"供笑谈，资狂癖"的工具，而是借助故事中的因果报应情节使人惊醒，从此开悟，进而劝戒世人不要产生恶念，而应多行善积德。《醒世姻缘传》全书一百回，叙述冤仇相报的两世姻缘，前二十二回写主人公前世姻缘，后七十八回写其今世姻缘。小说继承了《金瓶梅》的现实主义精神，以晁源（狄希陈）、计氏（童计姐）、狐精（薛素姐）的两世婚姻为故事主线。薛素姐为报前世被晁源射杀之仇，经常把自己的丈夫——由晁源托生而来的狄希陈折磨得死去活来，手捆、棒打、钳拧、坐牢、烟熏、暗咒、诬告、火烧、箭射，种种手段无所不用其极。同时作者也用白描手法暴露了明末清初社会上儒学商品化、人际关系商品化、官场仕途商品化等怪现象。这些极端的描写都可令读者瞠目结舌，起到"开卷便醒"的劝戒效果。

清代缪荃孙所撰《醉醒石序》指出，不少小说具有宣扬果报、劝戒世人的意义："大凡小说之作，可以见当时之制度焉，可以觇风俗之纯薄焉，可以见物价之低昂焉，可以见人心之诡谲焉。于此演说果报，决断是非，挽几希之仁心，断无聊之妄念，场前巷底，妇孺皆知，不较九流为有益乎？"

其四，小说劝戒读者安分守己，不要信奉邪教。清代龙友氏于光绪十九年（1893）撰《永庆升平后传序》云：

> 兹续考旧闻，搜求古事，为续刻百回，纲举目张，源源本本，正大堂皇。此书一出，令阅者知王法之森严，小丑跳梁，必蹈大辟；人生治平之世，各宜安分守己；无好勇而逞豪强，无喜新而信邪说；见善则迁，引恶为戒。是书虽居稗官小说之列，未始非垂戒之一助也。

通俗小说《永庆升平》分前、后两传，是在民间说书的基础上创作而成的。作品讲述清康熙年间市井中人马成龙、马梦太等协助朝廷剿灭天地会、八卦教之事。这段文字告诫读者要谨守朝廷法规，安分守己，不要信奉邪教。龙友氏这一劝戒思想有着特定的现实基础，明清两代，尤其是清代民间宗教盛行，比较知名的教派诸如白莲教、八卦教、天理教等，主要由农民、手工业者、矿工、水手、城市贫民、小商人和流民等构成，曾多次举行起义，如乾隆三十九年（1774）的山东王伦起义、嘉庆元年（1796）的川楚陕农民大起义、嘉庆十八年（1813）直鲁豫交界地区的反清起义等，小说《永庆升平》正是产生于这样的社会背景之下。龙友氏《永庆升平后传序》既是针对现实有感而发，同时又体现出此部小说创作者的劝戒观念。

其五，劝读者戒除不良生活习惯，也是古代小说在创作时体现出的劝戒说内容之一。这一创作观念在小说正文、序跋、评语等文献中时有出现。

才子佳人小说《白圭志》第三回回前总评云："甚矣，酒之为物也。张博因之以丧命，庭瑞因之以失言，美玉又因之以见囚。好饮者，可不畏哉？"小说中描述，张博因酒丧命，书生张庭瑞因酒失言，书生张美玉赴乡试之际，因醉酒得罪主考官而被革逐。种种悲剧，使评点者不禁指出饮酒之害，希望读者以此为戒。另有清刊小说《八段锦》分别以"惩贪色""戒惧内""赌妻子""对不如""惩容娶""悔嗜酒""戒浪嘴""蓄寡妇"等作为小标题，每段故事情节均围绕各个标题进行，对读者的劝戒渗透其中。再如，清刊《二奇合传》是"三言""二拍"的选本，共16卷40回，每回题目在"三言""二拍"原有题目的基础上略作调整，并增加三字劝戒语。如，卷八第十七回《十三郎五岁朝帝阙》标注"戒夜游"，卷九第十八回《灌园叟暮年逢仙女》标注"劝惜花"，卷十一第二十三回《吴宣教情魔投幻网》标注"戒邪僻"，卷十六第三十八回《陈秀才内助全产业》标注"戒冶游"，等等，多是对不良生活习惯的劝戒之语。小说中这种醒目的标题无疑会对小说读者产生一定影响，作者与编刊者的劝戒初衷由此得以实现。

如上所述，小说编刊者在宣扬劝戒观念之际，注重与读者的沟通，认为一部佳作应使"男女阅之有益无碍"（清代娜嬛斋刊本《红楼复梦·凡例》），希望读者"深味其言"（《海上花列传·例言》），了解并遵从小说的劝戒主旨。与明代以前小说相比，明清小说作为刊刻出版时代的产物，作为供小说读者选择的商品，在其形成与发展过程中，读者、市场的作用日益凸显，读者因素对小说创作观念的影响更加不可低估。

第二，通俗易懂的小说能对读者起到良好的劝戒效果。

小说由于文体特点，其语言贴近生活，故事情节曲折，人物形象生动。利用小说宣扬劝戒观念，可以对读者尤其是下层阶级读者起到很好的劝戒效果。

古代小说发展到明清时期，因其浅显易懂的文字容易打动人心，受到社会各种类型读者的广泛欢迎。清代钱大昕曾将小说与儒、释、道三教并提，他在《潜研堂文集》卷十七《正俗》中描述："古有儒、释、道三教，自明以来，又多一教曰小说。小说演义之书，未尝自以为教也，而士大夫、农、工、商、贾，无不习闻之，以至儿童、妇女不识字者，亦皆闻而如见之，是其教较之儒、释、道而更广也。"小说流传范围广，读者众多，其影响可与儒、释、道三教相提并论，被称为"小说教"，所以小说中的劝戒观念对读者的影响甚至时常超越经、史书籍所能达到的效果。明代修髯子《三国志通俗演义引》指出：

> 史氏所志，事详而文古，义微而旨深，非通儒夙学，展卷间，鲜不便思困睡。故好事者，以俗近语，檃括成编，欲天下之人，入耳而通其事，因事而悟其义，因义而兴乎感，不待研精覃思，知正统必当扶，窃位必当诛，忠孝节义必当师，奸贪谀佞必当去，是是非非，了然于心目之下，裨益风教，广且大焉。

这里把史书与小说进行比较，指出史书文辞古雅，义旨深奥，给读者带来阅读困难，"展卷间，鲜不便思困睡"。相比之下，小说语言及义理浅显，容易吸引人、感动人，进而能够对读者产生良好的劝戒效果。明代绿天馆主人《古今小说叙》也认为：

> 小说之资于选言者少，而资于通俗者多。试令说话人当场描写，可喜可愕，可悲可涕，可歌可舞……怯者勇，淫者

贞，薄者敦，顽钝者汗下。虽小诵《孝经》《论语》，其感人未必如是之捷且深也。噫，不通俗而能之乎？

冯梦龙

序文指出，小说因其传播速度快、传播途径多、传播范围广、传播效果显著，可以使"怯者勇，淫者贞，薄者敦，顽钝者汗下"，而《孝经》《论语》等经书对读者产生的劝戒效果则往往比不上小说的快捷和深入人心。

入清以后，关于经、史著作与小说对读者产生不同劝戒效果的比较的论述有很多，生活于清代康熙年间的南安府知府陈奕禧为《女仙外史》第一百回撰写回评谈到：

古今忠孝节义有编入传奇演义者，儿童妇女皆能记其姓名，何者？以小说与戏文为里巷人所乐观也。若仅出于正史者，则懵然无所见闻，唯读书者能知之，即使日与世人家喻户晓，彼亦不信。故作《外史》者，自贬其才以为小说，自卑其名曰"外史"，而隐寓其大旨焉。俾市井者流，咸能达其文理，解其情事，夫如是而逊国之忠臣义士、孝子烈媛，悉得一一知其姓氏，如日月在天，为世所共仰，山河在地，为人所共由，此固扶植纲常，维持名教之深心，《外史》之功也。虽然，亦《外史》之罪与？

对于正史记载的忠孝节义事迹，具有一定文化水平的读书人能够熟悉并理解，而文化水平不高、识字不多的下层阶级读者则"懵然无所见闻"，他们主要通过小说、戏文了解忠臣义士、孝子烈媛事迹。从这种意义来看，《女仙外史》虽名为"外史"，却可以产生正史难以达到的劝戒功用。

小说《说唐》产生的劝戒效果也是如此，如莲居士于清乾隆元年（1736）撰《说唐序》云：

夫经书之诣最奥而深，史鉴之文亦邃而俊，然非探索之功、研究之力，焉能了彻于胸而为人谈说哉？……今见藏书阁中有《说唐》一书，自五代后起，至盛唐而终，历载治乱之条贯，兴亡之错综，忠佞之判分，将相之奇猷。善恶毕具，妍丑无遗，文辞径直，事理分排。使看者若燎火，闻者如听声，说者尽悬河。能兴好善之心，足惩为恶之念，亦大有裨世之良书也。

清代静恬主人《金石缘序》中也有相似论述：

小说何为而作也？曰：以劝善也，以惩恶也。夫书之足以劝惩者，莫过于经、史，而义理艰深，难令家喻而户晓，反不若稗官野乘，福善祸淫之理悉备，忠佞贞邪之报昭然。能使人触目儆心，如听晨钟，如闻因果，其于世道人心，不为无补也。

这两则序言均认为小说创作的目的是劝善止恶。具有同样阅读效果的经、史之书义奥文深，一般人难以理解，而小说则"文辞径直，事理分排"，能够使"家喻而户晓"，有裨于世道人心，所以可称为"良书"。

小说之所以能对读者产生经、史著作所难以达到的劝戒效果，除上文所述语言通俗、人物形象生动、读者易于理解等因素外，还可以从读者的接受心理分析其原因。清代珠湖渔隐于道光二十九年（1849）撰《云钟雁序》声称："古人著书，以相戒劝。正言之而不能行者，则微言之；微言之而不能行者，则创为传奇小说，以告戒于世。庸夫愚妇，无不口谈心讲，以悦耳目，其苦心孤诣，更有功于警迷觉悟耳。"相比之下，经、史著作是"正言"，小说是喻言（或称寓言），"正言不足悦耳，喻言之可也"
（清·谐道人《照世杯序》），珠湖渔隐从读者接受的角度对经、
史著作与小说的劝戒效果进行比较。清代苏潭道人《五凤吟序》
也指出：

> 举世之人，每见道义之书，则开卷交睫；若持风雅之
> 章，则卷不释手。何也？庄语辞严而意正，不克解人之闷，
> 释人之愁。惟绮语，事鄙而情真，易于留人之眼，博人之
> 欢。有心世道者，苟能从风雅一途，醒人以处正之获吉若
> 斯，挟邪之得祸若斯，则细琐俚鄙之谈，未尝无补于世道人
> 心也……阅者幸勿草草作平常观。

道义之书态度公允，辞严意正，然而缺乏情感，很难引起读
者共鸣，往往让人一开卷就昏昏欲睡。小说虽所述故事甚俗，但
感情真切，可以打动人心，所以较之经、史更能有补于世道。

清末梁启超《译印政治小说序》对此有精辟论述：

> 政治小说之体，自泰西人始也。凡人之情，莫不惮庄严
> 而喜谐谑，故听古乐，则惟恐卧，听郑卫之音，则靡靡而忘
> 倦焉。此实有生之大例，虽圣人无可如何者也。善为教者，
> 则因人之情而利导之，故或出之以滑稽，或托之于寓言……
> 善夫南海先生之言也，曰：仅识字之人，有不读经，无有不

读小说者，故六经不能教，当以小说教之；正史不能入，当
以小说入之；语录不能谕，当以小说谕之；律例不能治，当
以小说治之。

梁启超指出，"惮庄严而喜谐谑"是人之常情，也是读者普
遍存在的接受心理，"虽圣人无可如何者也"。经、史著作庄严、
简练，小说则诙谐、生动，其移人之深大于"庄言"的作用。识
字之人有从来不读经书的，但没有不读小说者，故而利用小说进
行道德指引，可以对读者产生良好的劝戒效果。

梁启超

第三，"善读"观决定了古代小说对读者的劝戒效果。

古代小说能否达到编刊者所期望的劝戒效果，在很大程度上

取决于读者是否"善读"小说。所谓"善读"，主要指读者在阅读小说的过程中，能够正确理解作品的语言文字、章法结构、创作倾向和创作主旨，体会作者的写作目的与意图。清代爱日老人《续金瓶梅序》就读者对《金瓶梅》与《续金瓶梅》的理解情况进行评论：

> 不善读《金瓶梅》者，戒痴导痴，戒淫导淫。吴道子画地狱变相，反为酷吏增罗织之具，好事不如无矣……续编六十四章（按：即《续金瓶梅》），忽惊忽疑，如骂如谑，读之可以瞿然而悲，粲然而笑矣……善读是书，檀郎只要闻声；不善读是书，反怪丰干饶舌尔。

《金瓶梅》的主旨在于戒痴、戒淫，对于不善读者而言，则会导痴、导淫；阅读《续金瓶梅》也是如此，读者应善于从中体会劝戒之旨。刘廷玑《在园杂志》卷二《历朝小说》也提醒人们要善读小说：

> 嗟乎！四书也，以言文字，诚哉奇观，然亦在乎人之善读与不善读耳。不善读《水浒》者，狠戾悖逆之心生矣。不善读《三国》者，权谋狙诈之心生矣。不善读《西游》者，诡怪幻妄之心生矣。欲读《金瓶梅》，先须体认前序，内云："读此书而生怜悯心者，菩萨也；读此而生效法心者，禽兽

也。"然今读者多肯读七十九回以前,少肯读七十九回以后,岂非禽兽哉!

近日之小说,若《平山冷燕》《情梦柝》《风流配》《春柳莺》《玉娇梨》等类,佳人才子,慕色慕才,已出之非正,犹不至于大伤风俗。若《玉楼春》《宫花报》,稍近淫佚。与《平妖传》之野,《封神传》之幻,《破梦史》之僻,皆堪捧腹。至《灯月圆》《肉蒲团》《野史》《浪史》《快史》《媚史》《河间传》《痴婆子传》则流毒无尽。更甚而下者,《宜春香质》《弁而钗》《龙阳逸史》,悉当斧碎枣梨,遍取已印行世者,尽付祖龙一炬,庶快人心。然而作者本寓劝惩,读者每至流荡,岂非不善读书之过哉!

他强调读者应善读《水浒传》《三国演义》《西游记》《金瓶梅》等著名小说,才不会由此而生狠戾悖逆之心、权谋狙诈之心、诡怪幻妄之心、效法之心。对于当时流传的才子佳人小说、情色小说,刘廷玑也予以评价,主张读者要善于阅读,取其精华,去其糟粕,领悟作者的劝惩寓意。清代芝香馆居士《删定二奇合传叙》云:

二奇者,《拍案惊奇》《今古奇观》也。合而辑之,故曰二奇也……是书之所以奇者,谓于人伦日用间,寓劝惩之义,或自贴危顿挫时,彰灵异之迹,既可飞眉而舞色,亦足怵目而刿心，不奇而奇也，奇而不奇也，斯天下之至奇也。第是书既主醒世，而写生之笔，有涉诲淫者则所宜摈者也……有读是书而反败行者，匪惟不善读书，亦书有以误之也。

选自《拍案惊奇》《今古奇观》等书的《二奇合传》体现出很强的劝戒意识，芝香馆居士希望读者能认真领悟，善于阅读，不要出现误读，以致出现"读是书而反败行"的不良后果。鸳湖紫髯狂客《豆棚闲话评》第十二则《陈斋长论地谈天总评》云：

著书立言，皆圣贤发愤之所为作也，亦在乎后学之善读……即小说一则，奇如《水浒记》（按：即《水浒传》），而不善读之，乃误豪侠而为盗趣。如《西门传》（按：即《金瓶梅》），而不善读之，乃误风流而为淫。其间警戒世人处，或在反面，或在夹缝，或极快极艳，而惨伤寥落寓乎其中，世人一时不解也。此虽作者深意，俟人善读，而吾以为不如明白简易，随读随解，棒喝悟道，止在片时，殊有关乎世道也。

不善读《水浒传》者，"误豪侠而为盗趣"，萌生为盗之心；不善读《金瓶梅》者，"误风流而为淫"，不能领悟小说的劝戒之旨。鸳湖紫髯狂客认为，小说作者的深意体现在其作品中，俟人善读之，所以自己帮读者"随读随解"，从而达到教化目的。清人俞龙光在《荡寇志》识语中同样希望读者善读《水浒传》：

> 嗟乎，耐庵之笔深而曲，不善读者辄误解，而复坏于罗贯中之续貂……盖先君子遗意，虽以小说稗官为游戏，而于世道人心亦大有关系。

俞龙光指出，由于施耐庵用笔深奥，不善读《水浒传》的人往往出现误解，加上罗贯中后续之书十分粗劣，致使小说未能有益于世道人心，于是其父俞万春创作了《荡寇志》，以消除《水浒传》产生的不良影响。

对小说的理解通常取决于读者自身的道德文化修养与领悟能力，所以每位读者对同一部小说的理解也都不尽相同。就如同样阅读《红楼梦》，一百位读者心目中自有一百位林黛玉。然而古代小说的作者与编刊者仍愿对读者有所指引，时时提醒读者"善读"小说，期待自己的作品能起到劝戒教化作用，甚至情色小说作者也认为其书"本寓劝惩"，希望读者善于读书以领会其中深意。这反映了当时社会的基本道德衡量标准，同时也从一个角度折射出小说的创作观念与读者之间相互影响的关系。

综上所述，小说劝戒说与读者之间关系密切，读者是劝戒说的立足点和出发点；与经、史著作相比，小说受到读者阶层尤其是下层阶级读者的普遍欢迎，因而可以产生更为明显、更为广泛的劝戒作用；读者是否"善读"小说，也直接影响到小说的劝戒效果。值得指出的是，古代小说在创作和发展过程中时常被赋予过多的社会功能，过度注重说教意味，以致受到读者厌弃。以话本小说为例，劝戒意识的日益增强可谓导致其走向衰落的重要原因之一，对此问题前人已多有论及，不再赘述。

（三）古代小说娱乐说与读者

在古代小说发展史上，小说娱乐说产生得较早。早在东晋时，干宝《搜神记序》就曾指出："幸将来好事之士录其根体，有以游心寓目而无尤焉。"在这里，干宝提出小说具有"游心寓目"的作用，初步涉及小说娱乐说的内涵。

韩 愈

唐代张籍与韩愈围绕《毛颖传》曾有过一场争论，据五代时王定保《唐摭言》卷五《切磋》所记，韩愈撰写具有小说意味的散文《毛颖传》之后，张籍写信称之为"驳杂无实之说"，韩愈在回信中强调："此吾所以为戏耳。"明确提出"以文为戏"的观点，促进了小说娱乐说的发展。

古代小说发展到明清时期，随着小说创作的兴盛以及小说文体的发展，小说观念出现多元化倾向，小说娱乐说的流行就是其中一个突出表现。如果说小说补史说、劝戒说给小说创作背负了沉重的历史负担和社会责任的话，那么，娱乐说可谓对小说创作的一种解放。

小说娱乐说与创作主体关系紧密，文人借助小说创作，以文为戏的现象比较普遍。明代宣德年间，赵弼自称所作《效颦集》"初但以为暇中之戏，不意好事者录传于士林中"。（《效颦集后序》）明代简庵居士《钟情丽集序》云："子（按：指小说作者）特游戏翰墨云尔。"明胡应麟《少室山房笔丛·九流绪论下》云："小说者流，或骚人墨客游戏笔端。"清代詹熙于光绪年间撰《花柳深情传自序》云："此小说也，成于无心，大半皆游戏语。"也有些小说是作者在游戏之中抒发个人情怀，例如明末即空观主人（凌濛初）《二刻拍案惊奇·小引》云："丁卯之秋，事附肤落毛，失诸正鹄，迟徊白门，偶戏取古今所闻一二奇局可纪者，演而成说，聊舒胸中磊块。非曰行之可远，姑以游戏为快意耳。"

由此可知，无论是文言小说还是白话小说，以文为戏的观念在其创作过程中都很流行。作者通过小说创作展示个人才华，或者表达自己对社会、人生的看法，作品充满较为浓郁的个人情感。同时，读者与小说娱乐说的关系也非常密切。从小说的起源来看，作为特殊读者阶层的宋代帝王就对此起到一定推动作用，明代郎瑛认为，通俗小说源于宋仁宗，他在《七修类稿》卷二十二《辩证类·小说》篇中云："小说起宋仁宗，盖时太平盛久，国家闲暇，日欲进一奇怪之事以娱之。"指出小说之兴盛正是为了满足作为特殊读者的宋仁宗的娱乐需要而促成的，注意到皇帝作为读者对小说产生的影响。

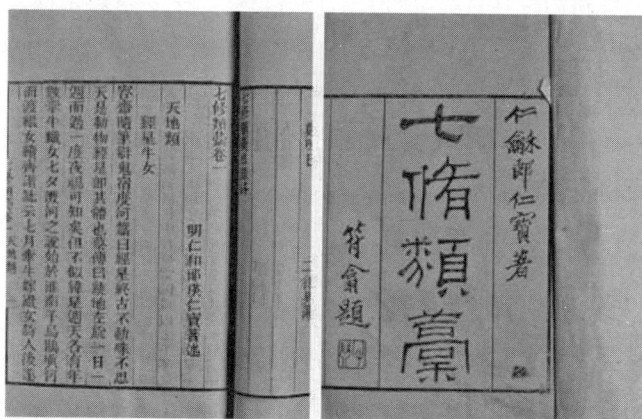

《七修类稿》

随着商品经济的发展与小说出版业的相应兴盛，明清小说在创作和发展的过程中读者因素更加突出，读者与小说娱乐说之间的关系也较以往更为密切。对此，我们从以下几个方面进行分析：

第一，各种类型的读者与小说娱乐说关系密切。

小说这种文体，首先引起读者兴趣的就是它的娱乐功能。明代甄伟《西汉通俗演义序》指出："好事者或取予书（按：指《西汉通俗演义》）而读之，始而爱乐以遣兴。"读者可以借助小说阅读消除疲劳，缓解紧张的情绪。不同层次、不同身份的读者都有着自己的精神需求，明代谢友可《刻公余胜览国色天香序》云："今夫辞，写幽思，寄离情，毋论江湖散逸，需之笑谭；即缙绅家辄藉为悦耳目。"所谓"江湖散逸"，主要指处于社会下层阶级的读者群体；而"缙绅家"者，则主要指社会中上层人士。虽然他们社会地位不同，经济状况、审美趣味各不相同，但在通过阅读《国色天香》之类的小说以"悦耳目"这一点上是相通的。

清代冰玉主人《平山冷燕序》也认为小说是文人的游戏笔墨，适于不同阶层、不同文化水平的读者阅读："夫文人游戏之笔，最宜雅俗共赏。阳春白雪，虽称高调，要之举国无随而和之者，求其拭目而观，与倾耳而听，又乌可得哉？庚申夏月，小监于肆中购得《平山冷燕》一书……虽游戏笔墨，要何可废。"诚如冰玉主人所言，阳春白雪类的文字虽然高雅，但知音难觅，几乎没有和者，相比之下，像《平山冷燕》这样通俗易懂的小说作品更适宜雅俗共赏。

晚清政论家、小说家王韬喜读小说，他在《王韬日记》咸丰二年（1852）六月十日己丑条中曾谈到自己阅读《水浒传》的感受："数日读施耐翁《水浒传》，胸鬲颇爽。"日记中还记有他阅读《结水浒传》（《荡寇志》）和《红楼梦补》等小说的经历，咸丰八年（1858）九月十日壬午条写道："是夕，在壬叔处，借得俞仲华《结水浒》来阅，聊以消闲。"咸丰八年（1858）九月二十九辛丑条写道："是日舟中无事，阅《红楼梦补》。"可见王韬确为小说爱好者，他不但创作小说，也会在闲暇之时阅读小说，并从中得到不少愉悦和享受。

王　韬

除了王韬这样的文人读者，在古代小说读者群体中，下层阶级读者人数众多，分布广泛，他们的阅读活动更为鲜明地体现出小说的娱乐功能。清光绪二十五年（1899），卧读生撰《才子如意缘序》云：

> 有市中之好学者过访，坐既定，曰："吾辈日长无事，袖手凭栏，冀得一可消长昼，而增文学、广见识以助谈柄者，得毋以阅闲书小说为最得乎？……"言次，袖出《如意缘》一集……能使阅者掩卷而思，开卷而笑。

序言指出，"市中之好学者"作为普通的下层阶级读者，认为阅读闲书小说是打发无聊时光、消遣娱乐、增长见闻的最佳方式。他给卧读生带来的小说《如意缘》既有一定内涵，又具备很好的娱乐功能，可使读者"掩卷而思，开卷而笑"。透过这段文字不难看出，下层阶级读者以阅读小说作为娱乐的现象是比较常见的。

第二，不同类型小说的娱乐创作观念与读者关系密切。

小说新奇曲折的情节设置、栩栩如生的人物形象塑造等因素，使小说作品呈现出很强的娱乐功能，读者通过阅读可以获得精神的愉悦与满足。下面我们以历史小说、写情类小说、神魔小说、侠义小说、话本小说等为例，阐述读者与不同类型小说娱乐说之间的关系。

其一，历史小说。明代佚名《新刻续编三国志引》云："夫小说者，乃坊间通俗小说，固非国史正纲，无过消遣于长夜永昼，或解闷于烦剧忧态，以豁一时之情怀耳。今世所刻通俗列传并梓《西游》《水浒》等书，皆不过快一时之耳目。"

这段话指出，通俗小说不像"国史正纲"那样庄重、严肃，而是以消遣、解闷为己任。同样，清代澹园主人《三国后传石珠演义序》谈道："历观古今传奇乐府……皆翰墨游戏，随兴所之，使读者既喜既怜，而欲歌欲哭者，比比然矣。"清四雪草堂刊《重编隋唐演义发凡》第一则云："更取正史及野乘所纪隋唐间奇事、快事、雅趣事，汇纂成编，颇堪娱目。"这些文献表明，大量历史小说以让读者娱乐作为创作目的，为读者解闷消愁。

清代正气堂所刊《廿一史通俗衍义》较有典型意义，这部小说的凡例第五则点明："是书摘其大要，略其细事，然于战阵、妇女奇异之事，则颇加详，间有从他记补入者，以从时好，无非引人乐观而已。"所谓"时好"，当指时人的阅读兴趣与欣赏习惯。《廿一史通俗衍义》虽为正史之演义，其描述重点却是战阵、妇女等"奇异"之事。这样谋篇布局的目的是适应时好而"引人乐观"，为读者提供娱乐效果。

其二，写情类小说。包括世情小说、情色小说、才子佳人小说等在内的写情类小说与历史小说一样，也是以娱乐读者为己任。明末清初合义堂刊《风流悟》识语云："是集也……聊作新谭，摇扇比窗，拥炉南阁，可使闷怀忍畅，亦令倦睫顿开，敢云艺苑之罕珍，庶几墨林之幽赏，识者辨之。"清代钟斐《题女才子序》云："倘遇不芳不韵、岑寂无聊之际，足以解颐而破恨，则惟秋涛子之《女才子集》在。"都明确表达了这一观点。清代雍正年间写刻本《快士传》识语云：

> 古今妙文所传，写恨者居多。太史公曰：《诗》三百篇，大抵皆圣贤发愤之所为作也，然但观写恨之文，而不举文之快者以宕漾而开发之，则恨□（按：原字模糊）中结何以得解必也，运扫愁之思，挥得意之笔，翻恨事为快事，转恨人为快人，然后□□（按：原字模糊）破涕为欢。

识语指出，这部小说与以往写恨之作不同，"翻恨事为快事，转恨人为快人"，让人阅读之后能破涕为欢，去除心中怨恨、烦闷之情。另外，《快士传》娱乐读者的创作目的，从此书命名亦可窥一斑。

曹雪芹在《红楼梦》第一回指出其小说的娱乐功能：

> （此书）事迹原委，亦可以消愁破闷；也有几首歪诗熟话，可以喷饭供酒……我这一段故事，也不愿世人称奇道妙，也不定要世人喜悦检读；只愿他们当那醉余饱卧之时，或避事去愁之际，把此一玩，岂不省了些寿命筋力？

《红楼梦》的续书之一、清代娜嬛斋所刊《红楼复梦·凡例》

第十九则云："书中嘻笑怒骂信笔发科，并无寓意讥人之意，读者鉴之。"第二十则云："读此书不独醒困，可以消愁，可以解闷，可以释忿，并可以医病。"清嘉庆十年（1805）绣文堂刊《白圭志·凡例》第一则指出："此书……使后之读者悦目快心，拍案惊奇。"清代梦庄居士于咸丰五年（1855）撰《双英记序》云："昼长无事，正欲觅端作遣。适客来携一卷小说示予，披而览之。"清代三江钓叟《铁花仙史序》云："传奇家摹绘才子佳人之悲离欢合，以供人娱耳悦目也旧矣。"

这几则出自小说识语、凡例、序言、正文中的文献，均阐明了小说的娱乐功能。阅读小说可以赏心悦目，《红楼复梦·凡例》更是明确声称小说能让读者醒困、消愁、解闷、释忿，甚至能够医病。在这一点上，古代小说不再承担社会教化的重负，也无需用作补史，而是让读者在烦恼、疲劳的状态下得以放松和消遣，是文人抒发个人情怀、"既以自娱，亦可以娱人"的工具。

部分小说甚至因过于提倡娱乐而导致情色化倾向，例如明代憨憨子《绣榻野史序》云："奚僮不知，偶市《绣榻野史》进余。始谓当出古之脱簪珥永巷有裨声教者类，可以娱目，不意其为谬戾。"清代松林居士《二度梅奇说序》也描述："壬寅（按：1782年）之秋，自都门舟旋，经吴历越。舟中寂寞，别无醒目者……客伴虽有小说，多属郑卫之淫风，案前开卷，能不放荡性情者鲜矣。"序言谈及，因旅途无聊，与松林居士同船的旅客以小说打发时光，但这些小说多是些"放荡性情"的淫秽之作。

清代紫宙轩刊《春灯闹》识语云：

> 从来正史取义，小说取情。文必雅驯，事必绮丽。使观
> 者如入金谷园中，但觉腻紫娇红，纷纷夺目而有丽人在焉，
> 呼之欲出。且又洞房乐事，俱从灵腕描来；锦帐春风，尽属
> 情恨想就。方足以供闲窗娱览，而较之近时诸刻，不大径庭
> 者哉。故《桃花影》一编，久已脍炙人口，兹后以《春灯
> 闹》续梓，识者鉴诸。

清代申江居士《新史奇观序》称：

> 乃世有淫词小说，实为无稽之谈，最易动人听闻。阅者
> 每至忘餐废寝。盖人情喜荡佚而恶绳检故也。而犹镌来一编
> 以流传人口何也？吾尝谓天下之深足虑者：淫哇新声，荡人
> 心志。其于治乱兴亡之故，漫无关系。此特以供闾里谈笑，
> 优偎戏侮之资。

小说以写情为目的，意在娱乐读者，"供闾里谈笑，优偎戏
侮之资"，满足读者消遣、娱乐的需要，这与"正史取义"显著
不同。然而《春灯闹》之类的小说在创作主旨上过分强调"供闲
窗娱览"，渲染洞房乐事、锦帐春风，以情色招揽读者，从而使
小说娱乐说走向低俗的极端。

其三，神魔小说。追求小说的热闹好看，追求娱乐性，是读者比较普遍的心理状态，也是促成明代神魔小说创作、刊刻的原因之一。元末时，朝鲜人边暹等编写的《朴通事谚解》是朝鲜人学习汉语的教科书，书中有云："《西游记》热闹，闷时节好看。"神魔小说可以消时解忧，褚人获于清康熙年间撰《封神演义序》中也表达出这一看法："此书直与《水浒》《西游》《平妖》《逸史》一般诡异，但觉新奇可喜，怪变不穷，以之消长夏，祛睡魔而已。"

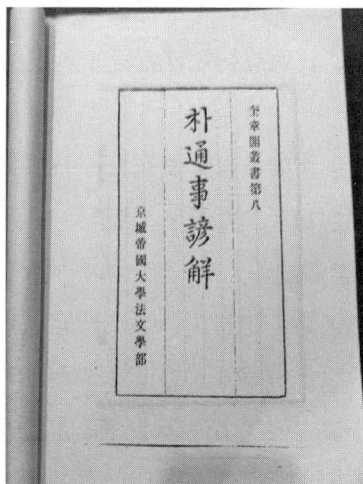

《朴通事谚解》书影

与其他类型的小说相比，神魔小说虚构成分更多，想象奇特，鬼怪色彩浓厚，而这些往往可以满足读者追求新奇怪异的心理，所以《封神演义》与《西游记》等作品成为读者"消长夏，祛睡魔"的重要工具。清代李汝珍在《镜花缘》第一百回《建奇勋节度还朝　传大宝中宗复位》中写道：

> 有个老子的后裔，略略有点文名……心有余闲，涉笔成趣，每于长夏余冬，灯前月夕，以文为戏，年复一年，编出这《镜花缘》一百回，而仅得其事之半。其友方抱幽忧之疾，读之而解颐，而喷饭，宿疾顿愈。因说道："子之性既懒而笔又迟，欲脱全稿，不卜何时；何不以此一百回先付梨枣，再撰续编，使四海知音以先睹其半为快耶？"

李汝珍自称他创作的小说《镜花缘》乃以文为戏，才完稿一半便使友人读后"解颐""喷饭"，甚至治好了友人抑郁的"疾病"，其娱乐效果非常显著。清代陈啸庐于光绪三十四年（1908）撰《新镜花缘作意述略》也指出："《新镜花缘》……以供阅者酒后茶余之谈助。"可见，神魔小说为读者提供的娱乐功用不可低估。

其四，侠义小说。清代小说《水浒后传》中蔡元放评本卷首《水浒后传读法》点明：

> 本传四十回大书，上而神仙帝王、忠臣义士，下而厮养乞丐、奸佞凶残，大而礼乐征伐，揭地掀天，小而饮食起

居，细微琐屑；中国外国，男子妇人，件件写到，可谓如火如锦，无所不备矣。然却皆是乌有先生，乃作者凭空撰出，以娱后人耳目。恐读者误认为真，故于结末团圆时写一演戏。

为了给读者更多的娱乐享受以取悦读者，古代小说创作往往在人物塑造、情节设置诸方面采取虚构手法，增加小说的传奇色彩，以强化作品的趣味性和可读性。蔡元放认为，小说作者在虚构故事情节的同时也没有忘记与读者沟通："恐读者误认为真，故于结末团圆时写一演戏。"从《水浒后传》的创作以及蔡元放的评点来看，小说在一定程度上摆脱史书"实录"的束缚，注重作品本身的艺术性和审美特性，注重读者的参与，这在中国古代小说发展史上可以说是一种进步。清代洗心主人《永庆升平序》同样强调小说的娱乐性："昭彰不爽，报应分明。使读者有拍案称快之乐，无废书长叹之时……使人可以悦目赏心。"指出这部小说可以给读者带来愉悦的艺术享受。

其五，话本小说。明代嘉靖年间，杭州书坊主洪楩编刊了话本小说集《六十家小说》，此话本集共分《雨窗集》《长灯集》《随航集》《欹枕集》《解闲集》《醒梦集》，从其名便不难看出这些话本小说的编刊目的。清代烟水散人更是将小说创作比作远方贩宝，其《珍珠舶自序》云：

客有远方来者，其舶中所载，凡珊瑚玳瑁夜光木难之珍，璀璨陆离，靡不毕备。故以宝之多者称为上客。至于小说家搜罗闾巷异闻，一切可惊可愕可欣可怖之事，罔不曲描细叙，点缀成帙，俾观者娱目，闻者快心，则与远客贩宝何异？此予《珍珠舶》之所以作也。

烟水散人认为小说创作的目的就在于让"观者娱目，闻者快心"，为读者提供娱乐。所以自己的小说就像装满珍珠的船舶一样，能给读者带来许多惊奇与快乐。

可见，不同类型的小说在其娱乐说的发展历程中，小说作者与编刊者都注重读者感受，读者的影响占据着重要的地位。

第三，小说编刊者希望小说能对读者"寓教于乐"。

古代小说常将娱乐与劝戒相结合，以期对读者起到"寓教于乐"的效果。晚清觉我（徐念慈）《余之小说观》云："小说者，文学中之以娱乐的促社会之发展，深性情之刺戟者也。"小说娱乐说并非脱离于现实社会而孤立存在的创作观念，而是以不同时期特定的社会现实作为其存在土壤，通过娱乐的形态讽喻社会与人生，促进社会的改革和进步。小说编刊者往往将娱乐与劝戒相结合，希望小说能对读者起到"寓教于乐"的作用。人瑞堂明崇祯四年刊本《隋炀帝艳史·凡例》在倡导劝戒的同时，还明确提出娱乐说："炀帝为千古风流天子，其一举一动，无非娱耳悦目，为人艳羡之事，故名其篇曰'艳史'。"关于小说娱乐与劝戒的结合，清代文献中有大量相关论述，试举例如下：

清代蠹庵《女开科传跋》云：

> 读《万斛泉》竟，不觉拍案大叫曰：游戏三昧，已成劝惩。全书愤世绝俗，半多诙谐笑话……若仅以小说视之，亦可谓不善读是说矣。质之众口，我言匪谀。

清代佚名《五虎平西前传序》云：

> 小说传奇，不出悲欢离合，而悦时人鉴阅之心。然必以忠臣报国为主，兴善惩恶为先。阅其忠君烈士，无不令人起恭起敬；观此误国奸徒，皆为百世可怨可憎，削佞余奸，褒善贬恶，而植纲常，以为劝惩者，方可刊行于世……阅者其去恶乐善之念油然而生，虽传奇而犹有维持风世，然非治齐之要，亦足以导善而戒奸也……雅俗共赏，尽人可观，于世不无小补焉。

清代蠹勺居士于清同治十一年（1872）撰《昕夕闲谈小序》云：

> 予则谓小说者，当以怡神悦魄为主，使人之碌碌此世者，咸弃其焦思繁虑，而暂迁其心于怡适之境者也；又令人之闻义侠之风，则激其慷慨之气；闻忧愁之事，则动其凄惋

之情；闻恶则深恶，闻善则深善，斯则又古人启发良心惩创逸志之微旨，且又为明于庶物，察于人伦之大助也。

清代忏梦庵主于光绪七年（1881）所撰《英雄小八义赘言》云：

《英雄小八义》者，奇书也……士农工商欣于听闻，诚有遣睡魔之奇观，亦培植世道之秘籍也。

清代庆森于光绪十六年（1890）撰《小五义序》云：

稿中凡有忠义者存之，淫邪者汰之，间附己说，不尽原稿也。盖于醒心悦目之中，而寓劝人励俗之意，岂仅为利哉？

这些文献分别出现于清初、嘉庆、同治、光绪等时期，虽然跨越的时段从清初到晚清，但其中表达的创作观念比较接近，那就是提倡小说创作"于醒心悦目之中，而寓劝人励俗之意"，提醒读者要善读小说，以体悟作者的劝戒用心。包括一些情色小说也表现出这种创作观念，例如，明代观海道人《金瓶梅序》强调："值此熙朝鼎盛，海晏河清，在位多贤，四方率正，轻徭薄敛，万姓义安，酒后茶余，夜阑团聚，展此卷而毕读一过，匪仅使人知所戒惧，抑亦可使人怡悦心性焉。"情色小说以大段篇幅津津乐道于色情描写，以满足部分读者追求感官刺激的阅读心理，这类小说也被冠以劝戒之名，既要使人"怡悦心性"，又要使人"知所戒惧"，当然劝百而讽一，其讽谏效果非常有限。

还有些小说直接在书名中体现出娱乐与劝戒相结合的倾向，例如，清代自怡轩主人于乾隆年间撰《娱目醒心编序》云：

> （《娱目醒心编》）能使悲者流涕，喜者起舞，无一迂拘尘腐之辞，而无不处处引人于忠孝节义之途。既可娱目，即以醒心，而因果报应之理，隐寓于惊魂眩魄之内。俾阅者渐入于圣贤之域而不自知，于人心风俗，不无有补焉。余故急为梓之以问世。世之君子，幸勿以稗史而忽之也。

此序言就《娱目醒心编》书名中"娱目"与"醒心"分别加以阐释，交代该书的创作主旨是在"娱目"的同时宣扬教化，希望读者不要小瞧它的作用，勿因"稗史"而忽之。

综上所述，读者在小说娱乐说的产生及演进过程中起到重要作用，不同身份、不同地位的读者均与小说娱乐说关系紧密。在不同类型小说的娱乐观念中，读者因素都有所体现。小说编刊者往往将娱乐与劝戒相结合，希望对读者起到寓教于乐的作用，正如清末吴沃尧《两晋演义序》所宣称："《月月小说》者……寓教育于闲谈，使读者于消闲遣兴之中，仍可获益于消遣之际"，这种观念在小说娱乐说的发展史上是颇为普遍的。

五 古代小说语言和章法结构与读者

语言和章法结构对于古代小说的创作非常重要。对这一论题的探讨，以往学界多从作家和小说文本的角度予以关注，我们尝试从读者接受这一视角对其进行阐述。

（一）古代小说语言与读者

从帝王、士大夫到市井百姓，中国古代小说有着各种类型的读者。在通俗小说创作最为繁荣的明清两代，以明代万历中期作为界限，可划分为前后两个阶段。明代万历中期之前，士子和中上层商人构成通俗小说读者群的主体，大约从明代万历中期以后，下层阶级民众越来越多地参与到小说读者队伍之中。① 明代嘉靖年间建阳清江堂杨涌泉刊《大宋中兴通俗演义·凡例》第七则云："句法粗俗，言辞俚野，本以便愚庸观览，非敢望于贤君子也耶。"清楚地表明小说《大宋中兴通俗演义》的编刊是为

---

① 参见程国赋：《明代小说读者与通俗小说刊刻之关系阐析》，《文艺研究》2007 年第 7 期。

"愚庸"这样的市井百姓阅读服务的，而不是为了满足具有较高社会地位与文化水平的"贤君子"的阅读需要。下层读者的参与给古代小说创作带来诸多变化，其中一方面突出地体现在小说的语言运用上。

第一，下层读者的参与促进了小说语言的通俗化趋势。

市井百姓等下层读者的大量增加，加大了古代小说创作通俗化的步伐。语言趋向通俗、浅显是小说通俗化的重要表现之一。明代绿天馆主人《古今小说叙》称："大抵唐人选言，入于文心；宋人通俗，谐于里耳。天下之文心少而里耳多，则小说之资于选言者少，而资于通俗者多。"这段话是针对唐宋小说的创作倾向及其与不同类型读者之间的关系进行阐述的，但对于明清小说创作来说同样适用。通俗则能"谐于里耳"，运用通俗易懂的语言甚至采用俚语、方言以适应乃至取悦下层阶级读者，是当时众多小说常见的做法。上引《大宋中兴通俗演义》即是书坊主熊大木在亲戚（书坊主杨涌泉）怂恿之下急于成篇，匆忙刊印的，从而在语言文字运用上出现"句法粗俗，言辞俚野"的情况，同时还存在不少错误。比如，此书卷一《李纲措置御金人》一节中写道：

主将斡离不怒曰："宋将止有一旅之师，尚不能取胜，倘四方勒王之众一集，我辈无遗类矣。"

　　这句话中的"勒王之众"显然为"勤王之众"之误写，是小说在编刊过程中出错所致。

　　到了清代，下层阶级民众的参与同样推动了小说语言文字的通俗化趋势。清初所刊《醒世姻缘传·凡例》第八则云："本传造句涉俚，用字多鄙。"顺治十七年（1660）刊《续金瓶梅·凡例》第二则云："近观时作半用书柬活套，似失演义正体，故一切不用，间有采用四六等句法，仿唐人小说者，亦即时改入白话，不敢粉饰寒酸。"清代嫏嬛斋刊《红楼复梦·凡例》第六则云："书中不用生僻字样，便于涉览。"光绪二十九年（1903）作新社排印本《万国演义·凡例》第一则云："是编专述泰东西古近事实，以供教科书之用，特为浅显之文，使人易晓，故命曰《万国演义》。"下层读者文化水平不高，所以小说编刊者不用生僻字样，而是采用浅显之文，甚至将原作、旧本中采用"四六"韵文的地方改为白话，其目的就在于适应下层读者的阅读需要。清初所刊小说《快心编·凡例》第一则云："字义庸浅，期于雅俗同喻，不敢以深文自饰，得罪大雅诸君子也。"这里作者考虑得比较全面，期望《快心编》能够雅俗共赏，不过，从语言通俗、字义浅显这一特点来看，识字不多的市井百姓应是其重要期待读者群。

　　市井百姓等下层读者参与阅读使小说语言朝向生活化、市井化的趋势发展，明代欣欣子《金瓶梅词话序》指出：

　　吾尝观前代骚人，如卢景晖之《剪灯新话》、元微之之《莺莺传》、赵君弼之《效颦集》、罗贯中之《水浒传》、丘琼山之《钟情丽集》、卢梅湖之《怀春雅集》、周静轩之《秉烛清谈》，其后《如意传》《于湖记》，其间语句文确，读者往往不能畅怀，不至终篇而掩弃之矣。此一传者，虽市井之常谈，闺房之碎语，使三尺童子闻之，如饫天浆而拔鲸牙，洞洞然易晓。虽不比古之集，理趣文墨，绰有可观。

　　欣欣子将《金瓶梅》与它之前的小说进行比较，认为与《剪灯新话》《莺莺传》《效颦集》《水浒传》等作品相比，《金瓶梅》描写的是"市井之常谈，闺房之碎语"，采用市井化的语言，通俗易懂，可以满足广大读者的阅读需求。欣欣子所言虽不免有为《金瓶梅》吹嘘之嫌，但他提出的这部小说的语言趋于市井化和生活化确为事实。明末话本小说集"三言""二拍"以市民作为描写重心，反映市井百态，充满更为浓厚的生活气息，无疑在《金瓶梅》市井化语言运用的基础上又往前迈进一步，而下层读者的阅读需求正是小说语言趋于市井化、生活化的重要推动力。

　　为适应下层读者的阅读需要，小说创作还尽量避免出现"用典"现象。清代袁载锡《雨花香序》云：

　　兹观《雨花香》一编，并不谈往昔旧典，是将扬州近事，取其切实而明验者汇集四十种，意在开导常俗，所以不为雅驯之语，而为浅俚之言，令读之者无论贤愚，一闻即解，……又何可计其言之雅驯浅俚也！

小说《雨花香》不谈往昔旧典，而是采用读者更为熟悉的扬州"近事"，以浅近、通俗的语言叙述当代故事，从而使小说广泛流传，达到很好的传播效果。

小说编刊者在注重语言通俗的同时，也往往强调避免秽言淫语。清康熙抄本《绣屏缘·凡例》第四则云："一回一事，终属卑琐，况有窃里巷之秽谈，供俗人之耳目。愚虽菲薄，稍异颓靡。"反对以庸俗、淫秽的语言去迎合小市民的低级趣味，避免出现格调低下的小说作品。清代钟离睿水《十二楼序》云：

盖自说部逢世，而侏儒牟利，苟以求售。其言猥亵鄙靡，无所不至，为世道人心之患者无论矣。即或志存扶植，而才不足以达其辞，趣不足以辅其理，块然幽闷，使观者恐卧而听者反走，则天地间又安用此无味之腐谈哉！今是编以通俗语言鼓吹经传，以入情啼笑拉引顽痴，殆老泉所谓"苏张无其心，而龙比无其术"者欤！

该序文指出，自从小说问世以来，一些俗人只追求其产生的商业利益，一味迎合民众的恶趣味，创作出的小说"猥亵鄙靡，无所不至"，大坏世道。就算有些创编者怀有劝戒的初衷，然而由于自身缺乏才学与情趣，作出的小说也只是无味之"腐谈"，令读者感到厌倦。一部优秀的小说，应如同《十二楼》一般语言通俗，格调高雅，才能让读者获得美好的阅读感受。

值得注意的是，在小说语言通俗化的过程中，一些读者自身修养较高，会以史籍为参照，对通俗小说的语言直接表达批评意见。以清代昭梿为例，昭梿字汲修，自号汲修主人，清朝贵族，努尔哈赤次子礼亲王代善第六世孙，生活于乾隆至道光年间，《清史稿》卷三十《礼烈亲王代善传》附"昭梿传"。他在《啸亭续录》中对《水浒传》《金瓶梅》等书的语言文字提出批评：

> 余以小说初无一佳者，其他庸劣者无足论，即以前二书（按：指《水浒传》《金瓶梅》）论之……（《水浒传》）至三打祝家庄后，文字益加卑鄙，直与《续传》无异，此善读书人必能辨别者。《金瓶梅》，其淫亵不待言，至叙宋代事，除《水浒》所有外，俱不能得其要领。以宋、明二代官名羼乱其间，最属可笑。是人尚未见商辂《宋元通鉴》者，无论宋、金正史！……世人于古今经史，略不过目，而津津于淫邪庸鄙之书，称赞不已，甚无谓也！

小说《水浒传》和《金瓶梅》作为明代"四大奇书"中的两部，一直广受世人称赞，昭梿作为其中一名读者，则对两书的语言文字提出严厉批评。他指出，《水浒传》中"三打祝家庄"

之后的文字"益加卑鄙";《金瓶梅》不仅语言淫秽,而且错漏百出,不得要领,将宋、明两代官名混杂其间尤显荒唐。应该说昭梿对《水浒传》《金瓶梅》等书语言文字的批评不无道理。

清代滋林老人《说呼全传序》认为:

> 小说家千态百状,竞秀争奇,何止汗牛充栋。然必有关惩劝扶植纲常者,方可刊而行之。一切偷香窃玉之说,败俗伤风,辞虽工直,当付之祖龙耳……遐稽史册,其足以为劝惩者,灿若日星,原无庸更藉于稗官野乘,然而史册所载,其文古,其义深,学士大夫之所抚而玩,不能挟此以使家喻而户晓也。如欲使家喻而户晓,则是书不无裨于世教云。

无论是钟离睿水的《十二楼序》,还是滋林老人的《说呼全传序》,均将自己推荐的小说与充斥着庸俗、淫秽语言的作品划清界限,同时强调小说语言不必像史书那样文古义深,只适于"学士大夫"阅读,而应浅显易懂,以便家喻户晓。这种概括可看作明清时人对小说语言的普遍要求。

第二,古代小说中方言、俗语的运用令读者感到亲切易懂。

清初刊本《醒世姻缘传·凡例》第八则声称:"本传造句涉俚,用字多鄙,惟用东方土音。"在古代小说中常可见到方言、俗语的运用,这种运用令读者感到亲切易懂,有助于部分读者阅读小说、理解作品。正如清代邵彬儒《俗话倾谈自序》所说:

"善讲古者，须谈别致，讲得深奥，妇孺难知，惟以俗情俗语之说通之，而人皆易晓矣，且津津有味矣。"冯友兰在《歧路灯序》指出：

> 在旧小说里面，《金瓶梅》《水浒传》用山东话，《红楼梦》《儿女英雄传》用北京话，近来新的小说中，也有用上海话、苏州话的。《歧路灯》用的是河南话……这些地方真比那些叫乡下老说外国话的新小说能动人。

用方言创作小说最大的优点就是生动形象，读者阅读作品的时候可以体会到小说中的人物呼之欲出。正如冯友兰所言，这种方言创作能够给人"真切的感动"。

清代文道堂刊本《岭南逸史·凡例》第三则云：

> 是编期于通俗，《圣山志》多用土语，如谓小曰仔，称良家子曰亚官仔，如南海差役谓逢玉"尔这亚官仔"是也；谓无曰冒；谓如此好曰敢好，如"敢好后生冒好花"是也；谓我曰碍；谓鱼曰牛；谓饭曰迈……诸如此类，其易晓者，悉仍之，其不易晓者，悉用汉音译出，以便观览。

其凡例第四则指出："是编期以通俗语言，鼓吹经史，入情笑骂，接引愚顽。"由此可知，使用"通俗语言"是《岭南逸史》的重要特点，小说主要描写明代岭南地区的瑶族人民聚众起义之事，文中岭南方言的大量运用正是这一特点的集中体现。作者充分考虑到读者的阅读状况，对一些不易理解的土语，则用汉音（通用语）加以标注。

晚清小说创作也相当重视方言的运用，例如李伯元的《官场现形记》多用江淮方言纪事。此书第十回云：

> 新嫂嫂回头对魏翩仞道："魏老，勿是倪说话勿作准，为仔俚格人有点靠勿住。嫁人是一生一世格事体，倪又勿是啥林黛玉，张书玉，歇歇嫁人，歇歇出来，搭俚弄白相。现在租好仔小房子，搭俚住格一头两节，合式末嫁拨俚，勿好末大家勿好说啥，魏老，阿是？"魏翩仞笑而不答。

在《官场现形记》中，类似这种方言的运用是比较普遍的，茂苑惜秋生《官场现形记序》称："（《官场现形记》）立体仿诸稗野，则无钩章棘句之嫌；纪事出以方言，则无佶屈聱牙之苦……读是编者，知必有同情者已。"另有韩邦庆所撰《海上花列传》，对话亦全用吴语，他在《海上花列传·例言》中指出："苏州土白，弹词中所载多系俗字，但通行已久，人所共知，故仍用之，盖演义小说不必沾沾于考据也。"这部小说的第一回写道：

后生道："我叫赵朴斋，要到咸瓜街浪去，陆里晓得个冒失鬼，奔得来跌我一跤。耐看我马褂浪烂泥，要俚赔个唡！"花也怜侬正要回言，只见巡捕道："耐自家也勿小心唡，放俚去罢。"

全为吴地方言，趣味盎然。方言、俗语的运用增加了小说的通俗性，使读者特别是所属方言区的读者阅读时无"佶屈聱牙之苦"。

不过，方言、俗语的运用要考虑到地区差异，关注不同地区读者的语言特点及阅读习惯。在小说创作和传播的过程中，如何很好地使用方言、俗语，也得到小说编刊者的重视。这一方面成功的事例如清嘉庆四年（1799）抱瓮轩所刊《续红楼梦》，作为《红楼梦》的续书，这部小说就成功借用了原书中的方言以扩大影响。其书凡例第三则云：

书内诸人一切语言口吻悉本前书，概用习俗之方言，如昨儿晚上、今儿早起、明儿晌午，不得换昨夜、今晨、明午也，又如适才之为刚才儿、究竟之为归根儿、一日两日之为一天两天，此时彼时之为这会儿、那会儿，皆是也。以一概百，可以类推。盖士君子散处四方，虽习俗口头之方言，亦有各省之不同者，故例此则以便观览，非敢饶舌也。

因读者散处四方，分布地域广泛，而各地的方言、口语又不尽相同，难以照顾周到，所以作者沿用原著《红楼梦》中的北京俗语，"悉本前书"。《红楼梦》是流传很广的名著，借用其中的方言容易被广大读者熟悉与接受，同时也可以使这部续书在语言风格上与原著保持一致。

小说中方言、俗语的运用可以适合特定地区的读者，但对于其他地区的读者则不免带来阅读上的困难。因此，明清时期有些读者对部分小说方言、俗语的运用提出疑问，比如，清代孙玉声《海上繁华梦序》云："《海上花》则本地风光，自成一家，惜乎书中纯操苏白，江浙间人能读之，外此每格格不入，且其运笔深入处，未能显出，以是美犹有憾。"孙玉声在对《海上花列传》予以充分肯定的同时，对其中对话只用吴语的做法提出质疑，担心这部小说仅适合江浙地区读者阅读，而不易被江浙以外的读者欣赏，是"美犹有憾"。因此，小说在运用方言、俗语时要考虑这一因素，注意不同地区读者的阅读需求。解弢的《小说话》对此作出了可行建议：

> 白话小说用方言，当附以官话诠释，不然他方人读之，不解其趣。《红楼梦》宝玉受打，黛玉独立花阴，遥望往怡红院看视者，久不见王熙凤，心中纳闷道："如何他不来看宝玉？便是有事缠住了，他必定也要来打个花胡哨，讨老太太、太太的好。""打花胡哨"一语，谓匆忙急遽，旋入旋出

也。吾知南人读此，不晓其义者多矣。……《孽海花》一段苏州话，必为趣语，惜北人不晓其意。昔在保阳，见《上海花演义》一书，喜其笔简而意足，而纯用上海土语，苦于不能了解。

解弢指出，小说运用方言要考虑到读者的地域性，应附以官话（通用语）进行解释。他举出《红楼梦》中的"打花胡哨"等语以及《孽海花》中的苏州话和《上海花演义》中的上海土语为例进行说明，很有说服力。

由此可见，方言、俗语的运用是增加小说可读性、提高小说艺术性，进而吸引读者注意力的重要手段。同时，由于方言、俗语带有很强的地域特色，所以小说在创作过程中应对此加以合理运用，附以官话（通用语）解释，以适合更为广泛的读者阅读需要，扩大小说流传范围。

第三，浅显简明的诗词穿插体现出读者对小说语言的影响。

在古代小说作品中，穿插诗词的现象相当普遍，唐传奇就有诗之风格，宋元话本中也常会穿插诗词。在明清时期，无论是文言小说《剪灯新话》还是白话小说《西游记》《金瓶梅》《红楼梦》等，都可见到在故事讲述过程中穿插诗词的做法。古代小说中的诗词穿插，有些是小说作者故意炫耀才学的产物，"欲于小说见其才藻之美"①，以致所羼入诗词连篇累牍，佶屈聱牙，晦涩难懂。而从读者阅读的角度来看，他们更喜欢简明扼要、通俗浅显的诗词作品，金陵万卷楼明万历时所刊《三教开迷归正演义·凡例》第四则云："本传通俗诗词吟咏，欲人了明，而俗中藏妙，浇处和淳，自未可以工拙论。"康熙年间刊《春柳莺·凡例》第六则云："每回贯首诗不作正经诗法，只是明白浅述，一便俗之意。"可见，不少小说在诗词的运用方面，能够照顾到不同读者的阅读水平与感受，"欲人了明""便俗"成为小说创作中穿插诗词的主要目的和运用原则。

清初刊《醒世姻缘传·凡例》第七则声称："本传敲律填词，意专肤浅，不欲使田夫闺媛懵矣面墙，读者无争笑其打油之语。"更为明确地提出，诗词要让田舍翁和深闺女子都看得懂，不能故作高深，成为作者卖弄才情的工具。出于这一目的，有些作者在创作续书时针对原书中词曲艰涩、隐僻的特点还作了必要的修改。清代嫏嬛斋刊《红楼复梦·凡例》第二十一则云："前书词曲过于隐僻，不但使读者闷而难解，抑且无味，不若此书叙事叙人赏心快目。"作为《红楼梦》的续书，《红楼复梦》作者对原著的词曲提出批评意见，认为其太"隐僻"，忽视了大多数读者的感受，而《复梦》则弥补了这一缺憾。

由此可见，古代小说的语言运用，包括语言趋向通俗和浅显

---

① 鲁迅：《中国小说史略》，上海：上海古籍出版社 1998 年版，第 196 页。

化、方言在小说中的出现以及小说中诗词穿插的风格等，都折射出读者影响的因素。

（二）古代小说章法结构与读者

清代乾隆时，陈球用骈文体写成《燕山外史》，这部文言小说在章节安排上明显受到读者的影响。其书凡例第三则云："是作共计三万一千余言，本是长篇骈骊文字，不分卷数，阅者苦其冗长，目力不继，因是分为二卷，聊徇阅者之意。强为割裂，实非余之本意也。"《燕山外史》从初稿"长篇骈骊文字"到后来分为两卷，主要因为读者"苦其冗长"，抱怨无精力将之连贯地阅读完毕，所以陈球对自己的小说进行了"割裂"。这种做法是为了适应读者阅读的需要，而非出自小说作者本意。

在中国古代小说的发展过程中，读者与小说章法结构之间关系密切，无论是文言小说还是白话小说，在其章法设置上，都或多或少地留下读者影响的印记。

较之《燕山外史》等文言小说，白话小说在章法结构上受读者的影响更为显著。古代章回小说篇幅漫长，情节复杂，人物众多，如果不注意章法结构安排，则可能出现"虎头蛇尾、线断针折"等情况，给阅读带来不便。清人陶家鹤在《绿野仙踪序》中指出：

余每于经史百家披阅之余，时注意于说部，为其不费心力，可娱目适情耳。而于说部中之七八十回至百十回者，尤必详玩其脉络、关纽、章法、句法，以定优劣。大要千百部中失于虎头蛇尾、线断针折者居多。缘其气魄既大，非比数回内外书易于经营尽美善也。

陶家鹤对小说章法非常重视，他每阅一部小说，必对其后半部分的结构安排与章法语言细加把玩，并视之为评定小说优劣的重要标准。晚清邱炜萲也强调小说章法的重要性，他在《菽园赘谈·梁山泊》中指出：

诗文虽小道，小说盖小之又小者也。然自有章法、有主脑在。否则，满屋散钱，从何串起？读者亦觉茫无头绪，未终卷而思睡矣。……《水浒》主脑，在于收结三十六人，故以"梁山泊惊恶梦"戛然而止。意在于著书，故可止而止，不在于群盗。故凭空而起者，亦无端而息，所谓以不了了之也。此是著书体例，非示人以破绽。后人不察，纷纷蛇足，几何不令读者齿冷？

邱炜萲强调，章法不明的作品会使读者感到茫然无头绪，以至展卷便昏昏欲睡。他以《水浒传》结尾为例，认为以"梁山泊惊恶梦"作结，其妙处就在于不会出现"诲盗"的负面效果，突出本书的创作主旨"不在于群盗",后人纷纷为之续作,可谓画蛇添足,只会让读者感到可笑。邱氏所论依据的虽是金圣叹删改本,但他对小说结构的看法有一定道理。

读者的阅读需要与小说章法结构之间存在着密切关系,我们从小说篇首、情节结构设置以及人物形象塑造、创作笔法、读者对小说章法结构的批评等方面对此加以探讨。

第一,古代小说篇首设置重视读者的阅读效果。

通常情况下,古代小说编刊者对作品篇首的设置会注重读者的阅读效果,清代问竹主人(石玉昆)《忠烈侠义传序》云:

> 此书一部中包公本是个纲领,起首应从包公说起,为何要先叙仁宗呢?其中有个缘故。故只因包公事繁,仁宗事简。开口若说包公降生,如何坎坷,怎么受害,将来仁宗的事补出来时,反觉赘笔。莫若先君后臣,将仁宗事叙明,然后再言包公降生,一气文字贯通,方不紊乱。就是后文草桥遇后时,也觉省笔,读者一目了然。

小说《忠烈侠义传》,又名《三侠五义》,讲述包公和众多侠士行侠仗义、除暴济困的事迹。小说本来以包公作为描写中心,但篇首自宋仁宗写起,问竹主人对此予以解释,不仅因为"包公事繁,仁宗事简",而且这样写合乎"先君后臣"的次序,同时也为后文包公草桥遇太后的情节埋下伏笔。小说开篇如此安排,目的是让读者一目了然，可以更快地融入故事情节。

有些读者对小说篇首的风格提出疑问，以清道光二十八年（1848）刊本《三分梦全传》为例，小说凡例第二则云："有人谓此书起首似乎平淡无奇。"对此，凡例作者予以说明："殊不知依事直叙，势难增减，不比《西游记》等书可以任意添造也。"强调《三分梦全传》重视情节的合理性，不像《西游记》那样可以任意虚构，以此消除读者之疑。

第二，读者对古代小说的情节结构和创作笔法产生影响。

上引小说《三分梦全传·凡例》第五则云："他书所说战法妖法，多系凭空杜撰，不近情理，此书却是不同，论交战则合兵法，说妖术则寓劝惩，且趣语横生，最足解人之颐，醒人之睡，迥非他书可及。"强调这部小说情节布局合理，寓含劝惩，而且语言有趣，可以给读者带来很大的阅读快感。德国学者沃尔夫冈·伊瑟尔在《文本与读者的相互作用》一文中指出："阅读任何文学作品，关键在于作品结构与其接受者之间的相互作用。"读者与小说情节结构之间的影响是相互的，一方面，曲折生动、安排合理的小说情节可给予读者美妙的艺术享受；另一方面，在小说创作过程中，读者是影响情节结构设置的重要因素。

章回小说篇幅较长，头绪繁多，情节复杂，如果没有清晰的线索、不能做到重点突出的话，会给阅读行为带来困难。吴县叶敬池于明崇祯年间刊《新列国志·凡例》第五则云："宣王至周亡，计年五百余岁，始而东迁，继而五霸，又继而十二国，七国中间兴衰事迹，累牍不尽，一百八回，所纂有限，但取血脉联贯，难保搜录无遗，即如高渐离结末，事在始皇中年，应入《前汉志》内，观者勿以有漏见谪。"《新列国志》所述故事的时间跨度自宣王时期至周灭亡，大约五百年，作者对其间的历史人物、事件不可能一一涉及，只能有所选择，确保线索清晰，脉络分明。清乾隆年间刊本《北史演义·凡例》第八则云："是书头绪虽多，皆一线贯穿，事事条分缕晰，以醒阅者之目。"同样强调小说在头绪繁杂的情况下，做到了一线贯穿，每件事都条理清晰，"以醒阅者之目"。

清乾隆年间刊本《北史演义·凡例》则详细交代了此部小说的写作章法，多与读者阅读有关。其书凡例第四则云："兵家胜败有由，是书每写一战，必先叙所以胜败之故，或兵强而败形已兆，或兵弱而胜势已成，结构各殊，皆曲曲传出，俾当日情事，阅者了然心目。"第十一则云："书中紧要人皆用重笔提清，令阅者着眼。"第十二则云："叙书中勇将，若尔朱兆、高敖、曹彭乐、贺拔胜等，同一所向无敌，而气概各别，开卷即见。"指出《北史演义》每次描写战争时，必会预先点明"所以胜败之故"，为战争结局作出铺垫，使读者了然于胸，不会觉得突兀；当涉及小说重要人物形象的刻画时，作者也会考虑到读者的因素，"用重笔提清"，详加描摹，以吸引读者注意；对于小说中所向无敌的勇将，又会将他们的气概刻画得各有特色，让读者一目了然，不会混淆。

清光绪三十四年（1908）石印本《洪秀全演义·凡例》云：

> 是书有详叙法。如赚杨秀清举义，当时许多曲折，自然费许多笔墨。若赚石达开举义，则一弄即成，毫不费力。盖石达开人格高出秀清之上，自然闻声相应。是书有欲合仍离法。如卷首即写钱江，然必待洪王起后始与同军。此十数回中，应令读者想望钱先生不置。及其一出，又令读者另换一副精神。

此处提到了"详叙法""欲合仍离法"等创作笔法，从这段话中可知，小说之所以采用了这些笔法，其着眼点离不开读者群体。另有清正气堂刊本《廿一史通俗衍义·凡例》第三则云："是书自夏商以前书愈少，则愈从详，间有从荒史《山海经》及他记补入者；自周以后书愈多，则愈从略，但序大势大体而已，便观者一览即知。"凡例第五则云："是书摘其大要，略其细事，然于战阵、妇女奇异之事，则颇加详，间有从他记补入者，以从时好，无非引人乐观而已。"关于夏商时期，以往书籍记载很少，读者对此了解不多，所以小说叙述较为详细，这实际上就是前文提到的详叙法；有关周朝以后的文献记载较多，作者则采取省略法，"但序大势大体而已"。作者还注重满足读者好奇的阅读心理，对战争和女性奇异之事详细叙述，引人乐观。

第三，读者对古代小说的情节结构直接表达意见。

前文"读者对才子佳人小说的接受与批评"中谈到，读者对古代小说情节结构的批评比较集中地体现于才子佳人小说。实际上，除才子佳人小说之外，读者对其他题材小说的情节结构也提出过赞成或批评的意见。例如，清代王望如《评论出像水浒传总论》云："余不喜阅《水浒》，喜阅圣叹之评《水浒》，为其终以恶梦，有功于圣人不小也。"王望如既是《水浒传》的读者，也是《水浒传》的评点者，他在阅读金批本《水浒传》时，对金圣叹以一场噩梦作为结局的处理方式充分肯定，从这些言语也可看出他对待梁山诸将持有与金圣叹相同的蔑视态度，不认为宋江等人是"忠义"，反对小说中将梁山一百零八将招安的安排。

也有些读者对小说的情节结构表示不赞同，《女仙外史》第十八回回评云：

> 张宾门（按：即清康熙三十二年举人张永轮）曰：此四回皆靖难师之实事。余读正史每嫌其头绪太繁，脉理不能贯通，呼吸不能接应；读《续英烈传》，又怪其散漫若滥流之无源，蒙茸若藤蔓之附末。今读《外史》，自燕王造谋兴师以至登极止，皆剪却荆榛而成康庄，理其棼丝而就经纶，条达贯通，纵横驰骋，而无所碍，奚啻拨云雾而睹星辰之象！故知庸流文笔，能窒塞天下人之心胸；才子文笔，能开豁天下人之智慧。

　　关于明初"靖难之役",作为读者兼评点者的张永轾对正史相关记载以及小说《续英烈传》的章法结构分别提出批评,认为前者头绪太繁杂,以至脉理不通;后者又极为散漫无头绪。当然这种不赞同是为了反衬自己所肯定的作品《女仙外史》,张永轾称之为"才子文笔",认为这部小说结构合理,条达贯通,给人以拨云见星般的明朗感受,可以开豁天下人之智慧,扩大读者视野,增长读者的知识,取得很好的阅读效果。

　　《西游记》《水浒传》虽为小说名著,但因阅之者众多,对其评价亦多,读者一方面喜爱之,另一方面又对其章法结构提出不少批评,尤其对于《水浒传》,读者的批评意见最多。清代陈忱《〈水浒后传〉论略》云:"人嗤《西游记》唐僧有难,便求南海大士,我亦嫌《前传》(按:指《水浒传》)中好汉被陷,除梁山泊救兵更无别法也。"《西游记》的情节设置体现出一定的模式化倾向,一旦唐僧有难,便求观音菩萨前往解救;《水浒传》也是如此,好汉遇到麻烦,便求梁山泊救兵。正因如此,陈忱汲取《水浒传》的经验教训,在章法结构和人物塑造上花费了很多心血,考虑更为周到。清代蔡元放《水浒后传读法》对此有详细的分析:

　　　　本传虽是承前传而作,然煞有胜似前传处。如前传所写杀人之事,固有死当其罪者,却亦有无辜枉死,令人可怜者:如秦明之家眷、瓦官寺之老僧,虽非手刃,然正如王导所云："我虽不杀伯仁，伯仁由我而死。"用事者不得辞其过也。又如扈家庄已是通和，扈成又将祝彪解来，却将他全家杀死。至于朱仝之小衙内，更是可怜。……

晁盖家道有余，何又劫取生辰纲，为此冒险犯法之事？宋江、花荣既已得救脱身，何必定要赚取秦明？他如李应、杜兴、朱仝等类，皆是可以不必之事。本传凡写一人起事，一人上山，必皆有其必不得已之故、无可奈何之情，则较之前传，更为正当，更为光明，使读者更无异议也。

蔡元放对《水浒传》中不合常理的情节设置提出批评，认为《水浒后传》虽只是《水浒传》的续书，但在情节结构方面胜过原著。

关于《水浒传》的情节设置与人物塑造，清代昭梿、刘玉书等也提出过批评意见。昭梿《啸亭续录》云：

（《水浒传》）一百八人原难铺排，然亦必各见圭角，始为著书体裁，如太史公《汉兴诸王侯》是也。今于鲁达、林冲，详为铺叙，至卢俊义、关胜辈乃天罡著名者，反皆草率成章，初无一见长处。又于马麟、蒋敬等四五人层见叠出，初不能辨其眉目，太史公之笔固如是乎？

刘玉书《常谈·水浒传》云：

读《水浒传》，知施耐庵之该博、金圣叹之精详矣。然有二事尚欠斟酌。其一，打虎，武松双手按虎之顶而踢之，虎负痛，力疾前爪抓地成渠云云。但虎之性情，余固不知，虎之形状，见之审矣。其前后爪皆可遍及周身，常以爪搔其首，若按其顶，则两臂必被抓伤。虎爪甚利，木可穿，石有痕，况人乎？虎之通体如猫。曾见人按一猫之顶，转瞬间，手与腕血肉狼藉矣。其一，石秀既杀道人，及杀海奢利，遂插刀死尸之手，妆点自戕之状。而检验之人，竟以一被杀、一自戕成案。夫被杀与自戕之不同，判若黑白，世人皆知，况刑仵乎？

前者对《水浒传》的人物塑造笔法提出批评，后者则指出小说中两处不合理的情节。

另一部经典名著《红楼梦》也深受读者喜爱，同样，也有读者就其中美中不足处提出自己的看法。眷秋《小说杂评》云：

《石头记》于一人出现，惟略叙其履历，不追述以前经过之事。书中所述事体，首尾一贯，毫无间断，其线索穿插，皆伏于文字中，非细心钩稽不可知，即作者自己亦难检点，往往前后矛盾，令读者茫无头绪，似涉于太晦。

眷秋称赞《红楼梦》首尾连贯，一气呵成，但也指出其线索穿插中存在着自相矛盾的地方，让读者感到茫然无头绪。

　　能够感受到，读者与古代小说章法结构之间的关系可谓密切：读者对小说的篇首、情节设置、形象塑造、创作笔法均产生影响，甚至直接对小说情节、人物塑造提出自己的意见，这些在古代小说的发展过程中都留下了痕迹。

六　古代小说的评点与读者

  中国的小说批评理论多散见于文人笔记杂著、小说序跋和小说评点等文献之中，其中小说评点更是中国所特有。小说评点大致是从古文批注发展而来的，必须附着于具体文本，因此它与小说文本的关系非常密切。宋代刘辰翁曾对《世说新语》进行评点，这是较早的小说评点。到了明清时期，随着小说创作的空前繁荣，对小说的评点也风行于世。出现这种局面的原因是多方面的，既受宋元以来诗文批评的影响，也有明清时文评选风气留下的烙印。李贽、叶昼、金圣叹、张竹坡、毛宗岗、但明伦以及脂砚斋等人大规模地评点小说，在中国小说发展史上影响巨大。

  从读者接受的角度来看，与未经评点的小说作品相比，小说经过评点之后通常更受读者欢迎，从而加快了流传速度，扩大了传播范围。例如文言小说《聊斋志异》，清代喻焜在《聊斋志异序》中指出："《聊斋》评本，前有王渔洋、何体正两家，及云湖但氏新评出，披隙导窍，当头棒喝，读者无不俯首皈依，几于家有其书矣。"文言小说经过评点扩大了社会影响，而通俗小说在这方面则更为明显。试以明末清初金圣叹评点《水浒传》为例，据清代毛庆臻《一亭杂记》所记："国初诸生金圣叹，才隽不羁，好评论奇书小说，透发心花，穷搜诡谲，阅者为之大快。"晚清王韬于光绪十四年（1888）撰《水浒传序》指出："《水浒传》一书，世传出施耐庵手。其殆有寓意存其间乎？抑将以自寄其慨喟也？其书初犹未甚知名，自经金圣叹品评，置之第五才子之列，而名乃大噪。"可知小说《水浒传》面世之初知名度不高，并未产生特别大的社会影响，经过金圣叹评点之后"名乃大噪""阅者为之大快"，可见评点有力地促进了《水浒传》的接受和流传。《三国演义》的传播也体现出评点的推动作用，晚清觚庵《觚庵漫笔》认为："《三国演义》一书，其能普及于社会者，不仅文字之力。余谓得力于毛氏之批评，能使读者不致如猪八戒之吃人参果，囫囵吞下，绝未注意于篇法、章法、句法。"毛宗岗父子对《三国演义》的评点，使读者对这篇小说的章法、句法等方面有了深刻认识，《三国演义》从而普及于社会，广泛流传。

下面，我们从小说读者的角度阐述评点现象及其特点与意义，对小说评点与读者之间的关系进行论述，探讨古代小说评点形成与发展的内在推动力，分析小说评点中出现的诸如假托等特有的文化现象。

（一）小说评点者与读者的角色转换及互动

关于小说评点者与读者之间的关系及其互动，我们从三个方面进行探讨。

第一，小说评点者首先是小说读者。

小说评点者首先是以读者的身份存在，评点者或因喜读小说进而在阅读的基础上从事评点，或者受书坊、朋友之托评点小说，在这一过程中，小说读者与评点者的角色产生转换，由读者成为评点者。评点者借助小说评点这种独特的形式抒发其个人情感，表达他们对社会的看法。以题名为李贽的《水浒传》评点者为例，明代万历年间容与堂刊本《水浒传》卷首有署名"小沙弥怀林"的《李卓吾批评〈水浒传〉述语》，述语中云："和尚自入龙湖以来，口不停诵，手不停披者三十年，而《水浒传》《西厢曲》尤其所不释手者也。盖和尚一肚皮不合时宜，而独《水浒传》足以发抒其愤懑，故评之为尤详。"此述语学术界多认为是伪托，而考察评点者对《水浒传》所作评语的内容，可知他在评点过程中表达了自己对人生百态的感慨，对当时腐朽政治的批判、对假道学的厌恶，确是借小说评点抒发"一肚皮不合时宜"。

在文学创作领域，发愤著书、不平则鸣的传统源远流长，汉代司马迁《史记·太史公自序》云：

> 夫《诗》《书》隐约者，欲遂其志之思也。昔西伯拘羑里，演《周易》；孔子厄陈、蔡，作《春秋》；屈原放逐，著《离骚》；左丘失明，厥有《国语》；孙子膑脚，而论兵法；不韦迁蜀，世传《吕览》；韩非囚秦，《说难》《孤愤》；

《诗》三百篇，大抵贤圣发愤之所为作也。此人皆意有所郁结，不得通其道也，故述往事，思来者。

司马迁

唐代韩愈继承司马迁"发愤著书"的思想，在《送孟东野序》中提出著名的"不平则鸣"说："大凡物不得其平则鸣。"无论是司马迁还是韩愈，都充分肯定了作者的主观能动性，强调作者的心理、情感、精神对创作的重要性。在小说创作领域，这种"发愤著书""不平则鸣"的思想也得以充分体现，《聊斋志异》的作者蒲松龄就继承了前人的"发愤著书"说，他在《聊斋自志》中云："独是子夜荧荧，灯昏欲蕊；萧斋瑟瑟，案冷疑冰。集腋为裘，妄续幽冥之录；浮白载笔，仅成孤愤之书：寄托如此，亦足悲矣！嗟乎！惊霜寒雀，抱树无温；吊月秋虫，偎阑自热。知我者，其在青林黑塞间乎！"

对于文学创作领域中的"发愤著书"思想，研究者给予了较多重视，相较而言，小说评点领域中的"发愤著书""不平则鸣"思想受到的关注则较少。实际上，前文提到的题名李贽的评点者热衷于阅读和评点《水浒传》等书，正是将"一肚皮不合时宜"寄托于小说评点，借助评点抒发其愤懑之情，从这个意义上来说，评点者是将他的人生经历与感触融入了《水浒传》的评点文字之中。

张竹坡也是如此，他科举坎坷，未得功名，因喜读《金瓶梅》、欣赏其文字而于清康熙三十四年（1695）评点此书，并借评点抒写个人情怀。张竹坡在《竹坡闲话》中写道：

> 《金瓶梅》，我又何以批之也哉？我喜其文之洋洋一百回，而千针万线，同出一丝，又千曲万折，不露一线。闲窗独坐，读史、读诸家文，少暇，偶一观之，曰：如此妙文，不为之递出金针，不几辜负作者千秋苦心哉！……迩来为穷愁所迫，炎凉所激，于难消遣时，恨不自撰一部世情书，以排遣闷怀。几欲下笔，而前后结构，甚费经营，乃搁笔曰：我且将他人炎凉之书，其所以前后经营者，细细算出，一者可以消我闷怀，二者算出古人之书，亦可算我今又经营一书。我虽未有所作，而我所以持往作书之法，不尽备于是

乎！然则我自做我之《金瓶梅》，我何暇与人批《金瓶梅》也哉？

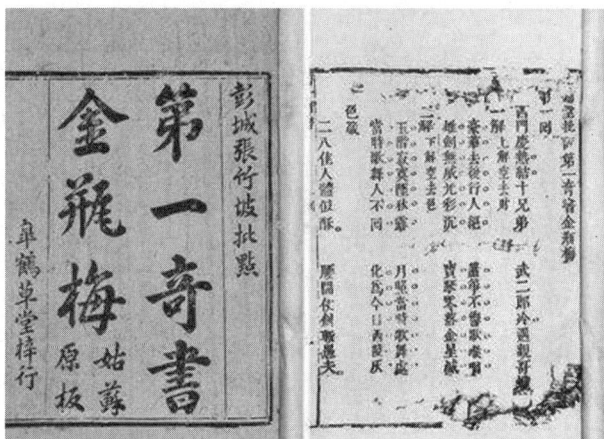

《第一奇书金瓶梅》书影

　　张竹坡阐明自己评点《金瓶梅》的原因：一是因为喜读其文字，希望通过评点揭示"作者千秋苦心"；二是为现实生活所迫，"炎凉所激，于难消遣时，恨不自撰一部世情书，以排遣闷怀"，但自撰一部小说又很困难，所以在欲下笔而未果后，决定评点《金瓶梅》这部刻画世态炎凉之书以消解苦闷心情。由此可知，"借古人之酒杯，浇自己之块垒"的现象，不仅常在诗文创作和小说创作中出现，在小说评点领域中也同样存在。清人王希廉《红楼梦批序》云："余之于《红楼梦》爱而读之，读之而批之，固有情不自禁者矣。"可见王希廉与李贽、张竹坡相类,也是因爱读小说进而评点小说。

值得注意的是,古代小说评点者的队伍中还出现了女性身影,郑振铎旧藏(今藏国家图书馆)《平山冷燕》封面题"天花藏评点四才子书",第十二回回评云:"予向阅诸小言,味同嚼蜡。今始见四才子,异而评之。第恨妾生较晚,不及细为点缀耳。"这名批评者以"妾"自称,显然是位女性,可见女性读者中也存在由读者到评点者的角色转换。

第二,小说评点者与读者之间有着互动关系。

在古代小说评点的过程中,读者因素非常突出,评点者在评点小说之际注重读者的理解能力与感受,强调与读者之间的互动。《西游记》第七十六回题名李贽总评云:"妖魔反覆处极似世上人情,世上人情反覆,乃真妖魔也。作《西游记》者,不过借妖魔来画个影子耳,读者亦知此否?"评点者将妖魔反复无常与世间人情反复相对比,来揭示世态炎凉、人心险恶,以一句"读者亦知此否?"显示出他对读者的重视。《红楼梦》第二十一回在描写多姑娘说"倒为我脏了身子。快离了我这里罢"处,庚辰侧评云:"淫妇勾人,惯加反语,看官着眼。"指出多姑娘之言其实是一种反语,目的在于勾引人,提醒读者不要被她推拒的表象迷惑。

读者与评点者之间有时也会出现直接的互动与交流,清醉耕堂刻《评论出像水浒传》第二十一回王望如评语指出,有位读者曾就《水浒传》关于宋江的人物塑造提出异议："客曰：'婆惜，亡赖一妇人耳！彼之所恋恋者，乃押司所携之张文远也。交通水泊，他人不知，文远宁不知之？果肯以姜赠友，一纸如携。计不出此，杀婆惜几自陷于杀，愚甚！'"这位读者认为，宋江与梁山泊来往，他的同僚、后司贴书张文远肯定知晓此事；以宋江之性格和为人，应按阎婆惜所愿将她赠送给张文远，杀她之举实不可取，因为杀她后自己就会因命案而陷入被动。据清醉耕堂刻《评论出像水浒传》第二十回《虔婆醉打唐牛儿　宋江怒杀阎婆惜》可知，评点者王望如对读者的疑问作出回答：

> 婆惜眼中多宋江，宋江胸中无婆惜，固知婆惜撒娇是假撒娇，宋江使气是真使气。但情钟我辈，鲜有不移船就岸者。公明以如水对之，去之惟恐不速。迨去而复来，索招文不可得，朝廷不及察其通贼之罪，而婆惜必欲发其复焉。积嫌生怨，积怨生怒，烈哉公明，大为天下男子汉吐气矣……宋公明非无机谋者，气之所至，理不能遏，略肯转念，何难两全。负血性男子不可及处，正在径情直遂，把身家利害都不顾。

王望如指出，宋江并非无智谋之人，他作为血性男子正在气头之上，担心阎婆惜将自己与梁山相通的情况公之于众，加上对阎并无太深感情，所以不顾身家利害做出此举，宋江杀惜实乃一大快事，为天下男子汉都争了一口气。听了王望如之论，读者表示赞同，"胡卢而退。"

这是一则读者与评点者之间直接互动的实例，通过这种互动不仅为读者解惑，同时也体现出评点者作为特定读者对小说人物和情节的理解。

第三，小说评点者以读者的阅读需要为关注重点。

小说评点的目的多种多样，有些是文人借其抒发个人情感，也有些受市场和读者因素影响较大，为读者提供方便，带有比较明显的商业色彩和功利目的。《世说新语补·凡例》第八则云："《世说》豫章本，圈点句读，特便观者。"豫章本《世说新语》的评点是以方便读者作为出发点的。小说评点更是如此，明万历三十四年（1606）余象斗三台馆所刊《列国志传》卷首识语指出："《列国》一书，乃先族叔翁余邵鱼按鉴演义纂集。惟板一付，重刊数次，其板蒙旧。象斗校正重刻，全像批断，以便海内君子一览。"余象斗在《列国志传》旧版的基础上重新校对刻印，并增加了两个内容"全像"和"批断"，其中"批断"即评点，目的就是"以便海内君子一览"，可见读者是小说评点所考虑的重要因素之一。

古代小说评点受到社会各种类型读者的广泛欢迎，其中下层阶级读者尤为引人注目。随着商品经济的发展与市民阶层的崛起，大约从明代中后期开始，越来越多的下层阶级民众加入小说读者的行列，明天启年间天许斋刊本《古今小说》卷首所附绿天馆主人叙称:"茂苑野史氏,家藏古今通俗小说甚富。因贾人之请,抽其可以嘉惠里耳者,凡四十种,畀为一刻。"天启四年金陵兼善堂本《警世通言》识语称:"通俗演义一种,尤便于下里之耳目。"所谓下里,即乡里;所谓里耳,尤下里之耳目,指平民百姓的欣赏趣味和水平。随着下层阶级读者队伍的不断扩大,满足他们的阅读需要成为评点者关注的重点。

明清时期最早的通俗小说评点出现于明万历十九年(1591)金陵书坊周曰校万卷楼所刊的《三国志通俗演义》,这部小说透露出有关下层阶级读者与评点之间关系的信息。其书识语称:"俾句读有圈点,难字有音注,地里有释义,典故有考证,缺略有增补,节目有全像。如牖之启明,标之示准。此编此传,士君子抚养心目俱融,自无留难,诚与诸刻大不侔矣。"周曰校在此主要说明为《三国志通俗演义》一书所做的编辑工作,包括为句读做圈点,为难字作音注,对地理作注释,对典故作考证,增补缺略,补充插图等,其目的在于使读者"抚养心目俱融,自无留难"。从周曰校为难字、地理、典故做注释或考证可知,这主要是为文化水平不高的中下层阶级读者服务的。

万历四十三年(1615),沈应魁刊文言小说《广谐史》,其书凡例就下层阶级读者与小说评点的关系也作了明确说明:

> 文有经各公题评者,各随所见附书,无者不敢妄托以眩人目。(凡例第四则)

时尚批点，以便初学观览，非大方体，且或称卓吾，或
称中郎，无论真伪，反惑人真解，况藻鉴不同，似难一律，
故不敢沿袭俗套，以为有识者鄙。（凡例第十二则）

《广谐史》凡例不仅指出"时尚批点"的情况，而且认为评
点"以便初学观览，非大方体"。将"初学"与"大方"对举，
前者主要指知识水平有限的下层阶级读者。清代观鉴我斋于雍正
年间撰《儿女英雄传序》也称："且如《西游记》《水浒传》《金
瓶梅》，亦幸遇悟一子、圣叹、竹坡诸人读而批之；中人以下乃
获领解耳。《红楼梦》至今不得其人一批，世遂多信为谈情，乃
致误人不少。"指出金圣叹、张竹坡等人的评点有助于"中人以
下"者阅读与理解小说作品。所谓"中人以下"者，指社会地位
较低、文化知识储备比较薄弱的中下层阶级读者。通过这些材料
不难看出，至少自明代后期开始，小说评点的目的和动机多有明
确指向，下层阶级读者的阅读需求成为小说评点所关注的重要
内容。

一方面，由于下层阶级读者队伍的壮大，明清时期书坊和书
坊主为满足他们的阅读需要而设置小说评点；另一方面，通过评
点让下层阶级读者更好地理解小说作品，从而又使小说评点更为
普及。据袁宏道《东西汉通俗演义序》描述：

里中有好读书者，缄嘿十年，忽一日拍案狂叫曰："异

哉！卓吾老子吾师乎？"客惊问其故，曰："人言《水浒传》
奇，果奇。予每检《十三经》或《廿一史》，一展卷即忽忽
欲睡去，未有若《水浒》之明白晓畅，语语家常，使我捧玩
不能释手者也。若无卓老揭出一段精神，则作者与读者千古
俱成梦境"。

这位居住于"里中"、喜欢读书的读者正是通过李贽的评点
才认识到《水浒传》的奇特之处，他认为"若无卓老揭出一段精
神，则作者与读者千古俱成梦境。"评点者揭示出小说在语言文
字、创作主旨、人物塑造、章法结构等多方面的独特之处，促进
读者尤其是下层阶级民众读者对作品的理解。

（二）评点为读者阐发小说主旨和文法

在小说作者和读者之间，评点起到重要的沟通作用，正如明
末袁无涯《忠义水浒全书发凡》所说：

> 书尚评点，以能通作者之意，开览者之心也。得则如着
> 毛点睛，毕露神采；失则如批颊涂面，污辱本来，非可苟而
> 已也。今于一部之旨趣、一回之警策、一句一字之精神，无
> 不拈出，使人知此为稗家史笔，有关于世道，有益于文章，
> 与向来坊刻，复乎不同。如按曲谱而中节，针铜人而中穴，

笔头有舌有眼，使人可见可闻，斯评点所最贵者耳。

小说作者的"一部之旨趣、一回之警策、一句一字之精神"均通过评点揭示出来，使读者得以理解与接受。

第一，评点有助于揭示作者之用意。

明万历袁无涯刊本《出像评点忠义水浒全传》第一回题李卓吾评曰："禳瘟是救世婆心，放魔是显忠手段，作者于简首拈出，大有深意。"禳瘟、放魔是《水浒传》中的重要情节，寓含着作者的深意，读者须认真体会，正如金圣叹《读第五才子书法》云："大凡读书，先要晓得作书之人是何心胸。"了解小说的创作主旨、作者的用意，对于阅读行为而言是至关重要的，评点有助于揭示小说的主旨，指导读者阅读。清代张书绅《新说西游记自序》云："此书由来已久，读者茫然不知其旨，虽有数家批评，或以为讲禅，或以为谈道，更又以为金丹采炼，多捕风捉影，究非《西游》之正旨……予期以数月之暇，注明指趣，破其迷罔，唤醒将来之学者，此亦往者不可谏、来者犹可追也。"考虑到读者对小说《西游记》的创作宗旨往往茫然不知，而现有的数家评点文字多系捕风捉影，未能揭示出小说之"正旨"，张书绅花费数月时间评点《西游记》，解读书中旨趣，为读者提供参考。

清代太平闲人认为《红楼梦》的评点向读者揭示了小说作者的"正意"，其《红楼梦读法》云：

　　《石头记》一书，不惟脍炙人口，亦且镌刻人心，移易性情，较《金瓶梅》尤造孽，以读但知正面，而不知反面也。间有巨眼能见知矣，而又以恍惚迷离，旋得旋失，仍难脱累。得闲人批评，使作者正意，书中反面，一齐涌现，夫然后闻之足戒，言者无罪，岂不大妙？

　　读者阅读《红楼梦》时，在理解与认识上往往带有一定片面性，只知小说中正面描写之美，而不知其反面寓意。通过评点，能够"使作者正意，书中反面，一齐涌现"，有助于读者全面知悉小说主旨，体会作者的用意。

　　评点可以帮助读者更好地理解小说。下面我们结合小说具体章节的评点，通过例证对此进行分析。

　　例一，《水浒传》卷一百第一百回题名李贽评曰："施、罗二公真是妙手，临了以梦结局，极有深意。见得从前种种都是说梦，不然，天下那有强盗生封侯而死庙食之理？只是借此以发泄不平耳。读者认真，便是痴人说梦。"评点者对《水浒传》以徽宗梦游梁山作结表示充分肯定，他指出，此梦是作者借以暗示小说中关于梁山诸人招安受封之事都是为"发泄不平"而虚构的，提醒读者不要当真。

　　例二，在题名李贽评点本《西游记》之中，多处可见评点者对作者创作宗旨的阐发，以便读者理解。《西游记》第一回回末总评云：

  读《西游记》者，不知作者宗旨，定作戏论。余为一一拈出，庶几不埋没了作者之意。即如第一回有无限妙处；若得其意，胜如蟇翻一大藏了也。篇中云《释厄传》，见此书读之，可释厄也。若读了《西游》，厄仍不释，却不辜负了《西游记》么？何以言释厄？只是能解脱便是……又曰：世人都是为名为利之徒，更无一个为身命者，已是明白说了也。余不必多为注脚，读者须自知之。

  评点者指出，阅读《西游记》一定要了解作者宗旨，否则会视其为游戏之作，因而他从石猴登王位后为何把"石"字隐去说起，逐一拈出其中蕴含的深意，为读者更好地阅读、理解这部小说提供参考。又如，《西游记》第二回回末总评云：

  《西游记》极多寓言，读者切勿草草放过。如此回中，"水火既济，百病不生"，"世上无难事，只怕有心人"，"口开神气散，舌动是非生"，"你从那里来，便从那里去"，俱是性命微言也……

  混世魔王处亦有意。盖道高一尺，魔高一丈，理势然也。若成道之后，不灭得魔，道非其道也。所以于小猴归处露二语曰：脚踏实地，认得是家乡。此灭魔成道之真光景也。读者察之。

评点者强调"《西游记》极多寓言，读者切勿草草放过"，他随后举出一些诸如"水火既济，百病不生"之类的性命微言，并点明混世魔王一节蕴含的深意，希望读者多加体悟。《西游记》第四十六回回末总评云：

> 前面黑风洞、黄袍郎、青狮子、红孩儿等项，都是金、木、水、火、土的别号。作者以之为魔，欲学者跳出五行也。此处虎力、鹿力、羊力三道士，亦是虎车、鹿车、羊车的隐名，作者之意，亦欲人不以三车为了义也。读《西游记》者，亦知之乎否也。

此回评点文字与以上几回用意相似，评点者指明黑风洞、黄袍郎、青狮子、红孩儿、虎力、鹿力、羊力三道士等项中隐藏的深意，让读者透过小说描写发掘其哲学和文化内涵。

例三，《绣屏缘》佚名评本第八回回末评云：

> 此回小说，用意甚深，而观者或未之觉，何也？其始也，遇蕙娘则有孙虎为之解……而下回之面目开矣。其继也，遇素卿（则有程）书为之救，有程书为之救，而十一、二回之机权现矣。使他人捉笔，定于将解未解之时，费多少力，而此淡淡说来，已觉顺水流舟，全无隔碍，不必强生枝节，前后若一线穿成。此文家化境也。

评点交代出《绣屏缘》第八回的用意，本回在整篇小说中具有"启下"的作用，如果不经评点，读者可能觉察不到这一点，通过评点读者则可体会到作者的良苦用心。从这个意义上来看，评点正是沟通小说读者与作者之间的重要媒介，通过评点可以加深读者对小说创作主旨的理解，减少小说传播过程中出现的误读现象。

第二，评点者注重向读者阐发劝戒之旨。

明代李云翔《封神演义序》云：

> 余友舒冲甫自楚中重资购有钟伯敬先生批阅《封神》一册，尚未竟其业，乃托余终其事。余不愧续貂，删其荒谬，去其鄙俚，而于每回之后或正词，或反说，或以嘲谑之语以写其忠贞侠烈之品，奸邪顽顿之态，于世道人心不无唤醒耳……书成，其可信不可信，又在阅者作如何观，余何言哉？

李云翔在评点小说《封神演义》时，借助评点文字歌颂忠贞，谴责奸佞，意在唤醒世道人心。在古代小说的评点中，这种劝戒观念比较普遍，评点者注重向读者进一步阐发小说的劝戒主旨。清代题王新城（王士禛）评《女仙外史》第十四回曰："神鬼精灵，出没笔端，妙在亦寓劝惩之旨，足以正人心而维世道，不可作仙真游戏，草草看过。"即是提醒读者注意此部小说的劝惩之旨，不可仅将其当作仙真游戏文字。

清代惺园居士在同治十三年（1874）刊本《儒林外史》序言中写道：

> 《儒林外史》一书，摹绘世故人情，真如铸鼎象物，魑魅魍魉，毕现尺幅；而复以数贤人砥柱中流，振兴世教……评语尤为曲尽情伪，一归于正……余素喜披览，辄加批注……余惟是书善善恶恶，不背圣训。先师不云乎："见贤思齐焉，见不贤而内自省也。"读者以此意求之《儒林外史》，庶几稗官小说亦如经籍之益人，而足以兴起观感，未始非世道人心之一助云尔。

同治十三年刊本《儒林外史》（齐省堂本）除录入卧闲草堂本回评之外，对卧闲草堂本原缺回评还进行了补写和扩充，书中亦加入一些眉批。上引序文作者惺园居士通常被认为是齐省堂本评点者，他在此序中肯定了卧闲草堂本评语，并表明自己也对这部小说进行了批注以阐发其旨，希望读者认真领会。在惺园居士看来，《儒林外史》可同经籍一样具有教化作用。

第三，评点向读者揭示小说人物塑造特点。

在古代小说作品中，人物塑造的特点及成就往往通过评点得以阐发，小说作者在人物塑造方面的隐笔或缺笔之处，也通过评点得以揭示，评点在读者和作者之间搭建起沟通与理解的桥梁。

　　首先，评点可对小说人物形象进行解读或补充，便于读者全方位、多侧面地了解小说人物性格特点及心理状态。以明代题名李贽的评点者评《水浒传》为例，他对《水浒传》在人物刻画上的成就予以充分肯定。

《李卓吾先生批评忠义水浒传》

　　《李卓吾先生批评忠义水浒传》第三回《史大郎夜走华阴县鲁提辖拳打镇关西》回评云："李和尚曰：描画鲁智深，千古若活，真是传神写照妙手。且《水浒传》文字妙绝千古，全在同而不同处有辨，如鲁智深、李逵、武松、阮小七、石秀、呼延灼、刘唐等众人，都是急性的，渠形容刻画来各有派头，各有光景，各有家数，各有身分，一毫不差，半些不混。读者自有分辨，不必见其姓名，一睹事实就知某人某人也，读者亦以为然乎？"第九回《柴进门招天下客　林冲棒打洪教头》回评云："李卓吾曰：施耐庵、罗贯中真神手也，摩写鲁智深处，便是个烈丈夫模样；摩写洪教头处，便是忌嫉小人底身分；至差拨处，一怒一喜，倏忽转移，咄咄逼真，令人绝倒，异哉！"第十五回《吴学究说三阮撞筹公孙胜应七星聚义》回评云："卓老曰：刻画三阮处各各不同，请自坐眼。"评点者认为，《水浒传》中的人物

杭州容与堂明万历刊本《忠义水浒传》插图"黑旋风沂岭杀四虎"

形象栩栩如生，小说作者善于抓住每个人物性格的独特之处进行描写。同样写急性子的人物，鲁智深、李逵、武松、阮小七、石秀、呼延灼、刘唐等人各不相同，其妙处全在"同而不同处有辨"；对于鲁智深、洪教头等不同身份的人物，作者刻画得咄咄逼真，"令人绝倒"。评点者在评点《水浒传》之际注重与读者的互动，他提出："读者亦以为然乎？""请自坐眼"，希望读者能够了解小说在人物刻画方面的精妙之笔。

除了揭示小说在人物塑造方面的特点及成就外，评点者还会

对小说中的人物刻画进行补充，为读者解惑。以清代步月主人所编《再团圆》为例，此书分别选自"三言"和《拍案惊奇》等书，今存清代泉州尚志堂刊本，刊于乾隆年间。其《崔俊臣巧会芙蓉屏》即《拍案惊奇》卷二十七《顾阿秀喜舍檀那物　崔俊臣巧会芙蓉屏》，故事讲述元代至正时，真州人崔俊臣在赴任温州永嘉途中遇盗而夫妻离散，妻子王氏流落尼庵削发为尼，后来二人凭借一副芙蓉屏，在御史大夫高纳麟的帮助下再度团圆。阅读小说之际，细心的读者往往会留下疑问：高御史先后将崔、王两人接到家中后并未立即让他们团聚，而是遍邀门生、故吏、亲朋好友，大张宴席，当着众人的面才让崔俊臣夫妻相认。高御史为何要这么做呢？尚志堂刊本《再团圆》于此处有句评语："此亦高公有意扬名。"这句评语可谓中肯。高纳麟具备热心助人、豪侠仗义的高尚品德，同时也有着热衷名声的一面，小说评点虽寥寥数语，却让读者对高公的性格更多一分了解。

其次，评点者纠正读者可能存在的对小说人物塑造的错误认知。明崇祯贯华堂刊本《第五才子书水浒传》第十七回《美髯公智稳插翅虎　宋公明私放晁天王》金圣叹评曰：

> 宋江，盗魁也，盗魁则其罪浮于群盗一等。然而从来人之读《水浒》者，每每过许宋江忠义，如欲旦暮遇之，此岂其人性喜与贼为徒，殆亦读其文而不能通其义有之耳。自吾观之，宋江之罪之浮于群盗也，吟反诗为小，而放晁盖为

大。何则？放晁盖而倡聚群丑，祸连朝廷自此始矣。宋江而诚忠义，是必不放晁盖者也；宋江而放晁盖，是必不能忠义者也。此入本传之始，而初无一事可书，为首便书私放晁盖，然则宋江通天之罪，作者真不能为之讳也……世人读《水浒》而不能通，而遽便以忠义目之，真不知马之几足者也。

金圣叹认为，读者在阅读《水浒传》时对宋江的看法存在偏差，"从来人之读《水浒》者，每每过许宋江忠义"，而实际上宋江具有"通天之罪"，吟诵反诗尚属小事，放走晁盖等人，使之后来成为危害朝廷的罪魁祸首，这种行为更是错误，根本不能被称为忠义。在小说第五十七回，金圣叹评点时就宋江是否忠义作进一步辨析，试图纠正读者的误读，他认为："村学先生团泥作腹，镂炭为眼，读《水浒传》，见宋江口中有许多好语，便遽然以'忠义'两字过许老贼，甚或弁其书端，定为题目，此决不得不与之辩。辩曰：宋江有过人之才，是即诚然；若言其有忠义之心，心心图报朝廷，此实万万不然之事也。"金圣叹在评点中列举了宋江不能称为忠义的十个理由，也可以说是宋江的十大罪状：

夫宋江，淮南之强盗也。人欲图报朝廷，而无进身之策，至不得已而姑出于强盗，此一大不可也。曰：有逼之者也，夫有逼之，则私放晁盖，亦谁逼之？身为押司，执法纵贼，此二大不可也。为农则农，为吏则吏，农言不出于畔，吏言不出于庭，分也，身在郓城，而名满天下，远近相煽，包纳荒秽，此三大不可也。私连大贼以受金，明杀平人以灭口，幸从小惩，便当大戒，乃浔阳题诗，反思报仇，不知谁是其仇，至欲血染江水，此四大不可也。语云：求忠臣必于孝子之门，江以一朝小忿，贻大稚于老父，夫不有于父，何有于他，诚所谓是可忍，孰不可忍，此五大不可也。燕顺、郑天寿、王英，则罗而致之梁山，吕方、郭盛则罗而致之梁山，此犹可恕也，甚乃至于花荣，亦罗而致之梁山，黄信、秦明亦罗而致之梁山，是胡可恕也，落草之事虽未遂，营窟之心实已久，此六大不可也。白龙之劫，犹出群力，无为之烧，岂非独断？白龙之劫，犹曰救死，无为之烧，岂非肆毒？此七大不可也。打州掠县，只如戏事，劫狱开库，乃为固然，杀官长，则无不坐以污滥之名，买百姓，则便借其府藏之物，此八大不可也。官兵则拒杀官兵，王师则拒杀王师，横行河朔，其锋莫犯，遂使上无宁食天子，下无生还将军，此九大不可也。初以水泊避罪，后忽忠义名堂，设印信赏罚之专司，制龙虎熊黑之旗号，甚乃至于黄钺白旄，朱旛皂盖，违禁之物，无一不有，此十大不可也。夫宋江之罪，擢发无穷，论其大者，则有十条。而村学先生犹鳃鳃以忠义目之，一若惟恐不得当者，斯其心何心也！

金圣叹在此一一列举宋江作为公差私放晁盖等十大罪状，通过评点否定了《水浒传》的忠义说，纠正读者对于宋江"以忠义目之"的偏见，认为宋江是假忠义、真奸贼。金圣叹对宋江的评价带有较强的主观情感，有些地方不免偏激，对此，清代评点者王望如表达了不同看法，醉耕堂刻《评论出像水浒传》第五十九回回末评曰：

> 金圣叹痛恶宋江，而于风吹旗折不止盖行，坐以赵盾弑君、世之弑父之罪，公明有知，当仰天捶首而叹奇冤之同覆盆也！梁山非晁家世业，宋江才名又远过乎盖，祝庄、高唐、青州、华州，亲冒矢石，屡居奇功，盖即不死，亦应义让公明，而况乎其中箭死也。林冲曩尊晁盖，今又尊宋江，虽举目有河山之异，而风景不殊，悲喜交集，必加以咄咄相逼而曰伯仁由我，岂豹子头亦与谋者耶？余不敢扶同入人死罪，故特平反也。

王望如指出，金圣叹因不喜宋江，评点时存有偏见，对其坐以重罪。"公明有知，当仰天捶首而叹奇冤之同覆盆也！"他认为晁盖之死、宋江称王并非宋江之主观意愿，更非宋江之错，因此为其平反，希望引导读者对这一小说人物能有更客观的评价。金圣叹、王望如对《水浒传》中人物的不同评价，表达出他们作为小说读者对作品的不同理解，另外，也表达出他们作为评点者对读者在理解小说人物形象方面的指导。

清代张竹坡在评点《金瓶梅》时也试图纠正读者在人物理解上的误差。以吴月娘的形象塑造为例，《金瓶梅读法》云：

> 篇内出月娘，乃云夫主面上，百依百顺。看者止知说月娘贤德，为下文能容众妾地步也，不知作者更有深意。月娘，可以向上之人也。夫可以向上之人，使随一读书守礼之夫主，则刑于之化，月娘便自能化俗为雅，谨守闺范，防微杜渐，举案齐眉，便成全人矣。乃无如月娘止知依顺为道，而西门之使其依顺者，皆非其道，月娘终日闻夫之言，是势利市井之言，见夫之行，是奸险苟且之行，不知规谏，而乃一味依顺之，故虽有好资质，未免习俗渐染，后文引敬济入室，放来旺进门，皆其不闻妇道，以致不能防闲也。送人直出大门，妖尼昼夜宣卷，又其不闻妇道，以致无所法守也。然则开卷写月娘之百依百顺，又是写西门庆先坑了月娘也。泛泛读之，何以知作者苦心？

《金瓶梅》中吴月娘一直表现出对丈夫西门庆的百依百顺，使一般读者认为月娘乃贤德之人。张竹坡则强调月娘所嫁非人，受西门庆诸多影响，虽然资质本来不错，但逐渐被习俗浸染，做出很多不符妇道的行为，他认为"泛泛读之，何以知作者苦心？"只有细致地阅读与体察，才能明白小说中蕴含的深意。

第四，评点为读者揭示小说文法。

对小说文法的揭示是小说评点的重要内容之一。考察古代小说评点的文献材料可以发现，评点者在揭示小说文法的同时亦体现出明显的沟通读者意识，主要表现在以下两个方面：

其一，评点为读者揭示小说文法，指导读者阅读行为。古代小说尤其是长篇章回小说线索繁多，情节复杂，有些作品跨越的年代很长，创作手法也复杂多样。评点者因而常对小说文法加以揭示，有些评点者直接标明"读法"，如金圣叹《读第五才子书法》、张竹坡《批评第一奇书〈金瓶梅〉读法》、蔡元放《水浒后传读法》、刘一明《西游原旨读法》、毛宗岗《读三国志法》、张新之《红楼梦读法》等，以指导读者阅读小说。清代谢颐《第一奇书序》云："《金瓶》一书……一百回内，其细针密线，每令观者望洋兴叹。今经张子竹坡一批，不特照出作者金针之细，兼使其粉腻香浓，皆如狐穷秦镜，怪窜温犀，无不洞鉴原形。"《金瓶梅》有一百回之长，情节线索繁多，常令读者有"望洋兴叹"之感，而张竹坡的评点则可帮助读者阐明小说文法，理解作者用意。

清乾隆十七年（1752）蔡元放撰《东周列国志序》指出：

> 《东周列国》一书，稗官之近正者也。周自平辙东移，下逮吕政，上下五百有余年之间，列国数十，变故万端，事绪纠纷，人物庞沓，最为棘目譬牙。其难读更倍于他史。而

一变为稗官，则童稚无不可读得。夫至童稚皆得读史，岂非
大乐极快之事邪？然世之读稗官者颇众而卒不获读史之益者
何哉？盖稗官不过纪事而已……夫既无与于学问之数，则读
犹不读，是为无益之书，安用灾梨祸枣为！坊友周君，深虑
于此，属予者屡矣。寅卯之岁，予家居多暇，稍为评骘，条
其得失而抉其隐微。虽未必尽合于当日之指，而依理论断，
是非既颇不谬于圣人，而亦不致贻嗤于博识之士。聊以豁读
者之心目，于史学或亦不无小裨焉。

东周列国时期前后历经五百余年，人物众多，线索复杂，关
于这段时期的史籍"其难读更倍于他史"，相较而言，小说《东
周列国志》更易为读者所接受，然而"稗官不过纪事而已"，也
是一件憾事。通过评点，不仅可使读者增加历史知识，同时又使
读者体悟史之褒贬、劝惩，获得"读史之益"。正如评点者蔡元
放所言，评点"豁读者之心目，于史学或亦不无小裨"。

清同治十三年（1874）齐省堂增订本《儒林外史·例言》第
二则也提到："原书每回后有总评，论事精透，用笔老辣。前十
余回，尤为明快。惜后半四十二、三、四及五十三、四、五，共
六回，旧本无评，余或单辞只义，寥寥数语，亦多未畅。是册阙
者补之，简者充之，又加眉批圈点，更足令人豁目。"

晚清觚庵曾就小说文法、评点、读者三者的关系作出形象比
喻，他在《觚庵漫笔》中指出："《三国演义》一书，其能普及

于社会者，不仅文字之力。余谓得力于毛氏之批评，能使读者不致如猪八戒之吃人参果，囫囵吞下，绝未注意于篇法章法句法。"觚庵充分肯定毛宗岗父子的评点在《三国演义》流传方面所起的重要推动作用，他认为如果没有毛氏评点，读者阅读这部小说时犹如猪八戒吃人参果一样囫囵吞下，而有了毛氏评点，读者则可细细品味，对小说的篇法、章法、句法了然于胸。

下面我们结合古代小说作品的创作与评点实例，探讨小说文法、评点、读者三者之间的内在联系。

首先，评点可向读者指出小说情节的重要转折处，提醒读者注意、指导读者阅读。容与堂刊本《水浒传》第六十回《公孙胜芒砀山降魔　晁天王曾头市中箭》评点者评曰："改聚义厅改为忠义堂，是梁山泊第一关节，不可草草看过。"宋江改聚义厅为忠义堂是《水浒传》情节的重要转折点，如果说晁盖等人聚义梁山是官逼民反的话，那么宋江把聚义厅为忠义堂则为后来的主张招安埋下伏笔。这一改动显示出宋江与晁盖等人不同的政治主张和处事风格，评点指出《水浒传》情节中的这个重要转折，提醒读者"不可草草看过"。

其次，评点可向读者阐明小说情节的不合情理处。容与堂刊本《水浒传》第六十回题李卓吾评曰："宋江、吴用也是多事，如何平白地要好人做强盗，最可恨是赚玉麒麟上山也。"关于宋江、吴用等人用计谋逼卢俊义上梁山一节，小说评点者指出其为《水浒传》中情节疏漏、不合情理之处，对读者阅读进行提醒与指引。续书评论者对此也曾提及，清代蔡元放《水浒后传读法》指出："（《水浒传》中）卢俊义，本是好好一个北京员外，安居乐业；即是本领武艺甚好，而山寨中兵多将广，尽可不必需此一人。乃忽然平地生波，将他赚哄上山，要他入伙，弄得他家破人亡，受刑拷打受苦，即他一身，亦几乎死于非命。虽说罡煞数应聚会，然毕竟觉道不妥。"蔡元放认为宋江、吴用等人赚哄卢俊义上山的情节不符合情理，属于小说中的一处败笔，这与容与堂刊本评语所持观点相同。

最后，读者阅读小说时将小说内容与评语相互参照，可以更好地理解作品。清嘉庆十二年（1807）永安堂刊《白圭志·凡例》第四则云："此书每回之首……评语数行，书之条目也。在观书者或先观评语，然后看正文；或看了正文，再观评语，加以己意参之，方是晴川（按：即评点者何晴川）知音。若曰评语迂儒之论，不足观也，虽曰读于卷，亦犹昏昏瞆瞆，晴川甚属恨之。"指出评语是小说之"条目"，读者务必将评点与小说文本加上自己的理解相互参照，才是正确的阅读方式。

清康熙年间小说《百炼真海烈妇传·凡例》第四则也强调："关目紧要处，必细加圈点，逐一批出。"评点紧扣小说情节，从而使读者能更好地理解并接受作品的创作主旨与章法结构，等等。

其二，评点者向读者总结古代小说的各种创作笔法。对此，我们根据古代小说评点的相关文献材料，选取读者因素比较突出、与读者关系比较密切的创作笔法进行梳理。

（1）埋伏、照应法。明贯华堂刊本《第五才子书施耐庵水浒传》卷十四第九回金圣叹评曰：

> 夫文章之法，岂一端而已乎？有先事而起波者，有事过而作波者，读者于此，则恶可混然以为一事也。夫文自在此而眼光在后，则当知此文之起，自为后文，非为此文也；文自在后而眼光在前，则当知此文未尽，自为前文，非为此文也，必如此，而后读者之胸中有针有线，始信作者之腕下有经有纬。

金圣叹指出作文之法"有先事而起波者，有事过而作波者"，读者须认真体察，以了解小说的埋伏、照应之笔。

清代张竹坡评本《批评第一奇书〈金瓶梅〉》第三十六回回前总评云：

> 安郎中，盖作者借之作陪客，以结书童之余文也。盖此书每写一人，必伏线于千里之前，又流波于千里之后，如宋蕙莲既死，犹余山洞之鞋等是也。今书童于上两回已极力描写，此处若犹必呆写，便非文理；若便置不写，文情又何突然无余韵？故于请蔡状元时，用安郎中作陪，而令其有龙阳好，闲中又将书童点出余韵也。作者用意盖如此，看官知之乎？

张竹坡以《金瓶梅》中宋蕙莲、书童、安郎中等人的描写为例，提醒读者注意小说对每个人物的描写，必伏线于千里之前，又流波于千里之后，注重运用埋伏、照应之笔刻画人物，对人物性格、心理、命运的描摹线索清晰，前后统一。

（2）衬托法。《水浒传》金圣叹评本第四十回回前评云："一路写宋江使权诈处，必紧接李逵粗言直叫，此又是画家所谓反衬法，读者但见李逵粗直，便知宋江权诈，则庶几得之矣。"金圣叹认为，《水浒传》在宋江、李逵二人的描写上采用了反衬法，以李逵之粗直衬托宋江的权诈，读者从文中可以直接感受到李逵的性格，而宋江的权诈则隐藏于文字背后。

《三国演义》中运用以宾衬主法，毛氏评本卷首《读〈三国志〉法》云：

> 《三国》一书，有以宾衬主之妙。如将叙桃园兄弟三人，先叙黄巾兄弟三人：桃园其主也，黄巾其宾也。将叙中山靖王之后，先叙鲁恭王之后：中山靖王其主也，鲁恭王其宾也。将叙何进，先叙陈蕃、窦武：何进其主也，陈蕃、窦武其宾也。叙刘、关、张及曹操、孙坚之出色，并叙各镇诸侯之无用：刘备、曹操、孙坚其主也，各镇诸侯其宾也……且不独人有宾主也，地亦有之。献帝自洛阳迁长安，又自长安迁洛阳，而终乃迁于许昌：许昌其主也，长安、洛阳皆宾也……抑不独地有宾主也，物亦有之。李儒持鸩酒、短刀、

白练以贻帝辨：鸩酒其主也，短刀、白练其宾也……诸如此类，不可悉数。善读是书者，可于此悟文章宾主之法。

《三国演义》在描写人物、地理、事物时，均采用以宾衬主法，通过对次要人物、事件的描写来突出主要人物、事件，以宾衬主，宾、主合一。评点者指出了这一点，并强调善读《三国演义》者，可于小说中领悟到"文章宾主之法"。《三国演义》毛氏评本第四十五回回前评认为，这部小说采用了正衬、反衬等手法：

文有正衬，有反衬。写鲁肃老实以衬孔明之乖巧，是反衬也；写周瑜乖巧以衬孔明之加倍乖巧，是正衬也。譬如写国色者，以丑女形之而美，不若以美女形之而觉其更美；写虎将者，以懦夫形之而勇，不若以勇夫形之而觉其更勇。读此可悟文章相衬之法。

鲁肃与孔明之间是反衬，周瑜与孔明之间则是正衬，采用衬托法可以更好地突出人物的性格特征。读者由此能够体悟到"文章相衬之法"，对自己的制艺写作大有益处。

（3）烘托、铺垫法。宝文阁刊本《儒林外史》第三十八回《郭孝子深山遇虎　甘露僧狭路逢仇》回后张文虎评曰：

大祭泰伯祠，何等典重！忽接此危险之文，令读者惊心动魄，真非意见所及。原其故，盖欲出萧云仙耳。而云仙奇士，不可以平平递入，故先借一艰苦笃孝之郭孝子以为引，而以至险至危之境，作势于前。然犹不能急入也，则又写一老和尚之遇难，即用前文赵大，以通驲骑，自然凑合。此作者苦心，而读者茫然，徒惊其险怪而已。

张文虎认为，《儒林外史》在描写萧云仙出场时运用烘托、铺垫法，以艰苦笃孝的郭孝子作为引子来渲染气氛。评点者担心读者对此茫然不解，因而予以说明，以指导阅读。

（4）对比法。评点为读者分析人物形象之间的异同点，以明贯华堂刊本《第五才子书施耐庵水浒传》为例，此书第四回金圣叹评曰：

鲁达、武松两传，作者意中，却欲遥遥相对，故其叙事亦多仿佛相准。如鲁达救许多妇女，武松杀许多妇女；鲁达酒醉打金刚，武松酒醉打大虫；鲁达打死镇关西，武松杀死西门庆；鲁达瓦官寺前试禅杖，武松蜈蚣岭上试戒刀；鲁达打周通，越醉越有本事，武松打蒋门神，亦越醉越有本事；鲁达桃花山上踏匾酒器揣了，滚下山去，武松鸳鸯楼上踏匾酒器揣了，跳下城去。皆是相准而立，读者不可不知。

鲁达与武松二人之间有许多相关或相类的言行，金圣叹认为，《水浒传》正是在对二人的对比描写之中，更为鲜明、生动、准确地刻画人物性格，塑造人物形象。评点者特意拈出小说中对这两个人物的刻画手法，以期读者知晓。

（5）明写与暗写。《红楼梦》第六回《贾宝玉初试云雨情 刘姥姥一进荣国府》清代王希廉回评云：

> 文章有暗写，有明写。不便明写者当暗写，宝玉于秦氏房中梦教云雨是也；不必暗写者即明写，宝玉与袭人初试云雨是也。
>
> 秦氏房中如果梦中云云，宝玉何必含羞，又何必央求别告诉人？宝玉说"一言难尽"，又细说与袭人，其情其事跃然纸上。
>
> 秦氏房中是宝玉初试云雨，与袭人偷试却是重演。读者勿被瞒过。
>
> 按着秦氏房中之梦便写与袭人试演。可见宝玉一生淫乱，皆从秦氏房中一睡而起。

王希廉指出，小说描写宝玉与秦氏在房中初试云雨的情节发生在宝玉梦中，其实是作者以虚写实的暗写之笔。后来他与袭人之间已是"重演"此事，希望读者不要被"瞒过"。在《红楼梦》第七回《送宫花贾琏戏熙凤　赴家宴宝玉会秦钟》回评中，

王希廉也揭出文中隐藏之笔："凤姐宫花分送秦氏；明日，秦氏
婆媳又单请凤姐。其中藏笔甚多，须以意会。凤姐带宝玉同赴宁
府，引出秦钟，惹起焦大，即借焦大醉骂，露出诸丑。读者勿以
醉后胡骂，视为无关紧要。"对于《红楼梦》中凤姐与秦氏婆媳
的来往、焦大醉骂等事，王希廉认为是小说作家的藏笔。参照小
说内容可以看出，他的看法不无道理，比如《红楼梦》第七回焦
大醉骂一节，焦提到"每日家偷狗戏鸡，爬灰的爬灰，养小叔子
的养小叔子"，这些情节在小说中均未明确交代，属于藏笔。通
过评点，读者可对此有更加全面的体会。

(6) 闲笔。清代张竹坡《批评第一奇书〈金瓶梅〉》第三十
七回《冯妈妈说嫁韩爱姐　西门庆包占王六儿》评云："如买蒲
甸等，皆闲笔，映月娘之好佛也。读者不可忽此闲笔。千古稗官
家不能及之者，总是此等闲笔难学也。"评点揭示小说作法，对
读者点明闲笔之重要。

(7) 白描法。"白描"乃绘画术语，是中国画中单用墨色线
条勾描形象而不施彩色的画法，借用于文学笔法中则指以质朴的
文笔凝练而直接地勾勒出事物特征。明代崇祯年间刊本《新镌绣
像批评原本金瓶梅》第七十二回"西门庆便问三泉是何人？王三
官顾隐避，不敢回答，半日才说是儿子的贱号"一段，佚名评
曰："纯用白描。"清代张竹坡《批评第一奇书〈金瓶梅〉读法》
云："读《金瓶》，当看其白描处，子弟能看其白描处，必能自做
出异样省力巧妙文字来也。"可以看出，在明清小说的创作过程

中，白描的运用比较普遍，张竹坡在评点《金瓶梅》之际，就提醒读者阅读《金瓶梅》要注意其白描处，如能熟悉其白描手法，对读者自己写文章很有帮助。

（8）画家三染法。"画家三染法"也是借助绘画来形容小说笔法，通过对描写对象的多次"皴染"，逐渐在读者心中形成完整而深刻的印象。《红楼梦》第二回《贾夫人仙逝扬州城　冷子兴演说荣国府》甲戌回前评云：

> 此回亦非正文本旨，只在冷子兴一人，即俗谓冷中出热、无中生有也。其演说荣府一篇者，盖因族大人多，若从作者笔下一一叙出，尽一二回不能得明，则成何文字？故借用冷子兴一人，略出其大半，使阅者心中，已有一荣府隐隐在心，然后用黛玉、宝钗等两三次皴染，则耀然于心中眼中矣。此即画家三染法也。

《红楼梦》中冷子兴演说荣国府一节即采用了画家三染法。通过冷子兴之口介绍荣国府情况，不仅省却许多笔墨，而且概括性较强，属于"三染"中的初次皴染，读者看完这段话后，"已有一荣府隐隐在心"，从而初步了解荣国府的人事与渊源。然后小说作者对黛玉、宝钗等重要人物再次"皴染"，层层着色，令故事逐步展开，读者深受其吸引。

（9）除上述小说文法以外，评点者还对明清小说的其他笔法予以揭示，指导读者阅读。例如，明末金圣叹《读第五才子书法》云：

> 凡人读一部书，须要把眼光放得长……《水浒传》章有章法，句有句法，字有字法。人间子弟稍识字，便当教令反覆细看。看得《水浒传》出时，他书便如破竹……《水浒传》有许多文法，非他书所曾有，略点几则于后：有倒插法……夹叙法……草蛇灰线法……大落墨法……绵针泥刺法……背面铺粉法……弄引法……獭尾法……正犯法……略犯法……极不省法……极省法……欲合故纵法……横云断山法……鸾胶续弦法……《水浒传》到底只是小说，子弟极要看，及至看了时，却凭空使他胸中添了若干文法。

金圣叹在此总结出《水浒传》的多种文法，诸如倒插法、夹叙法、草蛇灰线法、大落墨法、绵针泥刺法、背面铺粉法、弄引法、獭尾法、正犯法、略犯法、极不省法、极省法、欲合故纵法、横云断山法、鸾胶续弦法等，皆为他书所无，读书人反覆细看，能够提高写作水平。清代蔡元放在《水浒后传读法》也为读者归纳了《水浒后传》的许多文法，有相间成文法、跳身书外法、犯而不犯法、明点法、暗照法、忙里偷闲法、借树开花法、烘云托月法、加一倍写法、火里生莲法、水中吐焰法、欲擒故纵法、移花接木法等，非常丰富。小说读者结合小说内容对这些文法进行参看，有益于对小说的理解。

如上所论，评点者对小说文法非常重视，清代毛宗岗《读三国志法》总结出《三国志通俗演义》的多种读法，刘一明《西游原旨读法》共有 45 条读法，多处强调"知此者，方可读《西游》"。评点者阐述小说文法，其主要目的正如蔡元放在《水浒后传读法》中所言"略为点出以公世赏"，是为读者服务的，以指导读者更好地阅读并理解小说作品。

（三）读者与古代小说评点中的假托现象

由于商品经济的发展，市场竞争日趋激烈，明清时期出现比较普遍的假托现象，这种风气在小说评点领域也颇为常见。明代谢肇淛《五杂俎》卷五《人部一》云：

> 诸葛武侯在隆中时，客至，属妻治面，坐未温而面具，侯怪其速，后密觇之，见数木人研麦，运磨如飞，因求其术，演为木牛流马云，盖《庄子》所谓"不龟手之药，或以封，或不免于洴澼絖"者也。旦武侯有此制，而后世有巧幻之器，如自沸铛、报时枕之类，皆托之诸葛，有无不可知也。

这是一则关于明代手工业领域假托的记载。诸葛亮制造"木牛流马"的故事在社会上传播广泛，以至后世精巧的工艺品"皆托之诸葛"，当时社会上比较流行的假托风气由此可窥一斑。

在小说创作、编辑与传播领域，假托之风非常普遍。清初小说《十二笑》标明"墨憨斋主人新编"，其书封面识语声称："墨憨著述行世多种，为稗史之开山，实新言之宗匠，名传邺下，纸贵洛阳，兹刻尤发奇藏，知音幸同珍赏。意味深长，勿仅以笑谈资玩也。"明末冯梦龙因编撰"三言"等书名噪一时，但他于顺治三年（1646）即去世，《十二笑》标明"墨憨斋主人新编"显系假托。这种假托之风一直延续到晚清，吴沃尧《李伯元传》云：

> （李伯元）自是肆力于小说，而以开智谲谏为宗旨。忧夫妇孺之梦梦不知时事也，撰为《庚子国变弹词》；恶夫仕途之鬼蜮百出也，撰为《官场现形记》；慨夫社会之同流合污不知进化也，撰为《中国现在记》，及《文明小史》《活地狱》等书。每一脱稿，莫不受世人之欢迎，坊贾甚有以他人所撰之小说，假君名以出版者，其见重于社会可想矣。

吴沃尧指出，李伯元创作的《官场现形记》《中国现在记》《文明小史》《活地狱》等小说受到读者广泛欢迎，书商以谋利为目的，将他人所撰之小说假托李伯元之名出版，可见直到晚清，小说创作和流传过程中的假托现象依然不少。

　　古代小说评点领域中的假托行为也非常具有现实意义。从现存文献来看，金陵万卷楼于明万历十九年（1591）所刊《三国志通俗演义》是最早出现评点的小说，此书卷首识语指出："敦请名士按鉴参考……俾句读有圈点。"明代余象斗双峰堂本《音释补遗按鉴演义全像批评三国志传》上端《三国辨》云："本堂以诸名公批评、圈点，校正无差，人物、字画各无省陋，以便海内士子览之。"这两则识语中所谓"名士""名公"等，通常都是书坊周围的下层阶级文人之假托，或者是书坊主自己冒称名家进行评点，借助名人效应以扩大小说刊本影响，追求更多的经济利益。

　　古代小说评点中常被假托的名人有李贽、陈继儒、汤显祖、徐渭、冯梦龙、钟惺、金圣叹等，其中假托李贽者最多。陈继儒在其《国朝名公诗选》中指出：

　　　　贽字宏父，号卓吾，福建人，官姚江（州）知府，竟于任所披剃，由此获罪，后以宥免。归龙湖，终身不复蓄发。所著有《藏书》《说书》《焚书》等集，板刻于长洲黄氏，人争购之。吴下纸价几贵，以故坊间诸家文集，多假卓吾先生选集之名，下至传奇小说，无不称为卓吾批阅也。惟《坡仙集》及《水浒传叙》属先生手笔，至于《水浒传细评》，亦属后人所托者耳。

李贽所著之书非常受欢迎，"人争观之"，因而书坊所刊刻的传奇小说多假托为李贽评点。清李葆恂《旧学庵笔记·古本水浒》云："向阅金圣叹所评《水浒传》，首载耐庵一序，极似金氏手笔，心窃疑之。后得明刊本，乃果无此篇，始信老眼无花。此本当刻于天启末年，正李卓吾身后名盛之时，故备载李氏伪评。"既指出金圣叹假托施耐庵之名为小说作序，又点明小说中题为李贽的评点实是"伪评"。

在假托为李贽的文人之中，比较有名的是叶昼，明代钱希言《戏瑕》卷三《赝籍》云：

> 比来盛行温陵李贽书，则有梁溪人叶阳开名昼者，刻画摹仿，次第勒成，托于温陵之名以行。往袁小选中郎，尝为余称：李氏《藏书》《焚书》《初潭集》、批点北《西厢》四部，即中郎所见者，亦止此而已。数年前，温陵事败，当路者命毁其籍，吴中镂《藏书》板并废，近年始复大行。于是有李宏父批点《水浒传》《三国志》《西游记》《红拂》《明珠》《玉合》数种传奇及《皇明英烈传》，并出叶笔，何关于李？……昼，落魄不羁人也，家故贫，素嗜酒，时从人贷饮，醒即著书，辄为人持金镪去，不责其值，即所著《樗斋漫录》者也。近又辑《黑旋风集》行于世，以讥刺进贤，斯真滑稽之雄已。

这段话指出，叶昼贫穷落魄又嗜酒，为了得到稿酬以偿还酒资，遂托名李贽批点了《水浒传》《三国演义》《西游记》等小说。清人周亮工《因树屋书影》卷一也提道："叶文通，名昼，无锡人……当温陵《焚》《藏书》盛行时，坊间种种借温陵之名以行者，如《四书》第一评、第二评，《水浒传》《琵琶》《拜月》诸评，皆出文通手。"

更多的假托者不知其姓名，如同清代毛宗岗在《三国演义·凡例》中所指出："俗本谬托李卓吾先生批阅，而究竟不知出自何人之手。"

古代小说评点中出现假托现象，与读者有着密切的关系。钱希言《戏瑕》卷三《赝籍》云："顷又有赝袁中郎书以趋时好，如《狂言》，杭人金生撰，而一时贵耳贱目之徒，无复辨其是非，相率倾重赏以购，秘诸帐中，等为楚璧，良可嗤哉！"描述了杭州人金生撰写《狂言》一书，假托名家袁宏道著作，以趋时好，一些读者为袁宏道名声所蔽，不去辨别书之真伪而争相重金购买，视为珍宝。明代盛于斯《休庵影语·西游记误》云："余最恨今世龌龊竖儒，不揣己陋，欲附作者之林，将自家土苴粪壤，辄托一二名公以行世。而读者又矮人观场，见某老先生名讳，不问好歹，即捧讽之。"明代汪本钶《续刻李氏书序》云："夫伪为先生（按：指李贽）者，套先生之口气，冒先生之批评……第寝至今日，坊间一切戏剧淫谑，刻本批点，动曰卓吾先生，耳食辈翕然艳之。"这三则材料均点明，小说、戏曲评点方面出现的假托与读者不无联系，读者喜欢阅读名家作品，"见某老先生名讳，不问好歹，即捧讽之"，对于标明李贽评点的作品，"耳食辈翕然艳之"。读者这种追捧名家的独特心理，是导致古代小说评点领域出现大量假托的重要原因之一。

以上我们探讨了古代小说评点和读者之间的多层面关系，需要指出的是，对这两者的关系也不可一概而论，从而片面扩大读者因素对小说评点所带来的影响。中国古代小说的评点，尤其是文人参与的小说评点，其动机丰富多样，既有为读者考虑的一面，也存在借评点以自娱的倾向。李贽《寄京友书》就曾自叙评点动机："《坡仙集》我有披削旁注在内，每开看便自欢喜，是我一件快心却疾之书……大凡我书皆为求以快乐自己，非为人也。"

还有一些评点注重阐发小说艺术奥妙，并非纯粹为了迎合读者口味。金陵万卷楼明万历刊本《三教开迷归正演义·凡例》第六则云：

> 本传圈点非为饰观者目，乃警拔真切处，则加以圈，而其次用点，至如月旦者，落笔更趣，且发作传者未逮。

凡例作者表明，圈与点各有不同侧重，其地位、用法不尽相同，不能一概而论。明末夏履先刊本《禅真逸史·凡例》第八则称：

　　史中圈点，岂曰饰观，特为阐奥。其关目照应，血脉联
络，过接印证，典核要害之处，则用丶、或清新俊逸，秀雅
透露，菁华奇幻，摹写有趣之处，则用"o"。或明醒警拔，
恰适条妥，有致动人处则用"丶"。至于品题揭旁通之妙，
批评总月旦之精，乃理窟抽灵，非寻常剿袭。

　　夏氏的圈点主要着眼于"阐奥"，即阐发小说创作的艺术奥
妙。这两则凡例均有意强调评点者对小说的圈点"非为饰观者
目"，而是把阐发小说创作的艺术奥妙，包括章法结构、语言文
字、情节设置、人物塑造等放在首要位置。因此，在探讨小说评
点与读者关系之际，应本着客观的态度进行分析，既要探寻读者
因素在小说评点中留下的痕迹，也不能片面扩大这一因素所带来
的影响。

七 古代小说续书与读者

　　"刊行一种比较著名的小说，常常有这种小说的续书，有的甚至一续再续，这在中国小说史上是常见的现象。例如晋代张华《博物志》、干宝《搜神记》，都有续书，其中《博物志》的续书甚至有好几种，在宋代就有李石、林登的两种《续博物志》，明代有游潜的《博物志补》，清代有徐寿基的《续广博物志》等。至如《世说新语》一书，其续书多得惊人，从唐至近人，几乎历代都有模仿之作。笔记小说如此，章回小说也一样，例如《西游记》就有《西游补》《后西游记》《续西游记》种种，《红楼梦》的续作，如'重梦''再梦''圆梦''后梦'一类，多得不能列举了。"① 中国古代小说续书数量繁多，据《中国通俗小说总目提要》统计，仅通俗小说续书就有 150 多种。丁锡根和鲁迅先生，都曾对古代小说续书的大肆问世甚为感叹。

　　在众多古代小说续书产生的过程中，可以说，读者的阅读需

---

① 丁锡根：《古代小说的续书问题》，见丁锡根等：《鲁迅研究百题》，长沙：湖南人民出版社 1981 年版，第 287 页。

求不容忽视。明代冯梦龙在《〈智囊补〉续序》中提到，他用近两个月时间"辑成《智囊》二十七卷，以请教于海内之明哲，往往滥蒙嘉许，而嗜痂者遂冀余有续刻……兹补或亦海内明哲之所不弃，不止塞嗜痂者之请而已也"。由此可知，冯梦龙的《智囊》成书后得到读者充分赞许，他们希望冯梦龙能再创作"续刻"，正是在读者的这种支持和鼓励下，才有《智囊补》一书的问世。

文言小说如此，在古代通俗小说续书的创作和流传过程中，读者因素更为突出，读者的欣赏与喜爱推动了小说续书创作的兴盛。清代拜颠生（孙玉声）于光绪二十八年（1902）撰《海上繁华梦序》云：

> 今读警梦痴仙所著《繁华梦》一书，而不禁有观止之叹焉……只以书仅初集，皆未收结，令人急欲纵观其后，是则痴仙笔墨狡狯，犹之珍羞在前，一时不令入口，逮至略一忍饥，而其味尤美，夫忍饥时读是书者，尚其知作者用心，勿徒尝书中之花天酒地，一片神行，亦思盛极之难乎为继。

《海上繁华梦》是一部描写妓馆生活的通俗小说，作者本来只写出初集，因为受到读者欢迎，"人急欲纵观其后"，所以一续再续，最后共撰有初集三十回、二集三十回、后集四十回，盛行于晚清。

（一）古代小说续书的创作目的与读者

在古代小说续书的创作过程中，不少作品是从读者的角度着手进行的，小说续书的创作目的和动机与读者之间关系密切。

第一，因原著疏漏给读者阅读带来缺憾而续书。

明代嘉会堂刊本《新平妖传》识语云："旧刻罗贯中《三遂平妖传》二十卷，原起不明，非全书也。墨憨斋主人曾于长安复购得数回，残缺难读。乃手自编纂，共四十卷，首尾成文，始称完璧。题曰《新平妖传》，以别于旧。"《三遂平妖传》在对事件发生与发展的描写和刻画上，存在着模糊不清之处，并非完美无缺的全璧，给读者带来阅读上的遗憾。因而墨憨斋主人（冯梦龙）在购得残本的基础上，对原书进行补充和完善，编撰出《新平妖传》以满足读者需求。

同样，《红楼梦》一书面世后，很长时间内以残本流传。清代高鹗《红楼梦序》云："予闻《红楼梦》脍炙人口者，几廿余年，然无全璧，无定本。"读者引以为憾，于是便出现了后四十回的高鹗补本。清代程伟元在《红楼梦序》中对此描述：

> 《红楼梦》……原目一百廿卷，今所传只八十卷，殊非全本。即间称有全部者，及检阅仍只八十卷，读者颇以为憾……爰为竭力搜罗，自藏书家甚至故纸堆中无不留心，数

年以来，仅积有廿余卷。一日偶于鼓担上得十余卷，遂重价
购之，欣然翻阅，见其前后起伏，尚属接笋，然漶漫不可收
拾。乃同友人细加厘剔，截长补短，抄成全部，复为镌板，
以公同好，《红楼梦》全书始至是告成矣。

因《红楼梦》不是全本、故事不完整而令读者颇感遗憾，程
伟元于是和友人搜罗、校编了其余数十卷。这个说法虽很可能为
假托，也从侧面说明了小说编刊者对读者因素的重视。

清代贪梦道人所作《续永庆升平》（又称《永庆升平后传》）
一书也是考虑到《永庆升平》"有始无终""后事未免略而不详"
"未令人得窥全豹"因而创作、刊刻的。他于清光绪十九年
（1893）撰《续永庆升平》云：

今《续永庆升平》一书，因前部刊刻，续事未完，并非
平空捏造。前部自侯化泰二闹广庆园无端放下，不知后来如
何结果。如妖人吴恩，叛反国家，杀害生灵，屠毒百姓，上
干天怒，下招人怨，兴立邪教，未能平灭，有始无终，使人
读者不能畅怀。故今又接续刻，全集实事百数回，各种目录
书中之大止，无非是惊愚劝善，感化人心，善恶分明，使忠
臣义士，得留名于后世；邪教乱臣，尽遭报应循环。使读者
有悦目赏心之欢，拍案惊奇之乐。

《永庆升平》中忠臣与妖人未得其所，读者不能畅怀，于是便有《续永庆升平》之编刊，以使忠臣义士可以留传佳名于后世，而邪教乱臣则都遭到"报应循环"，"使读者有悦目赏心之欢，拍案惊奇之乐"，由此大快人心。清代佚名《续永庆升平叙》表达了同样的观点："《永庆升平》一书，乃当年除邪教、平逆匪之实迹也。惜前卷无端而止，未令人得窥全豹，殊为憾事……今本堂不惜重资，购觅载纪，采访遗史，倩人续演其书，词不尚乎古高，事惟取其征实，使阅者知义愤之不可犯，妖魔之不克终。"

华琴珊《续镜花缘》是有感于《镜花缘》一书"全豹未窥"而续作，他在清宣统二年（1910）所作《续镜花缘自序》中指出：

> 曩阅《镜花缘》一书于稗官野史之中，别开生面，嬉笑怒骂，触处皆成文章。虽曰无稽之谈，亦寓劝惩之意，不可谓非锦心绣口之文也。惜全豹未窥，美犹有憾，周咨博访垂数十年，卒不可得，用是不揣固陋，妄自续貂，就李君（按：指《镜花缘》作者李汝珍）书中未竟之绪，参以己意，纵笔所之，工拙奚暇计哉！名之曰《续镜花缘》，欲其有始有卒也。

华琴珊既是《续镜花缘》的作者，又是《镜花缘》的读者，他阅读此书后认为这部小说别致出色，又寓有劝戒之旨，是"锦

心绣口"之文。经过数十年搜求，华琴珊仍未见到《镜花缘》一
书的全貌，深感遗憾，因而创作续书。

在古代小说续书史上，与上文所举事例相类，因原著残缺不
全或存在错漏给读者带来阅读遗憾，从而续书的现象比较普遍。
清代月湖渔隐《三续七剑十三侠序》云：

> 前者之百二十回，已详叙大半，其中绘声绘色，久已脍
> 炙人口，甚至有手不释卷者。然全豹未窥，诚不知奸王是何
> 究竟，阅者不免憾焉。桃花馆主知阅者之亟求水落石出，复
> 据原史而增撰之，仍得六十回，用以付梓。

清代采香居士《续彭公案又叙》也指出：

> 《彭公案》一书，前卷未能全终，使读者衷心闷闷，不
> 能畅怀。吾少游四海，喜读各种闲书，偶阅《彭公案》前
> 部，未能全函……立意刊刻此书，流传后，使同好者之人得
> 观全终，故与本坊主人同力刊成。

无论是《三续七剑十三侠》还是《续彭公案》，其创作目的
和动机均与读者相关，读者因"前卷未能全终"而闷闷不乐，无
法释怀。精明的书商桃花馆主、"本坊主人"了解读者这一心理
需求后，迅速做出反应，编刊续作投放至小说市场以满足读者的

阅读需要。

第二，意在消除原著对读者的消极影响而续书。

在这类续书之中，最著名的事例就是《荡寇志》。这部小说是针对《水浒传》的翻案之作，它以金圣叹删改的七十回本《水浒传》作为底本，从第七十一回续起，可以视为《水浒传》的续书。此书创作的动机，是作者俞万春担心读者误读《水浒传》，受到其不良影响而续写。他在《荡寇志》卷首《结水浒全传》中指出：

> 这一部书，名唤作《荡寇志》。看官，你道这书为何而作？缘施耐庵先生《水浒传》并不以宋江为忠义。众位只须看他一路笔意，无一字不描写宋江的奸恶。其所以称他忠义者，正为口里忠义，心里强盗，愈形出大奸大恶也。圣叹先生批得明明白白：忠于何在？义于何在？总而言之，既是忠义必不做强盗，既是强盗必不算忠义。乃有罗贯中者，忽撰出一部《后水浒》来，竟说得宋江是真忠真义。从此天下后世做强盗的，无不看了宋江的样：心里强盗，口里忠义……他这部书既已刊刻行世，在下亦不能禁止他……我亦何妨提明真事，破他伪言，使天下后世深明盗贼、忠义之辨，丝毫不容假借。况梦中既受嘱于真灵，灯下更难已于笔墨。看官须知：这部书乃是结耐庵之《前水浒传》，与《后水浒》绝无交涉也。本意已明，请看正传。

官僚地主家庭出身的俞万春具有根深蒂固的忠君思想，他创作《荡寇志》继承了金圣叹的观点，不以宋江为忠义，认为真正的忠义之士不可能做强盗，既然做了强盗就一定不能称之为忠义。俞万春提醒"看官"注意领会《荡寇志》的创作主旨，希望借助这部续书消除《水浒传》给读者带来的影响。清代徐佩珂于咸丰二年（1852）撰《荡寇志序》也明确指出：

> （《水浒传》）其书无人不读，而误解者甚夥，非细心体察，鲜不目为英雄豪杰……余友仲华俞君，深嫉邪说之足以惑人，忠义、盗贼之不容不辨，故继耐庵之传，结成七十卷光明正大之书，名之曰《荡寇志》。盖以尊王灭寇为主，而使天下后世，晓然于盗贼之终无不败，忠义之不容假借混朦，蒙几尊君亲上之心，油然而生矣。

徐佩珂认为，《水浒传》在社会上影响广泛，给许多读者带来误解，对于梁山诸将，大家都认为他们是"英雄豪杰"，俞万春创作《荡寇志》"以尊王灭寇为主"，初衷正在于消除《水浒传》的这种不良影响。他希望《荡寇志》一书能起到维系世道人心的作用，让天下百姓乃至后世之人都明白盗贼最终会失败，真正的忠义不容蒙混，这样人们尊重君上的心，就会"油然而生"了。

正因如此，《荡寇志》成书后以巾箱本的形式刊刻面世，

对此清代东篱山人于咸丰七年（1857）撰《重刻荡寇志叙》
解释：

> 恐传之难遍也，爰校其舛讹，重付剞劂，宛成袖珍，俾
> 行者易纳巾箱，居亦便于检阅，流传遍览，咸知忠义非可伪
> 托，盗贼断无善终，即误入歧途者，亦凛然思，翻然悔，转
> 邪就正，熙熙然共享太平之乐也，岂不休哉？

清代钱湘《续刻荡寇志序》也指出："当道诸公急以袖珍板
刻播是书（按：指《荡寇志》）于乡邑间，以资劝惩。厥后渐臻
治安，谓非是书之力也，其谁信之哉！"巾箱本体积小而便于携
带，流传范围广，在读者群体中影响大，所以"当道诸公"借助
这种形式刊刻《荡寇志》，以最大程度消除《水浒传》带来的影
响，这种做法与俞万春创作《荡寇志》的初衷可谓不谋而合。

第三，续书进一步向读者阐发原书创作主旨。

《金瓶梅》被大多数读者视作"淫书"，认为在阅读过程中会
产生"导淫"的不良效果，爱日老人对此表达了不同看法，他在
《续金瓶梅序》中指出：

> 不善读《金瓶梅》者，戒痴导痴，戒淫导淫。吴道子画
> 地狱变相，反为酷吏增罗织之具，好事不如无矣……续编六
> 十四章，忽惊忽疑，如骂如谑，读之可以瞿然而悲，粲然而

笑矣……善读是书，檀郎只要闻声；不善读是书，反怪丰干饶舌尔。

爱日老人提倡读者要善读《金瓶梅》，领会此书"戒痴""戒淫"的创作主旨。序文强调，《金瓶梅》的劝戒之旨在《续金瓶梅》中得到进一步阐发，此书在前书的情节基础上，让原著中的人物投胎转世，从而善有善报，恶有恶报。

清代讷山人于嘉庆二十五年（1820）撰《增补红楼梦序》，他认为：

《红楼梦》……其书则反复开导，曲尽形容，为子弟辈作戒，诚忠厚悱恻有关于世道人心者也。顾其旨深而词微，具中下之资者，鲜能望见涯岸，不免堕入云雾中，久而久之，直曰情书而已……予尝欲阐其义而弗克。予友娜嬛山樵先获此志，成《补红楼梦》一书……分别段落，大旨揭然，使天下之子弟合前《红楼梦》而读之，有以知若此则得，若彼则失者，真《红楼梦》之大功臣也。

讷山人在此明确指出《红楼梦》的创作主旨是"为子弟辈作戒"，起到教化社会的作用。但《红楼梦》过于雅致，词旨深奥，普通的读者一般难以理解和接受其劝戒旨意，常误以为其乃"情书"，所以娜嬛山樵撰写《补红楼梦》，意在进一步阐发《红楼梦》的创作主旨，避免出现读者误读的现象。

第四，读者接受心理与小说续书的创作目的和动机。

余秋雨在《观众心理学》中指出：

> 一般认为，接受者（观众和读者）的心理虽然重要，毕竟已在创作之外、作品之外，不应成为艺术心理学的重点……但是，随着现代社会的展开，人们越来越感到研究接受心理、观众心理、读者心理的重要……接受心理的重要性并不低于创作心理，而且正是创作心理的一部分。创作心理前进的每一步，都离不开接受心理的推动和校正。

这段论述虽针对戏曲观众而言，对于小说创作来讲同样适用。读者的接受心理与小说续书的创作目的和动机之间关系密切，并因此推动了小说的创作。

首先，读者借助小说续书寄寓人生理想，寄托个人情怀。清末胡石庵《忏馨室随笔》云：

> 自《七侠五义》一书出现后，世之效颦学步者不下百十种，《小五义》也，《续小五义》也，再续、三续、四续《小五义》也。更有《施公案》《彭公案》《济公案》《海公案》，亦再续、重续、三续、四续之不止。此外复有所谓《七剑十三侠》《永庆升平》《铁仙外史》，皆属一鼻子出

气……余初窃不解世何忽来此许多笔墨也，后友人告余，凡此等书，由海上书伧觅蝇头之利，特倩稍识之无者编成此等书籍，以广销路。盖以此等书籍最易于取悦于下等社会，稍改名字，即又成为一书……盖下等社会之人类，知识薄弱，焉知此等书籍为空中楼阁？一朝入目，遂认作真有其事，叱咤杀人，借口仗义，诡秘盗物，强日行侠。

《七侠五义》《施公案》等小说面世后，出现众多续书和同类作品，其中仅《七侠五义》续书就有二十多种，《施公案》续书也有十多种。胡石庵在此分析这种现象的原因时认为，此类小说容易受到下层阶级读者的欢迎。下层阶级读者知识有限，不了解小说创作虚构的特点，误把小说记载当成实事，甚至存在模仿小说中人物言行的情况。胡石庵上述论断虽带有对下层阶级读者的轻视，不过从中也可看出，下层阶级读者之所以对《七侠五义》之类作品充满兴趣，是因这些小说可以满足他们在现实中难以实现的人生理想与愿望，由此寄托个人情怀。

清初毛宗岗在《三国演义》第二十三回回评中写道："尝读《昙花记》，见冥王坐勘曹操，拷之问之，打之骂之。或曰：此后人欲泄其愤，无聊之极思耳。予曰：不然，理应如是，不可谓之戏也。古来缺陷不平之事，有欲反其事以补之者……斯皆以天数俯从人心，以人心挽回天数。"毛宗岗以戏曲《昙花记》的剧情为例，认为戏曲创作在于满足"人心"，消除戏曲受众因现实中的"缺陷不平之事"而带来的不满、痛恨等心理。艺术都是相通的，毛氏所论对小说续书而言同样适用。

其次，读者对忠烈侠义之书的喜爱促使此类小说续书的面世。清代郑鹤龄于光绪十六年（1890）撰《三续忠烈侠义传序》云：

> 天地间惟忠烈侠义最足以感动人心。学士大夫博览诸史，见古人尽一忠烈，赐尊之敬之；见古人行一侠义，则美之慕之。读正史者概如是，读小说者何独不然！今岁秋间，友人石振之刻有《续忠烈侠义传》，即世所称之《小五义》也。传中所载，人尽忠烈侠义之人，事尽忠烈侠义之事，非若他书之风花雪月，仅足供人消遣者比。嗣复欲刊刻三续，商之于余。余曰："善！凡简编所存，无论正史、小说，其无关于世道人心者，皆当付之一炬；其有关于世道人心者，则多多益善。使忠烈侠义之书一续出，人必争先快睹，多见一忠烈侠义之书，即多生一忠烈侠义之心，虽曰小说，于正史不无小补。"因劝之亟为刊刻，以公诸世云。

忠烈侠义之事最易感动读者，所以郑鹤龄劝友人刊刻《三续忠烈侠义传》，他认为此类小说刊印后，人必争先快睹，表现出极大的阅读热情，同时，这些小说续书还有助于宣扬教化，有助于补充正史记载之不足。

再次，遗民心态催生了部分小说的续书。以《水浒传》的续书《水浒后传》为例，这部小说卷首署名"古宋遗民"，并有明万历戊申年（即万历三十六年，1608）所撰之序。实际上，作者陈忱出生于1613年，所以"古宋遗民"之说以及万历三十六年所撰序言显系假托。《水浒后传》成书于康熙初年，以奸臣当道的南宋作为故事背景，描写《水浒传》中人物李俊、阮小七等人重新聚义，到海外建功立业之事。作者陈忱一人兼有多重身份，既是《水浒传》的读者，又是《水浒后传》的作者，他在《〈水浒后传〉论略》中表达了阅读《水浒传》之后的感受：

> 《水浒》，愤书也。宋鼎既迁，高登遗老，实切于中，假宋江之纵横，而成此书，盖多寓言也。愤大臣之覆𫗧，而许宋江之忠；愤群工之阴狡，而许宋江之义；愤世风之贪，而许宋江之疏财；愤人情之悍，而许宋江之谦和；愤强邻之启疆，而许宋江之征辽；愤潢池之弄兵，而许宋江之灭方腊也。

陈忱认为《水浒传》是"愤书"，他对这部小说为何将宋江塑造得忠义、慷慨、谦和予以解释，并表明自己创作的《水浒后传》进一步阐发了原著忠义之旨：

> 《后传》为泄愤之书。愤宋江之忠义，而见鸩于奸党，

> 故复聚余人，而救驾立功，开基创业；愤六贼之误国，而加
> 之以流贬诛戮；愤诸贵幸之全身远害，而特表草野孤臣，重
> 围冒险；愤官宦之嚼民饱壑，而故使其倾倒宦囊，倍偿
> 民利。

陈忱强调，《水浒后传》和原著同为对现实不满而泄"愤"之书，在创作主旨上与前书一脉相承。这部续书表面上描写宋代，实际上借宋代之事隐喻清初现实，作者伪托为"古宋遗民"，意在表达自己忠于旧朝之节操。可以说，这种遗民心态有时会推动小说续书的创作。

最后，一些小说续书的创作意在弥补读者认为原书报应不足的遗憾心理。试以清代小说《隔帘花影》为例，此书据《续金瓶梅》删改而成，是《金瓶梅》的续书之一。四桥居士《隔帘花影序》认为："《金瓶梅》一书，虽系寓言，但观西门平生所为，淫荡无节，豪横已极，宜乎及身即受惨变，乃享厚福以终，至其报复，亦不过妻散财亡，家门零落而止，似乎天道悠远，所报不足以蔽其辜。"四桥居士指出，《金瓶梅》中西门庆作恶多端，最终却"享厚福以终"，其报应不过是"妻散财亡，家门零落而止"，未能更深刻地体现出因果报应，令读者心怀遗憾。因而他创作《隔帘花影》，极力描写因果报应之事：

> 故南宫吉生前好色贪财等事，于首卷轻轻点过，以后将

人情之恶薄，感应之分明，极力描写，以见无人不报，无事
不报，直至妻子历尽苦辛，终归于为善，以赎前愆而后已。
揆之福善祸淫之理彰明较著，则是书也，不独深合于六经之
旨，且有关于世道人心者不小。后之览者，幸勿以寓言而忽
之也可。

　　小说作者希望读者领悟《隔帘花影》的因果报应观念，勿以
为寓言而对其忽视，通过小说"以见无人不报，无事不报"。续
书借此劝诫读者，教化社会。

（二）古代小说续书的结局与读者

　　中国古代小说和戏曲多采用大团圆结局，这种结局与读者的
接受心理有着密切联系。明代谢肇淛在《五杂俎》卷十五《事部
三》中描述："愚人得吉梦则喜，得凶梦则忧，遇苦楚之戏则愀
然变容，遇荣盛之戏则欢然嬉笑，总之，不脱处世见解耳。"戏
曲观众与小说读者喜吉忧凶的心理在一定程度上影响到戏曲与小
说创作的结局。王国维在《红楼梦评论》中从中国文化精神的层
面对此进行解读："吾国人之精神，世间的也，乐天的也，故代
表其精神之戏曲、小说，无往而不著此乐天之色彩：始于悲者终
于欢，始于离者终于合，始于困者终于亨，非是而欲餍阅者之
心，难矣。"小说、戏曲的团圆结局体现出中国文化的乐天精神。

晚清觚庵在其《觚庵漫笔》中指出："人无不喜读《红楼梦》，然自'苦绛珠魂归离恨天'以下，无有忍读之者。人无不喜读《三国志》，然自'陨大星汉丞相归天'以下，无有愿读之者。解者曰：'人情喜合恶离，喜顺恶逆，所以悲惨之历史，每难卒读是已……'"下面我们拟举历史小说、侠义小说、写情类小说为例，探讨读者与小说续书大团圆结局的关系。

第一，读者与历史小说续书的大团圆结局。

在古代小说的发展过程中，以《三国演义》为代表的历史小说是最早出现的长篇章回小说，读者的接受心理对历史小说续书的大团圆结局产生重要影响。以《三国演义》为例，明代佚名《新刻续编三国志引》云：

> 及观《三国演义》，至末卷见汉刘衰弱，曹魏僭移，往往皆掩卷不怿者众矣。又见关、张、葛、赵诸忠良反居一隅，不能恢复汉业，愤叹扼腕，何止一人？及观刘后主复为司马氏所并，而诸忠良之后杳灭无闻，诚为千载之遗恨。及见刘渊义子因人心思汉乃崛起西北，叙檄历汉之诏，遣使迎孝怀帝，而兵民景从云集，遂改称炎汉，建都立国，重奥继绝。虽建国不永，亦快人心。今是书之编，无过欲泄愤一时，取快千载，以显后关赵诸位忠良也。其思欲显耀奇忠……以警后世奸雄，不过劝惩来世戒叱凶顽尔。

引言指出，读者阅读《三国演义》后，对汉刘衰弱，曹魏僭移的小说结局深感遗憾，正是受这种心理的影响而出现了《新刻续编三国志》。这部小说续《三国演义》而作，主要描写蜀国灭亡后，刘渊等诸宗室及将领子弟恢复汉室、掳晋帝报国仇之事。续书作者"泄愤一时，取快千载"，以令读者阅读时"快人心"为目的，在创作中带有明显的情感倾向。为把刘渊等人塑造得勇谋超凡、君贤臣忠，以"显后关赵诸位忠良"，小说中颇多虚构，《新刻续编三国志引》曾就此回答读者疑问：

> 客或有言曰：书固可快一时，但事迹欠实，不无虚诞渺茫之议乎？予曰：世不见传奇戏剧乎？人间日演而不厌，内百无一真，何人悦而众艳也？但不过取悦一时，结尾有成，终始有就尔。诚所谓乌有先生之乌有者哉。大抵观是书者，宜作小说而览，毋执正史而观，虽不能比翼奇书，亦有感追踪前传，以解世间一时之通畅，并豁人世之感怀君子云。

通过这段问答可以看出，续书作者对《新刻续编三国志》的虚构性有着充分认识，希望读者把这部作品当作小说阅读，而"毋执正史而观"。他认为小说中的虚构情节是可以接受的，故事描述汉室恢复、国仇得报的目的就在于满足读者喜欢大团圆的心理，从而增加阅读时的愉悦感。

第二，读者与侠义小说续书的大团圆结局。

侠义小说《水浒传》问世后出现多部续书，诸如明代青莲室主人的《后水浒传》、陈忱的《水浒后传》、清代赏心居士序本《征四寇传》、俞万春的《荡寇志》、西冷冬青的《新水浒》等。侠义小说续书的大团圆结局同样与读者密切相关。前文曾以《水浒后传》为例，讨论过读者的遗民心态与小说续书的创作动机的关系，就此部续书而言，读者的阅读期待也是它出现大团圆结局的重要因素。清代蔡元放《水浒后传读法》云：

> 前传之天罡地煞一百八星，在地穴中幽闭多年，甫能挣得出世；及出世后，经了多少忧愁，受了多少苦恼，耽了多少惊怕，方才聚合一处。招安之后，东征西讨，建了许多功业。而征方腊之役，殁于王事者过半，已是可怜。而宋江、卢俊义，又被奸臣鸩死，吴用、花荣、李逵亦皆为殉，更令人扼腕不平。其余三十三人，除武松残废不算，那三十二人之中，虽有几个为官，而大半亦俱忧愁放废，四分五落，不特有离群索居之感，而天罡地煞出世一番，并无一个好收成结果，天道人事之不平，孰过于此。作者因前传有李俊后为暹罗国王一语，因想到李俊既可去外国为王，则当日兄弟岂不可去作一国之开基辅弼，使其另建一番功业，另受一番荣华，同归一处，以讨后半收成结果，作美满大团圆以大快人心。此作《水浒后传》之主意也。

《水浒传》故事中，梁山一百零八将多以悲剧结局，读者为此"扼腕不平"。《水浒后传》因此借李俊等人另建一番功业，"作美满大团圆以大快人心"，满足读者的心理需求。

第三，读者与写情类小说续书的大团圆结局。

在包括世情小说、情色小说、才子佳人小说等在内的写情类小说的续书创作中，以《红楼梦》的续作最为突出。自《红楼梦》在清代乾隆年间面世后至中华民国时期，至少有四十种续作，这些续作大多以大团圆作结。《红楼梦》续作的大团圆结局，与读者接受之间存在着一定关系，郑师靖为刊于清嘉庆四年（1799）的《续红楼梦》作序称：

> 《红楼梦》为记恨书，与《西厢记》等……离而合之易，死而生之难。雪坞秦都阃（按：即《续红楼梦》作者秦子忱）……谓余曰："是不难。吾将爇返魂香，补离恨天，作两人再生月老，使有情者尽成眷属，以快阅者心目。"……乃别撰《续红楼梦》三十卷，著为前书衍其绪，非与后刻争短长也。余读之竟，恍若游华胥，登极乐，闯天关，排地户，生生死死，无碍无遮，遂使吞声饮恨之《红楼》，一变而为快心满志之《红楼》，抑亦奇矣。

《红楼梦》的悲剧结局给读者留下诸多遗憾，所以郑师靖称之为"记恨书"。秦子忱创作《续红楼梦》意在为读者补恨，变记恨书为"快心"书，使有情人终成眷属，"以快阅者心目"。

《红楼梦》的其他续书亦多从为读者"补恨"的角度而创作。清代六如裔孙撰《红楼圆梦序》云：

> 世之阅前梦者，莫不感宝、黛之钟情，而愿其成眷属焉。岂独阅者之心如是，即原其宝、黛之心，亦未尝不以为将来之必成佳偶也。及见黛玉身死，宝玉出家，无不废卷而太息，诚古今之恨事也。兹得长白临鹤山人所作《圆梦》一书，令黛玉复生，宝玉还家，成为夫妇，使天下有情人卒成眷属，不亦快哉！且《前传》之所不平者，无不大快人心。

犀脊山樵《红楼梦补序》云：

> 近日世人所脍炙于口者，莫如《红楼梦》一书……归锄子乃从新旧接续之处，截断横流，独出机杼，结撰此书，以快读者之心，以悦读者之目。余因之而重有感矣。夫前书乃不得志于时者之所为也……归锄子有感于此，故为之雪其冤，而补其阙，务令黛玉正位中宫，而晴雯左右辅弼，以一吐其胸中郁郁不平之气……前书事事缺陷，此书事事圆满，快心悦目，孰有过于此乎？

花月痴人《红楼幻梦序》云：

　　凡读《红楼梦》者，莫不为宝黛二人咨嗟，甚而至于饮泣……（默庵）曰：子曷不易其梦而使世人破涕为欢，开颜作笑耶？余曰：可。于是幻作宝玉贵，黛玉华，晴雯生，妙玉存，湘莲回，三姐复，鸳鸯尚在，袭人未去，诸般乐事，畅快人心，使读者解颐喷饭，无少欤歟。

西湖散人《红楼梦影序》云：

　　海内读此书者，因绛珠负绝世才貌，抱恨天亡，起而接续前编，各抒己见。为绛珠吐生前之凤怨，翻薄命之旧案，将红尘之富贵，加碧落之仙姝。死者令其复生，清者扬之使浊……此无他故，与前书本意相悖耳。

　　虽然这几部《红楼梦》续书的作者和创作时代各有差异，但在为宝玉、黛玉等人雪恨、设置大团圆结局方面非常相似，其主要创作动机就在于"快阅者心目"，满足读者的心理需求。

　　通过上述材料可以看出，不少小说续书是出于为读者"补恨"的目的而创作的，续书结局与读者接受心理之间存在着密切关联。

（三）古代小说续书的人物塑造与读者

　　首先，小说续书创编者在对原作人物塑造进行修改、补充或续写之际，常会考虑到读者的阅读基础、阅读心理和欣赏习惯。仍以《红楼梦》的续书为例，嘉庆四年（1799）抱瓮轩所刊《续红楼梦·凡例》第二则云："前《红楼梦》书中如史湘云之婿以及张金哥之夫，均无纪出姓名，诚为缺典，兹本若不拟以姓名，仍令阅者茫然！今不得已妄拟二名，虽涉穿凿，君子谅之。"在《红楼梦》中，史湘云之婿及张金哥之夫均无姓名，给阅读带来不便，所以续书增加了次要人物的姓名，意在补原书人物设置之不足。

　　嫏嬛斋刊本《红楼复梦》自《红楼梦》第一百二十回续起，全书近九十万字，描写宝玉投胎转世到江苏镇江丹徒祝家，以描写祝府为主，以贾府为辅。此书凡例第九则云："前书人物事实每多遗其结局，此则无不成其始终。"这部续作对原著中遗漏了结局的人物都作了补充交代，以解读者悬念。清道光十三年（1833）藤花榭重刊《红楼梦补·凡例》第六则云："林黛玉系书中之主，警幻仙之抽改十二钗册，全为黛玉起见，自必筹及，所以位置之处使扬眉吐气，一雪前书中之愤恨。"《红楼梦》续书对原书中人物的地位、命运与结局进行了修改和调整，对第一女主角黛玉的命运尤为关注，在续书中令其"扬眉吐气，一雪前书中之愤恨"。此种安排意在弥补读者阅读原著时内心的缺憾。

　　其次，小说续书会对原著中的人名进行修改，极力摆脱原书影响，以使读者有新奇之感。清代四桥居士《隔帘花影序》云：

　　至于（《隔帘花影》中）西门易为南宫，月娘易为云娘，孝哥易为慧哥，其余一切人等，名目俱更，俾阅者惊其笔端变幻，波澜绮丽，几莫识其所自始。其实作者本意，不过借影指点，知前编有相为表里之妙，故南宫吉生前好色贪财等事，于首卷轻轻点过，以后将人情之恶薄、感应之分明，极力描写，以见无人不报，无事不报，直至妻子历尽苦辛，终归于为善，以赎前怨而后已。

　　《隔帘花影》是一部《金瓶梅》的续书，为《续金瓶梅》删改本。这部续书对《金瓶梅》中人物的姓名进行了修改，将西门庆易名为南宫吉，吴月娘改名为楚云娘，孝哥改名为慧哥，并将原书中其余角色的姓名都一一作出更改，以"俾阅者惊其笔端变幻，波澜绮丽"，让读者在阅读的过程中充满新奇与独特的感受。

　　最后，读者对小说续书的人物形象塑造直接提出批评意见。清代张海鸥《海沤闲话》云："《水浒》之后，有《荡寇志》，其主人则《水浒》中人还魂也。《红楼梦》之后，有《续红楼》，其主人皆《红楼梦》中还魂也。此等思想，可厌已甚。在作者不过欲借此以便于传尔。"指出《荡寇志》《续红楼》等小说续书在人物形象的塑造上，皆借助读者所熟知的原书中人物加以渲染，展开情节。他认为"此等思想，可厌已甚"，因为续书作者不过借此宣传自己所撰小说，毫无创新可言，极易使读者产生厌烦心理。

在《增补红楼梦》这部续作中，书中主人公贾宝玉作为《红楼梦》续书的特定读者，曾批评《后红楼梦》《续红楼梦》《绮楼重梦》《红楼复梦》等数部《红楼梦》续书的人物塑造。小说第一回写道：

> 宝玉笑道："小侄常与警幻仙姑评论《后》《续》《重》《复》诸书。当初曹雪芹著《红楼梦》一书之时，脍炙人口，使小侄之名藉垂千古，何其幸也。及《后》《续》《重》《复》诸书一出，使小侄竟遗讥千古，又何其大不幸也。近日复有《红楼圆梦》一书，愈趋愈下……他那第一回就说宝钗袭人俱是假道学而阴险之人，开口就乖谬了，推原其心，彼必是效圣叹之评《水浒》，谓宋江为假仁义而阴险者，又偷学《后红楼梦》之论袭人而更进一层并及宝钗。方且自诩独具只眼，观其后有贾仲妃之事，则其为偷学《后红楼梦》可知。"

贾宝玉批评《后红楼梦》《续红楼梦》《绮楼重梦》《红楼复梦》等几部续书在对自己形象的刻画上非常失败，"使小侄竟遗讥千古"。他对《红楼圆梦》的批评尤为尖锐，认为此书开篇将宝钗和袭人定性为"假道学而阴险之人"非常投机讨巧，乃是模仿金圣叹之评宋江、抄袭《后红楼梦》之论袭人，在人物的善恶定性和形象塑造、性格刻画上都很失败。结合上述几部小说续书的实际内容来看，他针对这些续书的人物形象塑造等方面提出的批评不无道理。当然这里贾宝玉只是《增补红楼梦》中的虚构人物，其本质是《增补红楼梦》的作者作为一名特定读者，借助作品中人物之口表达了自己的看法。

（四）古代小说续书的情节结构与读者

小说续书在情节结构的改造、安排诸方面，也有读者因素渗透的结果。对此，我们从以下四个方面进行阐述。

第一，读者因熟悉小说原著的情节而更易接受续书。

清代刘廷玑《在园杂志》中有一段关于小说续书的著名论述："近来词客稗官家，每见前人有书盛行于世，即袭其名，著为后书以副之，取其易行，竟成习套。有后以续前者，有后以证前者，甚有后与前绝不相类者，亦有狗尾续貂者……凡此不胜枚举，姑以人所习见习闻者，笔而志之。总之，作书命意，创始者倍极精神，后此纵佳，自有崖岸。不独不能加于其上，即求媲美并观，亦不可得，何况续以狗尾，自出下下耶。"刘廷玑指出，续书流行的原因在于续书能够借助原著之影响而容易被接受。原书盛行于世受到读者的广泛欢迎，并对其中情节非常熟悉，小说编刊者因而"以人所习见习闻者，笔而志之"，创作出大量续书投放市场，这就为续书的兴盛提供了可能。

清代蔡元放在《水浒后传读法》中写道：

　　本传既名《水浒后传》，则传中之事，自应从前传生来。但前传叙过之事，既不应重赘，则本传之事，又从何处生根？作者因想前传，原是从石碣村起手，而受天文回，又用石碣作结束，则本传何不仍在此处生根？况阮氏三雄之中，小七现在，近在山泊脚下，故作感旧而上山祭奠，引出张干办巡察生出事来，便是因风吹火，用力不多。由此而逐渐生去，便令读者只觉仍是旧人旧事，并非无故生端矣。最得倚山立柱，宿海通河之妙。

　　由此可见，《水浒后传》借用读者熟悉的原书人物与情节展开故事，可以取得事半而功倍的效果，令读者在阅读之际感到亲切，只觉仍是旧人旧事，"并非无故生端"，从而更易接受。

　　第二，小说续书的谋篇布局受到读者影响。

　　清顺治十七年刊本《续金瓶梅》在每回篇首铺叙《感应篇》，是考虑到读者的因素。《感应篇》即《太上感应篇》，篇中列举诸善，通常以为其有益于教化。《续金瓶梅》识语称："《金瓶梅》一书，借世说法，原非导淫。"作为《金瓶梅》的续作，《续金瓶梅》为原著进行辩护，认为《金瓶梅》的创作主旨并非导人以淫，而是借世说法，以淫戒淫。《续金瓶梅》创编者也自称编写续作是出于同一目的，此书凡例第一则云："兹刻以因果为正论，借《金瓶梅》为戏谈，恐正论而不入，就淫说则乐观，故于每回起首，先将感应篇铺叙评说，方入本传，客多主少，别是一格。"

续书作者考虑到因果之说可能难以打动读者，而"淫说"则易引起读者兴趣，因此借鉴《金瓶梅》的创作风格和创作形式编写续书，与此同时，他又担心这种"淫说"会对读者产生"导淫"的倾向，所以在每回开头铺叙和评说《感应篇》，以此进行劝戒，从而达到对阅读此书者以淫戒淫的目的。

《续红楼梦·凡例》第五则云：

> 前《红楼梦》开篇先叙一段引文以明其著《红楼梦》所以然之故，然后始入正文，使读者知其原委。兹续本开篇即从林黛玉死后写起，直入正文，并无曲折，虽觉突如其来，然正见此本之所以为续也。虽名之曰《续红楼梦》第一回，读者只作前书第一百二十一回观可耳。

作者把《续红楼梦》与原著的开头进行比较，说明两者之间的关系，希望读者将这部续书与《红楼梦》视作一个整体进行阅读。清代乾嘉年间写刻本《后红楼梦》将原著的情节概述放在续书之首，《续红楼梦》作者秦子忱则表示不同看法，主张删除之。《续红楼梦·凡例》第六则云：

> 《后红楼梦》书中因前书卷帙浩繁，恐海内君子或有未购及已购而难于携带，故又叙出前书事略一段，列于卷首，以便参考。鄙意不敢效颦，盖阅过前书者再阅续本，方能一

目了然，若前书目所未睹，即参考事略，岂能尽知其详？续本纵有可观，依旧味同嚼蜡，不如不叙事略之为省笔也。

对于原著情节的处理，其实无论《后红楼梦》还是《续红楼梦》，皆站在读者立场上进行考虑。《后红楼梦》作者担心读者未曾购买、阅读过原著，所以在小说开头增加原著的情节大略，以便读者更好地理解此书；《续红楼梦》作者则从阅读习惯出发，认为读者只有观过原书后才会再阅续作，因此"不如不叙事略之为省笔也"。

除篇首安排之外，小说续书在确定叙事结构时也会考虑到读者的阅读需要。清嫏嬛斋刊本《红楼复梦·凡例》云：

此书以祝为主，以贾为宾，主详而宾略，阅者勿嫌其疏于贾宅。

前书垂花门以内房屋不甚明晰，除大观园外使读者不分方向，若垂花门以外，更不知厅房几进、楼阁若干，名曰荣府而已……

此书内外房屋四界分明，阅之如身在境中。

《红楼复梦》改换原书的叙事线索和空间结构安排，力争做到叙事更为细致严谨，线索清晰，以便读者阅读，并使读者有身临其境之感。

在《增补红楼梦》一书中，贾宝玉对小说续书情节的模式化予以批评。《增补红楼梦》第一回云：

> 宝玉笑道："小侄常与警幻仙姑评论《后》《续》《重》《复》诸书……近日复有《红楼圆梦》一书，愈趋愈下……这五部书，没一个人能解识前书大旨，总以还魂复生为奇妙，殊不知人生若梦，苦不能觉，既离尘脱世，超入清虚，逍遥天上，则又何尘世之足恋么？"

《增补红楼梦》的作者作为一名特定读者，借自己小说中的人物之口，批评《红楼梦》的几部续书多叙人物"还魂复生"而立意肤浅、情节雷同，认为这些续书作者未能透彻地理解原著的创作主旨。

如上所论，古代小说续书在情节结构的设置上比较注重读者因素。读者的审美趣味与阅读心理在一定程度上影响到小说续书的情节安排，与此同时，读者有时还对其情节结构直接提出批评意见，这些都对小说续书的创编带来影响。

读者促进了古代小说的创作与流传，这在小说续书领域亦不例外。如晚清狭邪小说《海上繁华梦》，据作者拜颠生（孙玉声）所作《海上繁华梦自序》可知，此书原本只打算撰写初集，因为读者"急欲纵观其后"，所以一续再续，最后共出版初集三十回、二集三十回、后集四十回。要而言之，古代小说与读者之间有着紧密联系，在其发展过程中存在很多与读者相关的现象。读者乐于阅读小说，小说作者也常期待自己的作品能获得肯定，达到"田父所乐观，闺阁所愿闻"的境界。可以说，通常情况下能够得到男女老少读者普遍喜爱的小说才能称得上是好的小说。

参考文献

一、古籍

［1］（汉）司马迁：《史记》，北京：中华书局1959年版。

［2］（汉）班固：《汉书》，北京：中华书局1974年版。

［3］（唐）刘知几著，（清）浦起龙释：《史通通释》，上海：上海古籍出版社1978年版。

［4］（宋）司马光编：《资治通鉴》，北京：中华书局1956年版。

［5］（明）胡广等纂修：《明实录》，台北：台湾"中研院"历史语言研究所1962年版。

［6］（明）郎瑛：《七修类稿》，上海：上海书店出版社2001年版。

［7］（明）胡应麟：《少室山房笔丛》，上海：上海书店出版社2001年版。

［8］（明）谢肇淛：《五杂俎》，上海：上海书店出版社2001年版。

［9］（明）李贽：《李贽文集》，北京：社会科学文献出版社2000年版。

［10］（明）袁宏道：《袁中郎全集》，《四库全书存目丛书》第174册《集部·别集类》，济南：齐鲁书社，1997年版，据山西大学图书馆藏明崇祯二年武林佩兰居刻本影印。

［11］（明）沈德符：《万历野获编》，北京：中华书局1959年版。

［12］（明）冯梦龙：《冯梦龙全集》，上海：上海古籍出版社1993年版。

［13］（清）顾炎武：《日知录》，《续修四库全书》第1143册《子部·杂家类》，上海：上海古籍出版社2002年版，据宣统二年吴中刻本影印。

［14］（清）李渔：《李渔全集》，杭州：浙江古籍出版社1991年版。

［15］（清）刘廷玑：《在园杂志》，北京：中华书局2005年版。

［16］（清）张廷玉等编著：《明史》，北京：中华书局1974年版。

［17］《清实录》，北京：中华书局1986年版。

［18］（清）纪昀等编：《四库全书总目》，北京：中华书局1997年版。

［19］（清）纪昀：《阅微草堂笔记》，重庆：重庆出版社

2007 年版。

[20]（清）邱炜菱：《五百石洞天挥麈》，上海：上海古籍出版社 2002 年版。

[21]（清）邱炜菱：《菽园赘谈》，清光绪二十三年排印本。

[22]（清）叶德辉：《书林清话》，北京：中华书局 1957 年版。

[23]（清）赵尔巽等：《清史稿》，北京：中华书局 1976 年版。

[24]（清）梁启超：《饮冰室合集》，北京：中华书局 1989 年版。

[25]（清）徐珂编：《清稗类钞》北京：中华书局 1984 年版。

二、小说作品

[1]（南朝宋）刘义庆：《世说新语》，北京：中华书局 1984 年版。

[2]（唐）李肇地：《唐国史补》，上海：上海古籍出版社 1979 年版。

[3]（唐）段成式：《酉阳杂俎》，北京：中华书局 1981 年版。

[4]（宋）李昉等编：《太平广记》，北京：中华书局 1961 年版。

[5]（宋）洪迈：《夷坚志》，北京：中华书局 1981 年版。

［6］（明）罗贯中：《三国志演义》，北京：人民文学出版社1973年版。

［7］（明）施耐庵、罗贯中：《水浒传》，北京：人民文学出版社1975年版。

［8］（明）施耐庵、罗贯中：《李卓吾先生批评忠义水浒传》，上海：上海人民出版社1975年版。

［9］（明）兰陵笑笑生：《金瓶梅》会评会校本，北京：中华书局1998年版。

［10］（明）兰陵笑笑生：《金瓶梅》，清代文龙评本，今藏于国家图书馆。

［11］（明）吴承恩：《西游记》，北京：人民文学出版社1955年版。

［12］（明）吴承恩著，题名李贽评：《李卓吾先生批评西游记》，上海：上海古籍出版社2007年版。

［13］（明）许仲琳：《封神演义》，北京：中华书局2009年版。

［14］（明）冯梦龙：《喻世明言》，北京：人民文学出版社1958年版。

［15］（明）冯梦龙：《警世通言》，北京：人民文学出版社1956年版。

［16］（明）冯梦龙：《醒世恒言》，北京：人民文学出版社1956年版。

［17］（明）凌濛初：《拍案惊奇》，北京：人民文学出版社1991 年版。

［18］（明）凌濛初：《二刻拍案惊奇》，北京：人民文学出版社 1996 年版。

［19］（明）抱瓮老人辑：《今古奇观》，北京：人民文学出版社 1979 年版。

［20］（明）齐东野人：《隋炀帝艳史》，北京：中华书局 2000 年版。

［21］（明）陆人龙：《型世言》，北京：中华书局 1993 年版。

［22］（清）吕熊：《女仙外史》，济南：齐鲁书社 1985 年版。

［23］（清）褚人获编著：《隋唐演义》，北京：中华书局 2009 年版。

［24］（清）蒲松龄：《聊斋志异》会校会注会评本，上海：上海古籍出版社 1986 年版。

［25］（清）李汝珍：《镜花缘》，北京：人民文学出版社 1955 年版。

［26］（清）曹雪芹、高鹗：《红楼梦》，北京：人民文学出版社 1982 年版。

［27］（清）杜刚编订：《娱目醒心编》上海：上海古籍出版社 1988 年版。

［28］（清）吴敬梓：《儒林外史》，北京：人民文学出版社 1958 年版。

［29］（清）夏敬渠：《野叟曝言》，北京：人民文学出版社1997年版。

［30］（清）西周生：《醒世姻缘传》，上海：上海古籍出版社1981年版。

［31］（清）石玉昆：《七侠五义》，西安：三秦出版社2005年版。

［32］（清）韩邦庆：《海上花列传》，北京：人民文学出版社1982年版。

［33］（清）李宝嘉：《官场现形记》，北京：人民文学出版社1957年版。

［34］《笔记小说大观》，扬州：江苏广陵古籍刻印社1984年版。

［35］《明清善本小说丛刊初编》，台北：天一出版社1985年版。

［36］《古本小说集成》编委会编《古本小说集成》，上海：上海古籍出版社1990年版。

［37］刘世德等编：《古本小说丛刊》，北京：中华书局1991年版。

［38］周光培编：《历代笔记小说集成》，石家庄：河北教育出版社1996年版。

三、现当代研究著作

［1］鲁迅:《中国小说史略》,上海:上海古籍出版社 1998 年版。

［2］孙楷第:《中国通俗小说书目》,北京:人民文学出版社 1982 年版。

［3］汪辟疆校录:《唐人小说》,上海:上海古籍出版社 1978 年版。

［4］叶德均;《戏曲小说丛考》,北京:中华书局 1979 年版。

［5］赵景深:《中国小说丛考》,济南:齐鲁书社 1980 年版。

［6］胡士莹:《话本小说概论》,北京:中华书局 1980 年版。

［7］戴不凡:《小说见闻录》,杭州:浙江人民出版社 1980 年版。

［8］袁行霈、侯忠义编:《中国文言小说书目》,北京:北京大学出版社 1981 年版。

［9］王利器辑录:《元明清三代禁毁小说戏曲史料》(增订本),上海:上海古籍出版社 1981 年版。

［10］［德］H·R·姚斯等著,周宁、金元浦译:《接受美学与接受理论》,沈阳:辽宁人民出版社 1987 年版。

［11］江苏省社会科学院明清小说研究中心、文学研究所编:《中国通俗小说总目提要》,北京:中国文联出版公司 1990 年版。

［12］［德］沃尔夫冈·伊瑟尔著，金元浦、周宁译：《阅读活动：审美反应理论》，北京：中国社会科学出版社1991年版。

［13］石昌渝：《中国小说源流论》，北京：生活·读书·新知三联书店1994年版。

［14］丁锡根编：《中国历代小说序跋集》，北京：人民文学出版社1996年版。

［15］宁稼雨：《中国文言小说总目提要》，济南：齐鲁书社1996年版。

［16］张俊著：《清代小说史》，杭州：浙江古籍出版社1997年版。

［17］刘世德主编：《中国古代小说百科全书》，北京：中国大百科全书出版社1998年版。

［18］陈美林、冯保善、李忠明：《章回小说史》，杭州：浙江古籍出版社1998年版。

［19］向楷：《世情小说史》，杭州：浙江古籍出版社1998年版。

［20］林岗：《明清之际小说评点学之研究》，北京：北京大学出版社1999年版。

［21］陈大康：《明代小说史》，上海：上海文艺出版社2000年版。

［22］尚学锋、过常宝、郭英德：《中国古典文学接受史》，济南：山东教育出版社2000年版。

［23］谭帆：《中国小说评点研究》，上海：华东师范大学出版社2001年版。

［24］李忠明：《17世纪中国通俗小说编年史》，合肥：安徽大学出版社2003年版。

［25］高玉海：《明清小说续书研究》，北京：中国社会科学出版社2004年版。

［26］王旭川：《中国小说续书研究》，上海：学林出版社2004年版。

［27］宋莉华：《明清时期的小说传播》，北京：中国社会科学出版社2004年版。

［28］苗怀明：《中国古代公案小说史论》，南京：南京大学出版社2005年版。

［29］许振东：《17世纪白话小说的创作与传播——以苏州地区为中心的研究》，北京：中国社会科学出版社2005年版。

［30］王国维：《红楼梦评论》，上海：上海古籍出版社2006年版。

［31］黄霖主编，黄霖、许建平著：《20世纪中国古代文学研究史·小说卷》，上海：东方出版中心2006年版。

［32］陈国军：《明代志怪传奇小说研究》，天津：天津古籍出版社2006年版。

［33］陈大康：《中国近代小说编年》，上海：华东师范大学出版社2014年版。

［34］程国赋：《三言二拍传播研究》，北京：中国社会科学

出版社 2006 年版。

[35] 程国赋：《明代书坊与小说研究》，北京：中华书局
2008 年版。

[36] 程国赋：《中国古典小说论稿》，北京：中华书局 2012
年版。